BASTEI
LÜBBE
TASCHENBUCH

Jan Hunter

# DIE ASTROLOGIN

Erotischer Roman

Aus dem Englischen übersetzt von
Anna Wichmann

BASTEI LÜBBE
TASCHENBUCH

BASTEI LÜBBE TASCHENBUCH
Band 16 725

1. Auflage: Januar 2013

Dieser Titel ist auch als E-Book erschienen

MIX
Papier aus verantwortungsvollen Quellen
FSC® C006701

Vollständige Taschenbuchausgabe

Deutsche Erstausgabe


Titel der englischen Originalausgabe: »Playing with Stars«
Published by Arrangement with Virgin Books LTD.,
London, England
Dieses Werk wurde vermittelt durch die
Literarische Agentur Thomas Schlück GmbH, 30827 Garbsen


Umschlaggestaltung: Tanja Østlyngen
Satz: Urban SatzKonzept, Düsseldorf
Gesetzt aus der Palatino
Druck und Verarbeitung: CPI – Ebner & Spiegel, Ulm
Printed in Germany
ISBN 978-3-404-16725-8

Sie finden uns im Internet unter
www.luebbe.de
Bitte beachten Sie auch: www.lesejury.de

Der Preis dieses Bandes versteht sich einschließlich
der gesetzlichen Mehrwertsteuer.

# *Inhaltsverzeichnis*

# *Kapitel 1*

## *Die Aufgabe*

Mein Vater, der berühmte Astrologe Gerry Hathaway, starb bei einer Silvesterparty. Er war natürlich betrunken, hat sich aber königlich amüsiert, als er plötzlich in der Menge zusammenbrach und innerhalb von Sekunden an einem Herzinfarkt starb. Seine heiße junge Freundin Anna war bei ihm, als es passiert ist. Er war erst 59.

Ich zuckte wild unter meinem scharfen Freund Ryan herum und stand kurz vor einem Orgasmus, als das Handy neben meinem Bett seine liebliche Bach-Melodie ertönen ließ.

»Scheiße!«, schrie Ryan und drückte den Rücken durch. »Geh nicht ran!«

Das hatte ich auch gar nicht vor. Es war zwei Uhr früh, um Himmels willen, und ich hatte Spaß. Ryan pumpte sich in mich hinein, während das Handy keine Ruhe gab. Dann hörte es auf. Nur um zehn Sekunden später erneut zu klingeln.

»Das nimmt ja kein Ende«, stellte ich frustriert fest, als sich der wunderbare Orgasmus nicht einstellen wollte und Ryans Erektion immer kleiner wurde. »Vielleicht ist es was Wichtiges.«

Ryan stöhnte und rollte sich von mir runter.

Ich griff nach dem Handy. »Hallo«, knurrte ich hinein. Dann war ich still und machte ein erstauntes Gesicht. »Ich bin gleich da«, meinte ich schließlich und legte das Handy beiseite.

Ryan setzte sich auf und sah mich besorgt an. »Stimmt was nicht, Ellie?«

»Mein Vater ist eben gestorben«, berichtete ich erschüttert. »Das war Anna. Ich muss sofort ins Krankenhaus.«

Die Beerdigung fand zwei Wochen später statt. Sie war sehr gut besucht. Viele bekannte Prominente, die meinen Vater regelmäßig aufgesucht hatten, um sich ihr Horoskop erstellen zu lassen, erwiesen ihm ihren Respekt.

Die wunderschöne, langbeinige Anna – die sich als sexy Hostess einer berühmten Quizshow einen Namen gemacht hatte – weinte sich dabei die Augen aus dem Kopf. Das arme Ding war erst 21 und damit jünger als ich. Ich kam zu dem Schluss, dass sie entweder eine sehr gute Schauspielerin war oder meinen Vater sehr geliebt haben musste. Aber ich mochte sie, daher hielt ich Letzteres für wahrscheinlicher. Ich wusste, dass mein Vater in den drei Monaten, die sie zusammen gewesen waren, sehr vernarrt in sie gewesen war.

Ich dagegen hasste es, in der Öffentlichkeit zu weinen. Daher hob ich mir meine Trauer für später auf, wenn ich alleine war. Mein Vater und ich hatten uns sehr nahe gestanden, da ich schon im Alter von zwei Jahren meine Mutter verloren hatte. Ich war ein Einzelkind und wuchs verhätschelt auf. Seit einiger Zeit hatte er mir die Astrologie näher gebracht und mich einigen seiner besten Kunden vorgestellt, damit er mir alles überlassen konnte, wenn er in Rente ging. Er war sehr gut in dem, was er tat, und hatte sich in der Welt der Reichen und Berühmten eine Nische geschaffen, und ich wollte ihm nacheifern.

Zwei Tage nach der Beerdigung ging ich zum Anwalt meines Vaters, Bernard Enright, der das Testament eröffnen wollte. Bernard hatte mir am Telefon gesagt, dass ich die einzige

Erbin sei, daher war ich etwas überrascht, dass ich dennoch in seine Kanzlei kommen sollte.

Formell schüttelte mir Bernard die Hand. »Bitte setzen Sie sich, Miss Hathaway.«

Ich setzte mich, verschränkte verführerisch die Beine unter meinem kurzen Rock und schenkte ihm mein freundlichstes Lächeln. »Bitte nennen Sie mich doch Mariella. Oder auch Ellie, wenn Sie mögen. So nennen mich alle meine Freunde.« Ich quasselte, konnte aber nicht anders. Aus irgendeinem Grund war ich nervös. Hatte Anna das Testament angefochten?

Bernard Enright kam schnell zum Geschäftlichen. »Ehrlich gesagt, äh, Mariella, habe ich Sie hergebeten, weil das Testament Ihres Vaters nicht so einfach zu vollstrecken ist.« Er hustete lautstark. »Es ist ziemlich merkwürdig und ziemlich peinlich, gelinde ausgedrückt.«

Er hustete erneut, und ich hätte am liebsten gelacht, blieb aber cool. Ich war jetzt ganz Ohr. »Warum ist es denn peinlich, Mr. Enright?«

»Ihr Vater war Astrologe, nicht wahr?«

»Ja, und?«

»Und er hat Sie ausgebildet, damit Sie seine Arbeit weiterführen?«

»Genau. Aber ich bin noch lange nicht so gut, wie er es war.«

»Tja, Ihr Vater hat in seinem Testament eine bestimmte Klausel hinsichtlich Ihrer Ausbildung genannt. Er möchte, dass Sie ein Buch über die sexuellen Gewohnheiten von Männern aus jedem der zwölf Sternzeichen schreiben, und dazu verlangt er von Ihnen, dass Sie, äh, jedes dieser Sternzeichen sexuell erforschen.«

Ich starrte ihn einige Sekunden lang an und fing dann an zu lachen. »Wie meinen Sie das? Will er, dass ich tatsächlich Sex mit zwölf verschiedenen Männern habe?«

Bernard Enright war aufgebracht. »Ja, genau das verlangt er. Hier, lesen Sie es selbst.«

Er schob mir das Testament zu. Ich überflog den juristischen Jargon, bis ich zum relevanten Teil kam, den ich langsamer las.

*Hiermit verlange ich, dass meine Tochter Mariella Jane Hathaway innerhalb eines Jahres ein Sachbuch über die sexuellen Gewohnheiten, Vorlieben und Techniken jedes der zwölf Sternzeichen schreibt und beendet, um all meine weltlichen Güter und Besitztümer zu erben. Dafür muss sie innerhalb der dreißig Tage, in denen sich die Sonne im jeweiligen Sternzeichen befindet, mit wenigstens einem Mann dieses Sternzeichens körperlichen Kontakt haben. Ein Widder-Mann darf beispielsweise nur zwischen dem 21. März und dem 19. April erlebt werden, ein Stier nur zwischen dem 20. April und dem 20. Mai und so weiter. Sie muss ihr Erlebnisjahr mit dem Sternzeichen Widder beginnen und im darauffolgenden Jahr mit dem Sternzeichen Fische beenden, woraufhin sie am Ende dieses Zeitraums, also am 20. März, meinem Anwalt das vollständige Buch zur Durchsicht auszuhändigen hat. Wenn alles den Anforderungen entsprechend und zur Zufriedenheit meines Anwalts ausgeführt worden ist, dürfen meine Besitztümer auf meine Tochter übertragen werden.*

An der Stelle las ich nicht mehr weiter, da ich gar nicht wissen wollte, was mich erwartete, falls ich meine Aufgabe nicht abschließen würde. Mein gerissener Vater wusste, was er zu tun hatte, damit ich mich aufrappele und etwas mit meinem Leben anfange. Nach diesem Jahr wäre ich eine perfekte Astrologin und bereit, sein Erbe anzutreten. Und ich hätte mich dabei auch noch gut amüsiert.

Bernard starrte mich fragend an.

»Das mache ich!«, rief ich und grinste über beide Backen. »Und ich werde Ihnen dieses Buch spätestens am zwanzigsten März auf den Tisch legen!«

Daraufhin lächelte mich Bernard unsicher an, stand auf und reichte mir zum Abschied erneut seine schwammige, schlaffe Hand. »Na, dann viel Glück, junge Dame. Und viel Spaß dabei.«

»Oh, den werde ich haben. Keine Sorge.« Ich sprang von meinem Stuhl auf und ging aus seiner Kanzlei in die kalte Winterluft hinaus. Es war der 10. Januar. Ich hatte noch genau zehn Wochen Zeit, um mich auf alles vorzubereiten und mir zu überlegen, wie ich dieses verrückte Abenteuer angehen wollte. Ich konnte es kaum erwarten!

## *Kapitel 2*

### *Widder: Der geile Hengst*

20. März.

Es ist der 20. März, und ich bin bereit, meine Mission zu beginnen. In der letzten Woche habe ich in dem Büro gekündigt, in dem ich mich seit über einem Jahr zu Tode gelangweilt und für eine Frau gearbeitet hatte, die nie gelacht oder danke gesagt und die mich immer »Ms. Hathaway« genannt hat.

Ich habe nicht viel Geld auf der Bank, daher werde ich mir wohl einen Nebenjob suchen oder einen Kredit aufnehmen müssen, bis ich das Geld meines Vaters bekomme und in sein chaotisches altes Haus in Sussex einziehen kann. Aber ich bin glücklich und bereit, meine erste Eroberung zu starten: einen Widder-Mann. In den letzten zehn Wochen habe ich lange und gründlich über meine Taktik nachgedacht. Wie und wo kann ich in kurzer Zeit passende Typen finden, die nicht aussehen wie Quasimodo und die auf mich stehen? Außerdem müssen sie auch noch heiß genug aussehen, damit ich scharf auf sie bin. Mir ist klar, dass das nicht so einfach wird, wie ich es mir beim Lesen des Testaments vorgestellt habe. Aber zum Glück habe ich ja einen Freund!

Anfangs hat Ryan geschimpft, getobt und mich angefleht, es nicht zu tun, aber ich konnte ihn überzeugen, als ich ihm davon erzählt habe, wie viel der Nachlass meines Vaters wert ist, und ihm versichert habe, dass diese Männer für mich nichts weiter als ein Mittel zum Zweck sein würden. Das war eine Notlüge, aber was hätte ich ihm denn sonst sagen sollen? Ryan ist Schütze: feurig, sexy, anpassungsfähig und ganz und gar nicht besitzergreifend, und mit ihm ist der Dezember schon mal gesichert. Letzten Endes hat er eingewilligt, mir so gut er kann zu helfen. Vor einigen Tagen gab er mir dann stolz eine Liste, auf der all seine Freunde nebst Beruf und Geburtsdatum stehen.

Ich habe mir viele Notizen darüber gemacht, was ich über jedes Sternzeichen weiß und wo ich meine Beute am besten finden kann. Wenn ich mir meine Daten über die Widder durchlese, fallen mir viele (aus meiner Sicht) geschmacklose Details ins Auge. Dieser Mann ist angeblich ein heißer und zügelloser – kein Problem für mich! – Typ mit mehr Muskeln als Gehirn und wenig Verständnis für die Psyche der Frau. Ein typischer »einmal gefickt, nie mehr zurück«-Kerl, der die Jagd liebt, aber seine Eroberungen schnell leid ist. Das dürfte nicht allzu schwer werden. Wenn ich versuche, ihn zu verführen, dann könnte er kein Interesse haben, daher muss ich es so aussehen lassen, als ob er hinter mir her ist. Wo kann ich so einen Mann finden? Ich weiß, dass Widder Uniformen mögen und auf Action stehen, daher kommen Polizisten, Feuerwehrmänner und Armeeoffiziere infrage. Doch wie soll ich mich ihnen nähern und vor allem ihr Sternzeichen herausfinden? Das ist nicht einfach. Ich weiß, dass ich rausgehen und meine guten Manieren hintanstellen muss. Außerdem sollte ich ignorieren, dass ich nur ungern Menschen anspreche, die ich nicht kenne. Vermutlich werde ich mir oft einen Korb holen und auf Schwierigkeiten stoßen, aber was soll's? Ich will diese Aufgabe so schnell wie möglich hinter mich bringen, daher bin ich beim ersten Mal nicht abgeneigt, den einfachen Weg zu gehen und es mit Ryans Liste zu probieren.

Darauf stehen 21 Namen. Die meisten seiner Freunde kenne ich vom Sehen, aber nur zwei sind Widder: Clive, ein eingebildeter Typ Ende zwanzig mit Knackarsch, den ich nicht ausstehen kann, und Jason, der gerade mal neunzehn ist und sich nach seinem Abschluss ein Jahr Pause zum Geldverdienen gönnt, bevor er zur Universität geht. Dann kann er zumindest nicht dumm sein. Aber momentan arbeitet er als Maurer für Ryans Baufirma. Ich habe mich noch nie mit ihm unterhalten, doch ich erinnere mich, ihn schon mal aus der Ferne gesehen zu haben, und er sieht ganz gut aus. Mir ist klar, dass die Auswahl nicht gerade groß ist und ich irgendwo anfangen muss, damit ich den Widder abhaken kann. Also beschließe ich, mir fürs Erste Jason etwas genauer anzusehen. Wenn es nicht klappt, kann ich mir immer noch einen anderen suchen.

An diesem Abend habe ich mit Ryan gesprochen und ihn gebeten, mich Jason vorzustellen. Er hat widerstrebend zugestimmt. Ich glaube, es gefällt ihm nicht, dass ich Sex mit einem heißen jungen Hengst haben werde. Im Gegensatz dazu hatte ich mich bereits an den Gedanken gewöhnt und wurde langsam geil darauf.

Am nächsten Abend trafen wir uns zu sechst in einem Pub. Ryan hatte beschlossen, dass es weniger auffällig wäre, wenn er noch einige andere Freunde mitbringt, und darunter war auch eine seiner Ex-Freundinnen namens Gemma. Wir saßen im Kreis, wobei ich strategisch günstig neben Jason platziert worden war und viel Bein sowie ein tiefes Dekolleté zeigte. Gemma und Ryan saßen uns gegenüber dicht beieinander. Außerdem waren noch Tony und Aaron, zwei von Ryans Freunden aus Schulzeiten, dabei. Zuerst beobachtete ich Ryan und Gemma unbeteiligt, als die beiden anfingen, miteinander zu flirten. Ich versuchte, nicht hinzusehen, als Ryan seine Hand hinten in Gemmas Hose schob und sie darauf reagierte, indem sie mit dem Hintern wackelte, sodass er weiter nach unten kam. Falls mich Ryan damit eifersüchtig machen wollte, so musste er sich schon mehr anstrengen. Ich war hier, um zu arbeiten. Also wandte ich mich Jason zu. Aus der Nähe betrachtet sah er gar nicht mehr so gut aus. Er hatte die typischen Widder-Eigenschaften: ein unregelmäßig geformtes Gesicht, leicht rötliche Haare und eine große Nase. Aber sein Grinsen war frech, und er hatte einen tollen Körper, und während er sich angeregt mit Aaron unterhielt, beschloss ich, dass er für meine Zwecke gut genug war. Doch ich konnte ihn natürlich nicht direkt fragen, ob er mich ficken wollte, da ihn das nur abtörnen würde.

Sie sprachen über Fußball – welch eine Überraschung! –, ein Spiel, das ich hasste und über das ich absolut nichts wusste. Ich hörte Jason sagen, dass er Chelsea-Fan sei. Schnell warf ich ein: »Oh, die finde ich auch gut!«

Jason drehte sich zu mir um und grinste mich frech an. »Echt? Warst du schon mal im Stadion?«

»Früher schon. Das ist aber eine Weile her.« Ich versuchte, dabei sehr melancholisch zu klingen.

»Du solltest mal wieder hingehen. Diesen Samstag haben sie ein Heimspiel.«

»Gehst du hin?«

»Ja. Und Aaron auch. Warum kommst du nicht mit?«

Ich lächelte und gab vor, mich zu freuen. »Gerne.«

Danach plauderten wir, und bei der Aussicht darauf, bald einen guten Fick zu haben, wurde ich immer geiler. Doch als der Abend zu Ende ging, sah es so aus, als würde ich bis nach dem Fußballspiel warten müssen, bis irgendetwas passieren würde. Jason blieb freundlich-unverbindlich und starrte mir immer wieder in den Ausschnitt, aus dem meine Brüste förmlich hervorquollen, aber er machte keinen Annäherungsversuch.

Mittendrin verschwanden Ryan und Gemma für etwa eine Viertelstunde. Gemma kam zuerst wieder und sah ganz erhitzt und zerzaust aus, und etwa eine oder zwei Minuten später tauchte auch Ryan wieder auf und wirkte sehr zufrieden. Ich hätte ihn am liebsten angeschrien und beleidigt, aber Jason sprach gerade über einen tollen Chelsea-Spieler und ich musste so tun, als würde mich das interessieren.

Als ich mit Ryan auf dem Heimweg im Auto saß, ließ ich meinem Zorn freien Lauf.

»Was hast du denn erwartet?«, erwiderte er und zuckte mit den Achseln. »Wenn ich es nicht getan hätte, hätte ich mir den ganzen Abend ansehen müssen, wie du Jason anstarrst.«

»Aber ich mache das aus gutem Grund. Es ist ein Job!«

Das beeindruckte Ryan nicht. »Hör mal, ich habe zugestimmt, dir zu helfen. Ich habe dir sogar den ersten Typen vorgestellt, aber du erwartest doch wohl nicht, dass ich wie ein braver Junge zu Hause sitze, während du mit jedem beliebigen Kerl ins Bett gehst. Ich möchte noch immer dein Freund sein, aber ich will mich auch amüsieren.«

Was sollte ich da noch sagen? Geknickt sackte ich auf meinem Sitz zusammen. Innerlich brodelte ich. »Mit Jason ist gar nichts gelaufen«, meinte ich schließlich. »Aber es sieht ganz gut aus. Er ist Chelsea-Fan, und ich gehe am Samstag mit ihm zum Spiel.«

Ryan fing an zu lachen. »Du gehst zu einem Fußballspiel? Du kannst dieses Spiel doch nicht ausstehen. Nach spätestens fünf Minuten bist du zu Tode gelangweilt.«

»Nein, so wird es nicht laufen. Nicht, wenn Jason neben mir sitzt. Er ist gut in Form. Ich freue mich schon richtig darauf. Nur noch drei Tage, dann habe ich die erste Aufgabe vielleicht schon abgeschlossen.«

Abrupt trat Ryan auf die Bremse, und wir kamen ruckartig vor meiner Wohnung zum Stehen. »Ich komme nicht mit rein«, meinte er abweisend. »Viel Spaß am Samstag. Ich rufe dich Sonntag mal an.«

Als ich aus dem Wagen gestiegen war, raste er davon. Kurz überlegte ich, ob er wohl zu Gemma zurückfahren würde. Ich stieß einen Stoßseufzer aus. Die ganze Sache schien doch nicht so einfach zu werden, wie ich es mir gedacht hatte. Hoffentlich war es bald Samstag!

Es war ein eiskalter Tag, und ich hatte mich eingemummelt, während ich versuchte, in meinem dicken Mantel und mit Mütze und Schal sexy auszusehen. Ich traf mich mit Jason um vierzehn Uhr vor dem Stadion. Zu meiner Freude war Aaron nicht aufgetaucht. Der Arme war schwer erkältet. Jason schien sich wirklich zu freuen, mich zu sehen, und wir gingen rasch zu unseren Plätzen. Nachdem wir eine gefühlte Ewigkeit gewartet hatten, bis es endlich losging, und dann zitternd eine Dreiviertelstunde inmitten einer Menge aus brüllenden Kerlen herumstanden, die jedes Mal lautstark fluchten, wenn das andere Team kurz davor stand, ein Tor zu erzielen, erklang der Halbzeitpfiff.

Ich sah zu Jason auf, und auf einmal wurde mir schwindelig. Als ich taumelte, legte er seine Arme um mich und ich presste mich gegen seine breite Brust. Ich spielte das nicht, sondern war wirklich völlig fertig.

Er legte mir einen Arm um die Schultern. »Ist alles in Ordnung?«

»Ja, mir geht es gut. Ich bin nur nach dem ganzen Rumgestehe ein wenig k.o.«

Er wirkte erleichtert. »Ein tolles Spiel, was?«

»Ja«, schwärmte ich, während ich dachte, dass ich in meinem ganzen Leben noch nie so gefroren und mich noch nie so gelangweilt hatte. Hätte mich Jason in diesem Moment nicht an sich gedrückt, dann wäre ich so schnell mich meine Füße tragen konnten nach Hause gerannt. »Schade, dass noch keine Tore gefallen sind«, meinte ich, um mein Interesse zu bekunden.

»Die werden in der zweiten Halbzeit schon fallen. Mein Tipp ist, dass Chelsea 2:0 gewinnt.«

Bei der Aussicht auf eine weitere höllische Dreiviertelstunde wurde mir ganz übel, daher kuschelte ich mich an Jasons Brust, was ihm sehr zu gefallen schien.

Die zweite Halbzeit brach an, und ich stand mit geschlossenen Augen leidend da, als sich Jasons Arm auf einmal bewegte und um uns herum lautstark geschrien wurde. Chelsea hatte ein Tor geschossen. Als ich Jasons freudestrahlendes Gesicht betrachtete, freute ich mich auf einmal für ihn. Er drehte sich zu mir um, zog mich an sich und küsste mich auf die Wange. Ich war davon angenehm überrascht – typisch Widder eben –, aber ich wollte mehr. Als er mich losließ, sah ich ihm mit bedeutungsvollem Blick in die Augen, und er zog mich erneut an sich und bewies mir dieses Mal, was er wirklich draufhatte. Seine lange Zunge stieß vorsichtig in meinen Mund und erfüllte ihn mit dem Geschmack von Kaugummi und Tabak. Aber das war nicht unangenehm. Nach einigen Sekunden reagierte ich, öffnete meinen Mund so weit wie möglich und saugte an seiner Zunge herum, von der ich mir vorstellte, sie wäre sein Penis. Er wurde immer erregter, und bevor ich nach Luft schnappen konnte, knöpfte er meinen Mantel auf und drückte seine kalten Hände über meinem Pullover gegen meine Brüste.

Fluchend versuchte er, den dicken Pulli hochzuschieben und seine Hände auf meine nackte Haut zu legen. Er war dreist und ging nicht gerade feinfühlig vor, aber ich war auf seltsame Weise erregt, was aber vermutlich eher daran lag, dass ihn das Publikum um uns herum und das Spiel gar nicht mehr interessierten.

Es gelang ihm, meinen Pulli hochzuschieben und meine Brüste aus dem BH zu holen. Meine Nippel standen wie große, rote Knöpfe ab. Er zog fest daran und tat mir weh. »Ich will dich ficken«, raunte er mir ins Ohr.

Ich sah mich um und bemerkte, dass einige der Männer jetzt eher uns als das Spiel beobachteten. Jason drückte sich gegen mich, und die Erektion in seiner Hose schien um meine Aufmerksamkeit zu flehen.

Die Männer um uns herum glotzten uns an. »Na los, besorg's ihr, Kumpel«, rief einer von ihnen.

Allerdings reichte es mir jetzt – vorerst zumindest. Ich hatte überall Gänsehaut, und ein geiler Bock in der Nähe masturbierte bereits durch die Hose hindurch. Also drückte ich gegen Jasons Brust. »Was ist mit dem Spiel?«, fragte ich atemlos.

»Ich habe jetzt was Besseres vor«, murmelte er frech und zog mich wieder an sich heran.

»Aber ich friere, und hier sind mir zu viele Leute.«

»Na und? Dann geben wir ihnen was, was sie so schnell nicht vergessen werden.« Mit einer schnellen Bewegung legte er mir die Hand an die Hüfte, zog den Reißverschluss meiner Jeans auf und schob seine Hand hinein. Augenblicklich fanden seine Finger meine geschwollene Klit. Endlich erlebte ich die brennend heiße Leidenschaft eines typischen Widders. Er wollte mich und würde sich durch nichts davon abbringen lassen.

Und ich wollte ihn. Ich war so feucht, dass mein Höschen schon ganz nass war. Aber ich wollte nicht im eisigen Wind auf einem kalten, harten Steinboden gefickt werden, während mir Dutzende alter Männer dabei zusahen. Ich musste stark sein. Mir war klar, dass ich meine Chance nicht verspielte, wenn ich ihn wegdrückte und ihn warten ließ. Eigentlich sollte ihn das nur noch geiler machen.

Also riss ich mich zusammen, zog seine Hand aus meiner Hose, schob ihn von mir weg und knöpfte mir schnell den Mantel zu. »Ich will das nicht hier tun«, sagte ich. »Warum fahren wir nicht zu mir?« Mit diesen Worten stiefelte ich los und hoffte, dass er mir folgen würde.

Und das tat er. Ich musste grinsen, als er mich eingeholt hatte und meinen Arm nahm. »Hoffentlich wohnst du nicht zu weit weg«, meinte er, »denn bald wird in meiner Hose was explodieren.« Er deutete stolz auf seinen prallen Schritt.

Ich lachte. Er war nicht gerade ein angehender Romeo oder wusste, was er tat, aber er war jung und enthusiastisch, und er benahm sich so, wie sich ein Widder benehmen sollte.

Wir fuhren in meinem Wagen. Er besaß keinen, denn er sparte all sein Geld für die Universität. Es ging nur langsam voran, da wir durch den Londoner Verkehr in die Vororte von Wimbledon mussten, wo ich wohnte. Während der Fahrt berührte mich Jason immer wieder, ebenso wie sich selbst, damit wir beide geil blieben. Als wir meine Wohnung erreicht hatten, hing mir meine Jeans schon unterhalb des Hinterns und mein BH stand offen. Während ich den Schlüssel ins Schloss steckte, zog Jason bereits seine Hose aus. Ich hatte kaum Zeit, die Tür zu schließen, da drückte er mich schon gegen die Wand und zerrte an meiner Jeans herum. Er zog sie mir aus, und ich griff nach seinem sehr großen, erregten Schwanz und begann, ihn zu streicheln. Ich war beinahe so erregt wie er. Das war etwas ganz anderes als der normale Sex mit Ryan. Jason hatte einen tollen Körper, und sein Schwanz war sogar noch größer als Ryans.

Jason stöhnte. Als er mich endlich von meiner Hose befreit hatte, drückte er mir grob die Beine auseinander, und bevor ich ihn auch nur bitten konnte, es etwas langsamer angehen zu lassen, stieß er sich auch schon in mich hinein. Ich keuchte erfreut auf und begann, mich im Rhythmus mit ihm zu bewegen, doch nach nicht einmal einer Minute explodierte er in mir und kreischte vor Wonne auf. Danach zog er sich rasch aus mir zurück und sank erschöpft auf dem Boden zusammen. Amüsiert und enttäuscht sah ich zu ihm herab und dann zu meinen Oberschenkeln, an denen ein Viertelliter Sperma herunterzulaufen schien. Meine Muschi war noch immer voller Verlangen.

Langsam drehte ich mich um und ging ins Badezimmer, um mich zu säubern. Ich war sauer. Meine restliche Kleidung ließ ich auf dem Boden liegen, als ich unter die Dusche stieg. Ich wollte schon masturbieren, doch das hätte den Zweck meiner Mission gefährdet. Außerdem wollte ich einen Orgasmus haben, während Jason in mir war.

Als ich zehn Minuten später mit nassen Haaren und in ein Handtuch gewickelt aus dem Badezimmer kam, wartete er vor der Tür.

Er grinste mich frech an, und ich wurde ein wenig milder gestimmt. »Du bist was ganz Besonderes«, meinte er mit Bewunderung in der Stimme. »Gib mir zehn Minuten, dann bin ich wieder bereit für dich.«

*Was für eine Arroganz!* Ich hatte geplant, ihn als Vorspeise zu benutzen, aber stattdessen drehte er den Spieß um. Ich konnte nur hoffen, dass ich beim Hauptgang mehr auf meine Kosten kommen würde.

Ich ließ das Handtuch fallen und stand nackt vor ihm, reckte ihm meine großen Brüste mit den aufstehenden Nippeln entgegen. Er packte sie und zog mich an den Nippeln zu sich heran. Mir war klar, dass mir keine Nacht voller zärtlicher, sinnlicher Leidenschaft ins Haus stand, doch ich war so erregt, dass mir das egal war.

»Führ mich zum Schlafzimmer«, forderte er mich mit rauer Stimme auf. »Ich werde schneller bereit sein, als ich gedacht habe.«

Dieses Mal waren wir beide nackt. Ich ließ meine Hände aufgeregt über seinen starken, jungen Körper gleiten. Er hatte nicht ein Gramm Fett an sich, war aber auch nicht gerade dünn.

»Du hast einen tollen Körper«, sagte ich und küsste seine Brustwarzen.

»Ich trainiere ab und zu im Fitnessstudio. Du kannst ja mal mitkommen.«

»Hmm«, murmelte ich und wusste ganz genau, dass mich da keine zehn Pferde hinkriegen würden. Ich bekam im Bett schon genug Fitnesstraining.

Er schob meinen Kopf zu seinem halb erigierten Penis, und ich nahm ihn in den Mund. Innerhalb von Sekunden war er wieder hart. Ich saugte, streichelte und leckte weiter an seiner Eichel herum, während er stöhnte und sich in Ekstase wand. Als ich genug hatte, warf er mich auf den Rücken, sprang auf mich drauf und wollte seinen Schwanz wieder in mich hineinstoßen. Er war zweifellos ein sehr egoistischer Liebhaber. Ich rutschte beiseite. »Noch nicht. Streichel mich.«

Er wusste, was ich wollte. Seine Hand wanderte zu meiner Klit, und er rieb viel zu fest daran. Ich stöhnte, aber nicht vor Wonne, sondern vor Verärgerung. Das verstand er allerdings völlig falsch, und bevor ich ihn aufhalten konnte, war er erneut in mir, pumpte sich wie wild in mich hinein. Dann legte er mir die Hände unter die Pobacken und zog mich vom Bett auf seinen steinharten Schwanz. Ich hatte das Gefühl, ich müsse platzen. Erneut wandelte sich der Schmerz in Lust. Ich griff nach seiner Hand und schob sie wieder auf meine Klit, doch schon kurz darauf zog er sie wieder weg, drückte den

Rücken durch, stöhnte laut auf und sank dann über mir in sich zusammen.

Ich konnte es nicht glauben. Es war ja schön, dass er so viel Spaß hatte, aber wo blieb mein Orgasmus? Aber ich hätte es wissen müssen. Widder-Männer können nicht warten, und sie scheinen den Kopf auszuschalten, wenn sie das Schlafzimmer betreten.

Jason krabbelte von mir herunter. »Ich muss eine rauchen«, erklärte er und kramte in seiner Hose herum.

Ich starrte ihn verächtlich an. Erst wollte ich ihm sagen, dass er in meiner Wohnung nicht rauchen darf, aber ich hielt den Mund, während er sich eine Zigarette ansteckte und tief inhalierte. Dann legte er sich neben mir aufs Bett. »Das war besser als beim ersten Mal«, stellte er fest.

»Ich bin nicht gekommen«, zischte ich.

Überrascht sah er mich an. »Musst du das denn? Ich dachte, Frauen hätten nur alle Jubeljahre einen Orgasmus oder würden ihn vortäuschen.«

Das schockierte mich. Wusste er denn gar nichts über Frauen?

Ich war schon kurz davor, ihn rauszuschmeißen, als er sich zu mir umdrehte und offensichtlich bestürzt meinte: »Tut mir leid, das habe ich nicht bemerkt. Ich habe wirklich geglaubt, du hättest ebenso viel Spaß wie ich.«

»Ich hatte keinen Spaß«, erwiderte ich verärgert. »Wenn du noch etwas länger durchgehalten und meine Klit vorsichtiger berührt hättest, dann wäre ich zu einem fantastischen Orgasmus gekommen.«

Er runzelte die Stirn. Offenbar gefiel es ihm nicht zu hören, was er falsch gemacht hatte. »Ich werde versuchen, es beim nächsten Mal besser zu machen, Madam«, murmelte er dann.

Ich wollte ihn rausschmeißen. Jetzt wusste ich, dass wir

außer der Liebe zum Sex nicht viel gemeinsam hatten, aber ich wollte ihm noch einen letzten Versuch gewähren, um mich zu befriedigen und damit er etwas mehr über Sexualität lernen konnte. Außerdem war er echt süß, wenn er lächelte.

Ich sagte nichts, sondern wandte ihm den Rücken zu und tat so, als wolle ich einschlafen.

Er rauchte schweigend seine Zigarette, und dann meinte er auf einmal: »Du hast einen schönen Hintern.« Dann schlug er mir mit der Hand auf eine Pobacke.

Ich sprang auf und war jetzt wirklich sauer. »Lass das!«

Jason lachte. »Ich mag dich sogar noch mehr, wenn du wütend bist.«

Ich hätte es wissen müssen. Widder mochten Frauen, die Widerworte gaben. Das stärkte ihr Ego, wenn es ihnen gelang, sie zu dominieren. Ich wusste, dass er schnell wieder erregt sein würde, aber ich war mir nicht sicher, ob ich schon bereit für den Nachtisch war!

Also sank ich wieder auf mein Kissen und ignorierte ihn.

Das schien ihn zu irritieren. »Du warst beim Fußballspiel doch ganz scharf darauf. Ich weiß noch nicht mal, wie es ausgegangen ist.«

»Dann schalt doch den Fernseher ein und finde es heraus«, entgegnete ich mit eiskalter Stimme.

»Okay, da du jetzt anscheinend richtig schlechte Laune hast, mach ich das auch.«

Er stürmte aus dem Schlafzimmer, und eine Minute später hörte ich den Fernseher.

Ich seufzte. Kein Orgasmus, keine Tasse Tee und jetzt auch kein Kerl mehr. Was so gut angefangen hatte, wurde mehr und mehr zu einem einzigen Fehlschlag. Aber zumindest hatte ich etwas, worüber ich schreiben konnte.

Ich wachte von seinem Schnarchen auf. Es war stockdunkel. Nachdem ich die Nachttischlampe eingeschaltet hatte, stellte ich fest, dass Jason nackt neben mir auf dem Rücken lag und fest schlief. Mit einer Mischung aus Abscheu und Bewunderung starrte ich seinen kräftigen, jungen Körper an, und mir wurde klar, dass ich noch immer ziemlich geil war. Sanft berührte ich seinen schlaffen Penis, der sich daraufhin ein wenig bewegte. Aber er schnarchte weiter. Auf einmal brandete die Wut durch meinen Körper, und ich packte seinen Penis und zog fest daran. Meine kleine Revanche, dachte ich schadenfroh.

Jasons Schwanz sprang ebenso auf wie er. »Was machst du denn?«, brüllte er schläfrig und versuchte, sich aufzusetzen. Sein Atem roch nach Bier, und mir wurde klar, dass er Ryans Bier in meinem Kühlschrank gefunden und sich daran bedient haben musste, während ich geschlafen hatte.

»Wonach sieht es denn aus?«, brüllte ich zurück und war zornig, dass er mich und meine Wohnung als gegeben hinzunehmen schien.

»Autsch!«, kreischte er, als ich ihm in die Eichel zwickte. »Das tut weh!«

»So wie du mir wehgetan hast, als du auf meiner Klit rumgedrückt hast.«

Er starrte mich einige Augenblicke lang an und grinste dann. »Okay, okay, mach weiter. Das gefällt mir.«

Ich war stinksauer. Offensichtlich tat ich ihm weh, aber sein Schwanz wurde immer steifer, und er bekam schon wieder diesen geilen Blick. Was konnte ich nur tun, damit er mich als Person sah, deren Bedürfnisse ebenso stark waren wie die seinen?

Das, was ich als Nächstes tat, geschah rein instinktiv. Ich nahm die Hand von seinem Penis und begann, ihn fest mit beiden Händen zu schlagen, erst auf die Brust und dann am ganzen Körper.

Zuerst war er wie erstarrt, doch dann sprang er auf, packte meine Hände und lachte. »Du bist ja ein richtiger Wildfang.«

Mit aller Kraft riss ich mich los und schlug erneut auf ihn ein. Ich war in einem Tumult aus Wut und Leidenschaft gefangen. Ich hasste ihn, aber ich wollte ihn auch unbedingt. Dann beugte ich mich vor und biss ihm ohne nachzudenken in die Schulter.

Er schrie auf, und ich biss ihn erneut in die Brust, wieder und wieder. Ich wusste nicht mehr, was ich tat, so frustriert war ich. Und er nahm das alles hin, lachte und wurde umso erregter, je brutaler ich wurde. Auf einmal saß ich auf ihm, zog an seinem Schwanz und stieß ihn in meine gierige Muschi. Er glitt einfach so hinein, und ich stöhnte vor Lust. Jason bewegte sich nicht, also hüpfte ich auf ihm auf und ab und hielt seinen Schwanz mit einer Hand fest, während ich mit der anderen masturbierte. Ich stöhnte wie wild und hatte den Höhepunkt fast erreicht, als er mich von sich runterstieß und ich hart auf dem Fußboden landete. Im nächsten Moment war er neben mir und drehte mich herum, sodass ich auf Händen und Knien hockte. Dann stieß er wild von hinten in mich hinein, während sein Finger über meine Klit rieb. Ich schrie vor Ekstase auf und spürte, dass mein lange erwarteter Orgasmus nahe war.

Jason stieß immer weiter in mich hinein, so fest, dass ich glaubte, er würde mich aufreißen, und ich kam und kam. Dann kam er ebenfalls. Ich wollte ihm dieses Vergnügen eigentlich versagen, aber ich hatte keine Kontrolle mehr über meinen Körper. Danach sanken wir nebeneinander auf den Boden und rangen nach Luft.

»Das war großartig«, meinte er nach einer Weile.

»Ja, das war klasse«, stimmte ich ihm zu. »Jetzt kannst du gehen.«

Er runzelte die Stirn. »Einfach so? Willst du es nicht nochmal tun? Gib mir eine halbe Stunde, dann geht es weiter.«

»Nein, danke, mir reicht's«, entgegnete ich kalt und rappelte mich vom Boden auf. »Ich gehe wieder ins Bett. Ich gebe dir zehn Minuten, um deine Sachen zusammenzusuchen und zu verschwinden.«

Ich legte mich aufs Bett und schloss die Augen, während er im Zimmer herumkramte. Ich wollte ihn nicht ansehen und mich erneut von seinem Körper verleiten lassen. Ich wollte einschlafen, früh am nächsten Morgen ausgeruht aufstehen und anfangen zu schreiben. Ich hatte viel über den Widder-Mann gelernt, einige gute Dinge und einige nicht so gute, aber vor allem wusste ich jetzt, dass er nicht zu den Männern gehörte, mit denen ich eine Beziehung haben wollte. Er war großartig für einen schnellen Fick, aber nicht für die emotionale Befriedigung.

Als ich zehn Minuten später die Augen öffnete, war alles ruhig. Er war verschwunden.

# *Kapitel 3*

## *Stier: Der hungrige Bulle*

20. April

Wie die Zeit vergeht. Es ist der erste Tag im Sternzeichen des Stiers, und ich bin bereit für meine zweite Aufgabe. Seit der Eskapade mit Jason bin ich allerdings nicht untätig gewesen. Abgesehen davon, dass ich das erste Kapitel meines Buches fertig geschrieben habe, hatte ich auch jede Menge Sex mit Ryan, der geiler ist als jemals zuvor. Auch wenn er es niemals zugeben würde, scheint ihn der Gedanke, dass ich mit anderen Männern schlafe, sehr anzumachen.

Anfang April habe ich mir überlegt, wie ich am besten einen vernünftigen Stier-Mann kennenlerne. Dann hatte ich eine brillante und überaus einfache Idee: Ich würde eine Kleinanzeige in der hiesigen Zeitung aufgeben. Am nächsten Tag machte ich mich gleich ans Werk. Ich gab mich als attraktive, aber einsame Steinbock-Frau aus. Eigentlich bin ich ja Schütze, genau wie Ryan, aber ein Steinbock soll besser zu einem Stier passen als ein Schütze. Ich schrieb, ich suche einen körperlich aktiven Stier für Freizeitaktivitäten. Das musste ich so verschlüsselt formulieren, da es ja schließlich eine Gratiszeitung war, aber ich war zuversichtlich, dass die Botschaft ankommen würde. Nach Erscheinen der Anzeige wurde ich mit Antworten überschwemmt. Als ich alle durchgesehen hatte, blieben drei Männer übrig, die mir ihr Foto geschickt hatten und halbwegs vorzeigbar aussahen. Daher beschloss ich, die Regeln ein wenig zu beugen und mich so schnell wie möglich mit ihnen zu treffen, um sie genauer unter die Lupe zu nehmen. Ich sagte mir, dass ich die Anforderungen aus dem Testament meines Vaters ja trotzdem erfüllte, solange ich nicht vor dem ersten Tag im Sternzeichen Stier Sex mit ihnen hatte.

Der Erste, Colin, war ein echter Reinfall. Er war in etwa so sexy wie ein schlaffes Salatblatt und doppelt so langweilig. Das war sehr schade, denn sein Foto hatte sehr vielversprechend ausgesehen.

Jerry, der Zweite, war genau das Gegenteil. Sein Foto konnte gerade noch als passabel durchgehen, aber in dem Moment, in dem ich ihn, großgewachsen und breitschultrig, mit einer Mähne aus schwarzem, lockigem Haar, sah, hatte er mich am Haken. Er legte sofort den Arm um mich, gab mir etwas zu trinken aus und fragte, ob ich etwas essen wolle. Typisch Stier, dachte ich, die denken immer zuerst an ihren Magen. Aber ich hatte bereits gegessen und wollte nicht zu lange bleiben, um nicht in die Gefahr zu geraten, ihn verführen zu wollen. Doch es fiel mir gar nicht leicht, mich zu verabschieden. Er streichelte immer wieder meine Hände und meine Arme und versuchte, auch an meine Oberschenkel ranzukommen. Widerstrebend musste ich ihn wegdrücken. »Wir kennen uns doch kaum«, meinte ich schüchtern, wobei ich am liebsten seine Hand genommen und in mein Höschen gesteckt hätte, um ihm zu zeigen, wie feucht ich war. Ich konnte genau erkennen, wie die Beule in seiner Hose immer größer wurde, und ich leckte mir voller Vorfreude die Lippen, aber ich wusste, dass ich warten musste. Als es mir endlich gelang, mich ihm zu entziehen, fragte er, ob er mich am nächsten Tag wiedersehen könnte. Es war erst der 7. April. Mein Stier-Erlebnis durfte erst in zwei Wochen anfangen, daher musste ich mir schnell etwas ausdenken. Ich sagte das

Erste, was mir in den Kopf kam: »Ich fliege morgen für einige Wochen nach Amerika. Aber ich rufe dich an, wenn ich zurück bin.«

Er sah aus, als wäre er sehr enttäuscht. »Wohin fliegst du denn?«, wollte er schließlich wissen, vermutlich nur, um Interesse zu zeigen.

Erneut musste ich lügen. Na ja, eigentlich war es nur eine Notlüge, aber um meine Aufgabe erfüllen zu können, musste ich die Wahrheit ein wenig verbiegen. Also erfand ich eine Tour durch Kalifornien mit einer Freundin (Zoe, die auch wirklich meine beste Freundin ist), bei der wir Hollywood, San Francisco, Santa Barbara und alle Sehenswürdigkeiten aufsuchen wollten, von denen ich ständig träumte, die ich aber aus Kostengründen nie besuchen würde.

Jerry war beeindruckt. Nachdem ich ihm einen kurzen Abschiedskuss gegeben hatte, wünschte er mir eine gute Reise und sagte, er würde mich am Tag meiner Rückkehr anrufen, um sich meinen Urlaubsbericht anzuhören.

Ich freute mich und wusste, dass ich vermutlich den perfekten Stier gefunden hatte, der auf mich warten würde, aber ich beschloss dennoch, meine Geografiekenntnisse ein wenig aufzufrischen. Am nächsten Tag ging ich in die Bücherei und lieh mir alle Bücher über Kalifornien aus, die ich finden konnte.

Auch mit dem dritten Mann auf meiner Liste traf ich mich: Daniel, der schon Ende dreißig war. Er war in Ordnung, eigentlich sogar ganz nett, aber nicht so scharf wie Jerry. Ich beschloss daher, ihn in der Hinterhand zu behalten, falls Jerry nicht mehr auftauchen würde.

Und jetzt sind es nur noch zwei Tage, bis ich wieder mit Jerry sprechen werde. So langsam bin ich etwas aufgeregt.

Immer, wenn das Telefon klingelte, bereitete ich mich darauf vor, Jerrys Stimme zu hören, aber der Tag verstrich gnadenlos, ohne dass er sich meldete. Um Mitternacht krabbelte ich alleine in mein Bett und war ebenso enttäuscht wie frustriert. Ich hatte sogar Ryan abgesagt, damit ich mich mit Jerry treffen konnte.

Am nächsten Tag war ich ziemlich durcheinander. Sollte ich ihn anrufen oder warten, bis er mich anrief? Um fünfzehn Uhr hielt ich es nicht mehr aus und rief die Büronummer an, die er mir gegeben hatte. Schließlich hatte ich eine Aufgabe zu erledigen und nicht ewig Zeit.

Jerry arbeitete als stellvertretender Geschäftsführer bei einem kleinen Bauunternehmen. Ich wurde zu seiner Sekretärin durchgestellt. »Mr. Johnson ist momentan auf Geschäftsreise in Schottland«, informierte sie mich mit spitzer Stimme.

Ich war enttäuscht. Das kam unerwartet. »Für wie lange?«, brachte ich gerade noch heraus.

»Das weiß ich nicht genau. Es war ein dringender Auftrag. Zwei Wochen, vielleicht drei. Möchten Sie ihm eine Nachricht hinterlassen?«

»Nein, danke.« Ich legte auf und brach in Tränen aus. All meine sorgfältig ausgeklügelten Pläne waren gescheitert. Ich konnte es mir nicht leisten, drei Wochen zu warten. Dann wären wir schon fast im Sternzeichen Zwilling! Nachdem ich fünf Minuten lang getobt und mit den Fäusten auf den Tisch geschlagen hatte, beruhigte ich mich und zwang mich, den Fakten ins Auge zu sehen. Widerwillig holte ich den letzten Ordner hervor und suchte Daniels Telefonnummer heraus. Ihm hatte ich ebenfalls gesagt, dass ich wegfahren würde, aber nie vorgehabt, ihn wirklich zurückzurufen.

Daniel gehörte ein Geschäft am Stadtrand. Er ging fast augenblicklich ans Telefon und schien sich zu freuen, dass ich mich meldete. »Mariella! Ich hätte nicht gedacht, dass du noch mal anrufst.« Er war aufmerksamer, als ich dachte. »Natürlich möchte ich dich gerne wiedersehen. Ob ich heute Abend Zeit habe? Ja, lass uns essen gehen. Ich hole dich um zwanzig Uhr ab, ist das okay?«

»Nein!«, hätte ich ihm am liebsten erwidert. Es war nicht okay. Ich wollte mich mit dem geilen Jerry und nicht mit dem langweiligen Daniel treffen. Aber da ich keine andere Wahl hatte, willigte ich ein.

Daniel trug einen schicken schwarzen Anzug mit Hemd und Krawatte, während ich mich zwar zurückgehalten, aber natürlich trotzdem einen meiner kürzesten Röcke und darunter einen schwarzen Seidenstring angezogen hatte. Dieser zwickte mich ständig in den Hintern, aber dummerweise gehörte ein bisschen Leiden dazu, wenn man die Kunst der Verführung praktizieren wollte.

Daniel stand an meiner Tür, klein, untersetzt, gerade mal so groß wie ich, aber mit einem breiten Grinsen im Gesicht. Er war für meinen Geschmack viel zu elegant, aber er gab sich Mühe und würde zweifellos später nur zu gern bereit sein, seinen Schwanz in mich zu stecken.

»Ich dachte, wir gehen ins *Bellini's*«, schlug er vor, als wir zu seinem Wagen gingen.

Das ist ein guter Anfang, erkannte ich, denn das *Bellini's* ist das beste italienische Restaurant im Umkreis von mehreren Meilen. So langsam freute ich mich auf den Abend.

Der Kellner war sehr aufmerksam. Wir tranken den besten Wein und nahmen ein köstliches Drei-Gänge-Menü zu uns, nach dem ich mich ganz aufgebläht fühlte und mir der Bund meines Rockes fast schon zu eng wurde. Aber obwohl ich viele Anspielungen und kleine verführerische Blicke in Daniels Richtung abgab, schien dieser vor allem am Essen interessiert zu sein. Selbst als ich frech meinte, ich würde jetzt den Rock öffnen und ausziehen, schaufelte er sich nur weiter Essen in den Mund. Ich weiß, dass Stiere gern essen, aber normalerweise mögen sie Sex genauso gern. Doch hier musste ich wohl ein wenig offensichtlicher werden. Als ich meinen Kaffee ausgetrunken und er die Rechnung bezahlt hatte, schob ich meinen Stuhl an seinen heran und begann dann, seinen Oberschenkel zu streicheln. »Das war ein großartiges Essen, Daniel. Vielen Dank«, raunte ich ihm mit heiserer Stimme zu.

Daniel starrte auf meine Hand hinunter und wirkte eher peinlich berührt als erregt.

Doch so schnell gab ich nicht auf. »Was sollen wir jetzt machen? Der Abend ist noch jung. Wir können überall hingehen und tun, worauf wir Lust haben.« Meine Finger wanderten weiter nach oben und berührten jetzt fast seinen Schritt. Offensichtlicher konnte ich nicht mehr werden.

Daniel rutschte auf seinem Stuhl herum und sah nicht glücklich aus. »Ich ... Ich möchte nicht ...« Er hielt inne und starrte mich an.

»Du möchtest was nicht?«, erwiderte ich verdrießlich und zog die Hand weg, während sich die Enttäuschung in mir breitmachte.

»Äh, nichts.« Er stand abrupt auf. »Na los, lass uns gehen.«

Als wir im Wagen saßen, versuchte ich es erneut. So leicht ließ ich mich nicht abweisen. Ich brauchte diesen Mann, um meine Aufgabe erfüllen zu können. Also lehnte ich mich auf dem Sitz zurück und spreizte die Beine. So langsam spürte ich eine leichte Erregung und wünschte mir, dass Ryan oder Jerry jetzt bei mir wäre. Als ich mir vorstellte, wie sich Ryans großer Schwanz in mich hineinbohrte, stöhnte ich laut auf.

Daniel sah mich noch immer nicht an und startete den Wagen. »Ich sollte dich lieber nach Hause bringen«, sagte er steif.

Ich drehte mich zu ihm um und ließ mich von meiner Frustration übermannen. »Ich dachte eigentlich, meine Anzeige wäre deutlich genug gewesen«, erklärte ich. »Körperlich aktiv, für Freizeitaktivitäten. Heißt das nicht klar und deutlich S-E-X?«

Daniel seufzte und drehte den Zündschlüssel wieder herum. Wir standen noch immer auf dem Parkplatz des *Bellini's*. »Es tut mir leid, Mariella. Mir ist nicht klar gewesen, dass du Sex willst. Ich dachte, du wärst nur eine einsame Frau, die Gesellschaft sucht, so wie ich. Ich bezweifle, dass ich gut genug für dich bin. Ich hatte noch nie eine richtige Freundin. Vielleicht bin ich sogar schwul.«

»Vielleicht? Du bist dir da nicht sicher?«, hakte ich ungläubig nach.

Daniel zuckte mit den Achseln. »Ich hatte auch noch nie einen Freund. Es ist einfach so, dass ich mich nicht besonders für Sex interessiere. Ich habe es mal mit einer Prostituierten versucht, aber ich konnte es nicht, und am Ende musste sie mir einen runterholen. Das hat mir gefallen, aber das war auch schon alles ...« Erneutes Achselzucken.

»Du bist ja nicht gerade ein typischer Stier«, stellte ich eingeschnappt fest.

»Ah! Ich muss dir noch etwas gestehen. Ich bin kein Stier, ich bin Jungfrau. Ich wollte dich nur kennenlernen und mich mit dir unterhalten. Du hast so nett geklungen.«

Jetzt war ich wütend. Ich hatte meine kostbare Zeit und Energie vergeudet. Aber das ließ sich jetzt nicht mehr ändern. Ich zwang mich, Daniel anzulächeln. Es war wirklich nicht seine Schuld, sondern meine, dass ich so naiv gewesen war und diese dumme Anzeige überhaupt aufgegeben hatte.

Außerdem hatte ich lange nicht mehr so gut gegessen wie an diesem Abend, und das war doch auch etwas wert.

»Bring mich jetzt lieber nach Hause«, meinte ich leise.

So langsam bekam ich Panik. Am nächsten Tag kam Ryan mich besuchen, und ich klagte ihm mein Leid, dass die Idee mit der Anzeige nicht funktioniert hatte. Wo in aller Welt sollte ich jetzt einen anständigen Stier finden? Er schlug vor, dass ich mich erneut an seine Liste halten sollte, aber das wollte ich nicht zum zweiten Mal nacheinander tun.

Zu guter Letzt brachte mich Ryan zum Schweigen, indem er meine Haare packte, mein Höschen herunterzog und mir ordentlich den Hintern versohlte – allerdings nicht zu fest. Nach einer oder zwei Minuten, nachdem meine bebenden Pobacken mit roten Fingerabdrücken bedeckt waren, schob Ryan zwei Finger in meine Muschi, um nachzusehen, ob ich schon feucht war, was natürlich der Fall war. Er wusste, dass ich sein Spanking geil fand. Dann liebte er mich auf seine typische Ryan-Art, aggressiv, aber rücksichtsvoll. Ryan war bereit, alles zu tun, damit ich zum Orgasmus kam. Es dauerte nicht lange, bis ich keuchte, stöhnte und nach mehr verlangte.

Als wir fertig waren, setzte mich Ryan, nackt, wie ich war, auf seinen Schoß und ließ mich wie ein kleines Kind auf und ab hüpfen. »Und, geht es dir jetzt besser?«, wollte er grinsend wissen.

Ich musste lachen. Er hatte mich tatsächlich aufgeheitert, und ich drückte ihm einen Kuss auf die Nasenspitze, bevor ich meine Kleidung vom Küchenboden aufsammelte.

»Hol die Liste, Ryan«, rief ich ihm zu, »und ich koche uns einen Tee.«

Ryan kannte viele Stier-Männer, insgesamt standen vier auf der Liste. Dummerweise war einer fast fünfzig, ein zweiter verheiratet und hatte zwei kleine Kinder. Ein dritter, der ganz passabel klang, machte gerade Urlaub auf Teneriffa, sodass nur noch ein Kandidat übrig blieb: Mick, sein bester Freund, der außerdem ein ziemliches Raubein war. Ich kannte ihn ganz gut, hatte ihn aber nie besonders gemocht und wäre mir komisch vorgekommen, ihn zu bitten, mit mir zu schlafen.

»Er würde das bestimmt sehr gerne machen«, meinte Ryan.

Das hörte ich doch gern. »Steht er denn auf mich?«

»Kann schon sein. Aber du weißt doch, wie er ist. Mick steht auf Muschis. Wenn ich ihn bitten würde, dich zu vögeln, dann würde er dich nicht enttäuschen.«

»Das kann ich mir denken. Wieso magst du ihn eigentlich so sehr?«

»Man kann viel Spaß mit ihm haben.«

»Wenn wir ihn fragen, wirst du dann je wieder mit mir reden?«

»Natürlich werde ich das.«

»Wirst du auch noch mit ihm reden?«

Ryan grinste. »Da bin ich mir nicht so sicher. Es ist eine Sache, ihn zu bitten, meine Süße zu vögeln, aber eine ganz andere, wenn er es tatsächlich macht und es dir gefällt.«

»Ich kann mir nicht vorstellen, dass es mir gefallen könnte.«

Ryan seufzte. »Entscheide dich. Wir drehen uns hier im Kreis, und ich fange an, mich zu langweilen.«

»Okay«, meinte ich widerwillig. »Rede mit ihm. Erzähl ihm, worum es geht, und dass es eine einmalige Sache sein wird. Und gib mir noch einige Tage Zeit, ich will mich erst in Ruhe darauf einstellen.«

Offenbar war Mick ein vielbeschäftigter Mann. Er konnte mich erst in der darauffolgenden Woche in seinem vollen Kalender unterbringen. Aber das war mir recht, denn so hatte ich Zeit zum Schreiben und konnte mir überlegen, wie ich Aufgabe Nummer drei, den Zwilling, angehen wollte. Ryan machte mit Mick aus, dass er mich am 9. Mai treffen sollte. Ich lehnte mich zurück und wartete.

Am Abend vor unserer Verabredung läutete auf einmal mein Telefon. Es war Jerry. Ich lag im Bett und entspannte mich nach einem Mammut-Sexmarathon mit Ryan, der gerade unter der Dusche stand.

»Jerry!«, kreischte ich begeistert. »Ich dachte, du wärst in Schottland!«

»Das war ich auch bis vor wenigen Stunden. Ich bin eben erst von Edinburgh hergeflogen und dachte, ich rufe dich sofort an, damit du weißt, dass ich noch interessiert bin. Entschuldige, dass ich mich nicht eher gemeldet habe.«

»Du hättest dich aus Schottland melden können«, erwiderte ich verdrießlich.

»Ich weiß, aber ich habe fast den ganzen Tag gearbeitet, damit ich schnell wieder zu dir zurückkehren kann.«

Er klang so sexy. Jetzt fiel mir auch wieder ein, wie sehr ich mich auf das Wiedersehen mit ihm gefreut hatte. »Okay«, meinte ich und versuchte, so zu klingen, als hätte ich mich erweichen lassen, während ich breit grinste.

»Können wir uns noch immer treffen?«, wollte er begierig wissen. »Wie sieht es mit morgen aus? Essen gehen, Theater oder Kino? Was immer du willst. Dein Wunsch ist mir Befehl.«

»Mir ist alles recht«, entgegnete ich, um dann hinzuzufügen: »Solange danach ein guter Fick folgt.«

Jerry lachte. Er wusste genau, was ich wollte. »Das wird sich schon arrangieren lassen. Ich rufe dich morgen gegen 19:30 Uhr an, okay? Jetzt will ich nur noch ins Bett fallen. Bis dann.« Er schickte mir einen Kuss durchs Telefon und legte auf.

Ryan kam ins Zimmer und rubbelte sich die Haare trocken. »Wer war das?«

Ich sprang aus dem Bett und tanzte im Zimmer herum. »Das, mein lieber Ryan, war Jerry! Er ist früher zurück als gedacht. Wir haben uns für morgen Abend verabredet.«

Ich stolzierte in Richtung Dusche, und meine Brüste mit den großen, geschwollenen Nippeln hüpften auf und ab.

Doch Ryan fing mich ab, indem er mich am Arm packte. »Was ist mit Mick? Willst du dich morgen nicht mit ihm treffen?«

Verdammt! Den geilen Mick hatte ich ganz vergessen. Aber Jerry war ein viel besserer Kandidat. »Sag Mick ab«, forderte ich Ryan verdrossen auf. »Wenigstens steh ich auf Jerry.«

»Vielen Dank auch! Nach der ganzen Planung wird Mick bestimmt enttäuscht sein.« Ryan war wütend.

Aber ich wusste, dass ich das rasch ändern konnte. Ich beugte mich vor und rieb mit meinen aufrecht stehenden Nippeln über seine haarige Brust. »Ich werde es wieder gutmachen, versprochen. Halt doch schon mal das Bett warm.«

Ich sah in dem kurzen, eng anliegenden schwarzen Kleid, das nichts der Fantasie überließ, heiß aus. In dem Wonderbra sahen meine Brüste riesig aus, und der neue String – der mich ein Vermögen gekostet hatte – saß zur Abwechslung mal richtig gut. Ein Friseurbesuch hatte mein wildes, schulterlanges blondes Haar in wunderschöne Locken verwandelt. Ich fühlte mich sehr sexy.

Als er mich erblickte, musterte mich Jerry von oben bis unten und stieß einen anerkennenden Pfiff aus. »Du siehst toll aus. Ich denke, wir sollten lieber essen gehen.«

Es war mir egal, wo wir hingingen, solange der heiße Jerry an meiner Seite war. Er führte mich in ein indisches Restaurant am Stadtrand.

Als wir das Restaurant betraten, legte Jerry besitzergreifend den Arm um mich und berührte dabei leicht meine linke Brust mit der Hand, was mich vor Wonne erbeben ließ.

»Ich liebe indisches Essen«, meinte ich, als wir zu einem ruhigen Tisch in einer Ecke des Raums geführt wurden.

»Das dachte ich mir. Danach fühlt man sich immer so sexy, aber das tust du vermutlich auch so schon.«

Ich lachte. »Dasselbe gilt auch für dich, Jerry.«

Wir lächelten einander vielsagend an, und ich spürte dieses großartige, vertraute Gefühl in meiner Muschi, als ich feucht wurde.

Der Kellner reichte uns die Speisekarte, aber mein Blick wanderte immer wieder zu Jerry hinüber. Ich war mir seiner Nähe überaus bewusst, ebenso wie der Tatsache, dass seine linke Hand unter dem Tisch zärtlich mein Bein streichelte.

»Nimmst du eine Vorspeise?«, wollte ich wissen.

Jerry sah mir in die Augen. »Natürlich. Ohne Vorspeise geht gar nichts. Ich hätte gern ein leckeres Stück deiner Muschi.«

Bei diesen Worten rutschte seine Hand langsam mein rechtes Bein hinauf, bis es an meinem String angekommen war.

»Ah, ich glaube, ich habe etwas Passendes gefunden«, stellte er dann grinsend fest und begann, meine Muschi durch das dünne Material sanft zu streicheln.

Wogen der Lust brandeten durch meinen Körper.

Als der Kellner kam, um unsere Bestellung aufzugeben,

sah ihm Jerry direkt ins Gesicht und bestellte für uns beide, während er weiterhin meine Muschi streichelte. Meine Klit pulsierte, und meine Oberschenkel waren feucht. Obwohl ich Angst hatte, dass der Kellner sehen könnte, was wir taten, war ich so erregt, dass ich kaum atmen konnte.

Nachdem der Kellner wieder gegangen war, drückte Jerry meine Beine etwas weiter auseinander und begann, mit der Rückseite des Daumens über meine Klit zu reiben, während er den Blick über die anderen Restaurantgäste streifen ließ.

Kurz darauf brachte uns der Kellner einige Papadams mit verschiedenen Dips. Jerry zog seine Hand weg und sah seine Finger an. Sie waren feucht. »Hmm, das muss ich später unbedingt noch kosten«, meinte er und starrte mich mit seinen großen, braunen Augen an. »Aber vorerst gebe ich mich mit einem Papadam zufrieden.«

Widerstrebend drückte ich die Oberschenkel zusammen. Meine Muschi wollte mehr. »Lass uns ganz schnell essen«, sagte ich mit heiserer Stimme.

Jerry grinste mich an und steckte sich ein großes Stück Papadam mit Chutney in den Mund. »Es gibt keinen Grund zur Eile«, entgegnete er. »Die beiden schönsten Dinge im Leben sind Essen und Sex, und wir können hier beides genießen.« Er beugte sich zu mir herüber und flüsterte: »Liebste Ellie, warum gehst du nicht auf die Damentoilette und wirst dieses dumme Stück Stoff los, das deinen Schritt verdeckt? Dann kommst du wieder her und genießt dein Essen.«

Ich war sprachlos und völlig fasziniert von ihm. Gehorsam stand ich auf.

Jerry griff nach meiner Handtasche, die auf dem Boden stand. »Vergiss die hier nicht«, riet er mir. »Du wirst sie vermutlich brauchen.«

Ich nahm sie ihm ab und ging taumelnd zur Toilette. In der engen Kabine zog ich meinen String aus, pinkelte und wischte mich ab, wobei meine Hände zitterten vor lauter Vorfreude auf das, was noch kommen würde.

Jerry beugte sich vor und hielt mir eine Gabel voll *Chicken Tikka Masala* vor den Mund. »Weit aufmachen«, forderte er mich auf.

Also öffnete ich meinen Mund und spreizte die Beine. Mit der linken Hand schob mir Jerry die Gabel mit dem *Tikka Masala* in den Mund. Mit der rechten griff er unter den Tisch, schob seine Hand unter mein Kleid und steckte mir drei Finger in die Muschi.

»Wie ist das?«, fragte er und sah auf meinen Mund.

»Hm, großartig«, murmelte ich, wackelte mit dem Hintern und spreizte die Beine so weit, wie ich es nur wagte.

Wir spielten dieses Spiel über eine halbe Stunde lang. Jerry ließ mich jedes der Gerichte kosten, die er bestellt hatte, bevor er selbst davon aß. Gleichzeitig brachte er mich fast bis zur Raserei. Mit jeder Kostprobe liebkoste er mich intensiver. Er hatte mit einem Finger begonnen, den er vorsichtig ein kleines Stück in mich geschoben hatte, nur um ihn dann ganz hineinzustecken, bis er schließlich drei Finger in mir hatte.

Hin und wieder sah ich mich um, ob uns jemand beobachtete, aber die Tische waren leer, und die Kellner ließen sich nichts anmerken.

Wenn er die Finger herausnahm, leckte Jerry sie kurz ab und meinte, dass er den Geschmack mögen würde, bevor es mit dem nächsten Bissen weiterging.

Meine Beine waren nass, mein Kleid durchtränkt (zum Glück war es schwarz), aber das war mir egal. Ich wollte mehr. Ich drückte mich gegen seine Finger, und sein Daumen rieb erneut über meine Klit.

»So ein schöner kleiner Gnubbel«, murmelte er leise.

Ich stand schon kurz vor dem Höhepunkt. Inzwischen wusste ich kaum noch, wo ich war, und stöhnte leise auf. Daraufhin zog Jerry seine Finger heraus, und ich blickte mich peinlich berührt um, weil ich befürchtete, dass das jemand gehört hatte.

Doch Jerry wirkte unbesorgt, leckte sich die Finger ab und schob sich eine Gabel voll Krabbencurry in den Mund.

»Koste mal«, forderte er mich auf und hielt mir erneut eine Gabel voller Köstlichkeiten vor den Mund.

»Ich kann nicht mehr«, flüsterte ich. »Ich bin voll.«

»Nein, das bist du nicht.« Jerry schob mir die Gabel in den Mund und stieß mir dem Gefühl nach gleich vier Finger in die Muschi. Ich keuchte ebenso vor Schmerz wie vor Lust auf.

»Ah, ich glaube, jetzt bist du voll«, sagte Jerry und blickte mich unschuldig an.

»Bitte nicht.«

»Was?«

»Nicht aufhören. Ich glaube, ich komme gleich«, raunte ich ihm verzweifelt zu.

Jerrys Finger pumpten sich weiter in mich hinein, während sein Daumen meine Klit massierte.

»Nein, nein«, murmelte ich und versuchte schwach, ihn wegzustoßen, während ich ihn mit einem Blick ansah, der ihn anflehte, weiterzumachen. Dann begann mein ganzer Körper zu zittern. Ich wusste kaum noch, was ich tat, versuchte aber, meine Bewegungen irgendwie unter Kontrolle zu halten. Ich hätte am liebsten laut gestöhnt, wagte jedoch nur ein leises Wimmern, schloss die Augen und trat kurzzeitig durch die Tore des Himmels.

Als ich die Augen kurz darauf wieder aufmachte, saß Jerry ruhig neben mir, hatte die Hände im Schoß liegen und lächelte mich an. »Das war ein großartiges Essen«, stellte er fest. »Aber ich denke, es wird Zeit, dass wir bezahlen und gehen.« Er sah auf die Uhr. »Wir könnten noch genug Zeit für ein Dessert an einem anderen Ort haben.«

Ich nickte, stand benommen auf und versuchte, den unteren Teil meines zerknitterten Kleides zu glätten.

Der Kellner kam mit dem Kreditkartenbeleg, den Jerry unterschreiben sollte. Als sich Jerry zum Tisch beugte, wanderte der Blick des Kellners zu mir und richtete sich rasch auf meinen Schritt. Er lächelte mich unzüchtig an, und ich wäre vor Scham am liebsten im Boden versunken, als mir klar wurde, dass er wusste, was wir getan hatten, und uns vielleicht sogar die ganze Zeit beobachtet hatte.

Jerry gab ihm ein großzügiges Trinkgeld, und wir verließen schnell das Restaurant.

»Er wusste es. Der Kellner hat es mitbekommen«, stieß ich hervor, sobald sich die Tür hinter uns geschlossen hatte.

Jerry schenkte mir ein charmantes, gelassenes Lächeln. »Natürlich wusste er es. Er hat uns kaum aus den Augen gelassen. Wir haben ihm bestimmt den Abend gerettet.«

Verblüfft überlegte ich, wie viele andere noch gemerkt hatten, was an unserem Tisch passierte. Aber ich hatte nicht viel Zeit zum Nachdenken, da mich Jerry schnell in seinen Wagen einsteigen ließ.

»Wo fahren wir denn hin?«, wollte ich wissen, als er mit hoher Geschwindigkeit losfuhr. Ich war froh, dass er nur ein Glas Wein getrunken hatte.

»Ich kenne eine schöne Stelle, an der wir unser Essen beenden können«, erklärte er mir.

Mein Körper reagierte augenblicklich darauf. »Ich werde schon wieder ganz feucht«, flüsterte ich ihm zu und lehnte mich auf dem Beifahrersitz zurück, um mein Kleid hochzuziehen und ihm meine geschwollene Muschi zu zeigen.

Jerry lachte. »Du bist unersättlich. Anscheinend bist du bereit für den Nachtisch, und ich habe noch immer Heißhunger.« Er nahm eine Hand vom Lenkrad und streichelte durch die Hose über seinen Penis.

Vor meinen Augen wurde sein Schwanz immer steifer. Auf einmal wollte ich ihm auch Lust bereiten. Also lehnte ich mich zur Seite und zog den Reißverschluss seiner Hose herunter. Er hatte keinen Slip an, und sein hungriger Schwanz schnellte augenblicklich heraus. Er war dick, hart und einsatzbereit.

Ich senkte den Kopf, hielt meinen nackten Hintern in die Luft und nahm ihn in meinen Mund.

»Ich glaube, ich werde den Nachtisch sehr genießen«, meinte er nach einigen Sekunden.

Jerry fuhr zu einer kleinen Lichtung im Wald. Bevor ich noch protestieren konnte, zog er mich aus dem Wagen in die kalte Nachtluft hinaus. Ich zitterte, aber er schien es nicht zu bemerken. Stattdessen drückte er mich gegen den Wagen, zog mir das Kleid über den Kopf und warf es beiseite, sodass ich nackt vor ihm stand. Meine Nippel schrumpften zu zwei kleinen Knöpfen zusammen.

»Im Kofferraum ist eine Decke. Ich hole sie. Bleib du hier stehen«, ordnete er an.

Er holte die Decke und wickelte sie um meinen Körper. Sie war dick und warm.

»Komm mit«, forderte er mich auf und zog mich zu den Bäumen.

Ich vertraute ihm völlig. Es fühlte sich so sinnlich an, mit nichts als einer Decke und meinen Schuhen am Leib neben ihm herzulaufen.

Nach einigen Minuten erreichten wir eine weitere kleine Lichtung mit kurzem, trockenem Gras, von der aus man Wasser sprudeln hören konnte. Offenbar war er schon einmal hier gewesen.

Er nahm mir die Decke ab und breitete sie auf dem Gras aus, um mich dann hochzuheben und vorsichtig darauf zu legen.

Dann stand er über mir, zerrte an seiner Kleidung und warf sie zu Boden, bis er schließlich ebenfalls nackt war. Er hatte einen großartigen untersetzten Körper, etwas haarig, aber zu einhundert Prozent männlich. Ich beobachtete ihn fasziniert und vergaß, wie kalt mir eigentlich war.

»Treibst du es gern unter dem Sternenhimmel?«, fragte er, während er mich überragte und sein steifer Schwanz in meine Richtung zeigte.

»Ja, aber ich habe es noch nie in einer so kalten Nacht mit nichts als einer Decke getan.« So langsam begann ich wieder zu zittern.

Jerry legte seinen warmen, nackten Körper auf mich. »Ich halte dich warm«, raunte er mir zu und rieb seinen Schwanz an meinem Bauch.

Ich griff nach unten und umfing ihn, da ich ihn gern in meinen Händen spüren wollte. Er stöhnte laut auf, als meine kalten Finger ihn berührten, aber als ich ihn streichelte, entzog er sich mir.

»Noch nicht. Erst will ich meinen Nachtisch. Du schmeckst so gut.« Er rollte sich von mir herunter und begann, zärtlich an meinem Hals zu knabbern und zu lecken.

Ich erschauderte vor Wonne. Dann begann er mit langsamen, sinnlichen Zungenbewegungen meinen Körper zu erkunden. Als er meine Nippel erreichte, strich er mit seiner Zunge darum und biss sanft hinein, sodass ich vor Lust aufschrie. Auch als er seine Zunge in meinen Bauchnabel steckte, spürte ich wieder eine Woge der Ekstase. Nach und nach transportierte er mich in eine andere Welt. Er kam dem Teil von mir, der feucht und hungrig war, immer näher. Ich wurde ungeduldig und schob seinen Kopf zu meiner pochenden Muschi, doch er widersetzte sich.

»Gierige Ellie«, spottete er. »Du musst lernen, Geduld zu haben. Die beste Dinge kommen zu denen, die warten können.« Auf einmal drehte er mich um und bewegte seine Zunge von oben nach unten über meinen Rücken. Als er meinen Hintern erreichte, zog er sanft meine Pobacken auseinander und schob seine Zunge in die Spalte, bis er meinen Anus gefunden hatte. Dort hielt er inne, nur um fest daran zu saugen.

Ich drehte beinahe durch. Das war eine völlig neue Empfindung. Ich stöhnte laut vor Lust und drückte meinen Hintern fest gegen sein Gesicht, weil ich gar nicht genug kriegen konnte.

Er wurde wilder, was mir sehr gefiel. Ohne Vorwarnung zog er mich hoch, sodass ich auf allen vieren hockte, und stieß mir endlich von hinten die Zunge in die Muschi. Ich schrie laut auf und verlangte nach mehr, woraufhin er seine Zunge mit geschickten, abrupten Bewegungen schneller und immer schneller herausschnellen ließ, meine Klit fand, daran saugte, nur um sie wieder zu verlassen und mir die Zunge erneut in die Muschi zu stecken, immer wieder und wieder, bis es langsam wehtat und ich glaubte, platzen zu müssen.

Auf einmal hörte er auf, und ich spürte seinen Schwanz an meinem Hintern, sodass ich schon dachte, er würde ihn mir dort reinschieben – ich hätte nichts dagegen gehabt –, doch das tat er nicht. Stattdessen drehte er mich mit einer geschickten Bewegung auf den Rücken und stieß tief in mich hinein, sodass ich vor Lust aufschrie.

Wie aus der Ferne hörte ich, dass meine eigene Stimme ihn anschrie: »Fick mich, du Bastard. Härter, härter«, während ich meine Klit rieb.

Und das tat er, er fickte mich so fest, dass ich wieder und wieder kam.

Dann kam auch er zum Höhepunkt, verspritzte seinen Samen in mich, nannte mich Schlampe und Hure, nur um dann erschöpft auf meinen nackten Körper zu sinken.

Das Gefühl seines nackten Körpers auf mir, der mich warm hielt, war sehr angenehm. Zärtlich strich ich ihm mit den Fingern durchs Haar und küsste ihn auf den Kopf. »Danke, du Stier«, murmelte ich. »Du wirst in der Wertung auf jeden Fall sehr weit oben abschneiden.«

Er regte sich nicht und hatte keine Ahnung, was ich damit meinte.

Völlig erschöpft und durchgefroren fiel ich um 2 Uhr morgens in mein Bett.

Ich habe Jerry versprochen, dass wir uns wiedersehen. Er möchte gern mehr über meinen Urlaub in Amerika erfahren, und ich würde ihm gern davon erzählen, aber ich bezweifle, dass ich Zeit dafür finden werde. Ich muss mich langsam sputen. Der Zwillings-Mann wartet schon.

# *Kapitel 4*

## *Zwilling: Der Dreier*

21. Mai

Tja, es ist der erste Tag im Sternzeichen des Zwillings, ohne dass ich einen Zwillings-Mann ins Auge gefasst hätte, aber ich breche nicht in Panik aus. Das liegt vor allem daran, dass ich in zwei Tagen mit meiner besten Freundin Zoe für zwei Wochen nach Ibiza in einen Klub für 18- bis 30-Jährige fliege. Sie hat mich davon überzeugt, dass ich unter den geilen, jungen Hengsten in unserer Gruppe bestimmt einen passenden Kandidaten für meine Aufgabe finde. Und falls nicht, sind in den Klubs gewiss noch genug andere willige Zwillings-Männer zu finden.

Zoe ist eine wunderbare Freundin. Sie ist ein wenig durchgeknallt, sagt, was sie denkt, und gibt gern mit dem an, was sie hat, aber sie hat auch ein großes Herz und würde alles für mich tun. Sie sieht super aus, ist vielleicht ein wenig dünn und hat kleine Brüste, aber ihr Lächeln ist einfach umwerfend, ebenso wie ihre großen blauen Augen. Sie strahlt den Sex-Appeal förmlich aus, und die Männer lieben sie. Meiner Ansicht nach das Beste an Zoe ist jedoch, dass sie unglaublich auf Sex steht. Sie kann an einem Tag mehr Männer vernaschen, als ich in einer ganzen Woche. Außerdem hat sie schon fast alles ausprobiert, sogar Orgien und S&M. Sie macht gern Dinge, die ich noch nie im Leben gemacht habe, sie zieht zum Beispiel gern ihre schwarze Lederkluft an und versohlt dummen Männern den Hintern, aber ein guter Fick reizt sie noch viel mehr. Mein Urlaub dürfte mit Zoe an meiner Seite noch sehr viel angenehmer werden. Sie hat versprochen, jeden aussichtsreichen Kandidaten nach seinem Sternzeichen zu fragen und mir dabei zu helfen, gute Typen kennenzulernen.

Es tut mir fast ein wenig leid, Ryan zurückzulassen, aber er versteht, dass ich einen Ortswechsel brauche und einen Zwilling finden muss. Außerdem wird er bestimmt nicht lange alleine sein. Seine geile Ex-Freundin Gemma trifft sich noch immer mit ihm und scheint überaus willig zu sein, jederzeit ihr Höschen auszuziehen. Ich weiß, dass Ryan sie nur benutzt, um mir eins auszuwischen, und ich kann nichts dagegen tun, aber trotzdem bin ich nicht eifersüchtig. Ryan ist mein Freund, und ich will ihn behalten. Doch ich muss auch meine Aufgabe erfüllen. Wahrscheinlich ist es zu viel verlangt, dass ich alles auf einmal haben kann. Auf nach Ibiza!

Zoe griff nach meinem Arm und weckte mich. »Ellie! Sieh dir den Typen da drüben an. Ist der nicht umwerfend? Ich glaube, der ist sogar in unserer Gruppe.«

Wir warteten in der Abflughalle am Flughafen Gatwick. Es war 22 Uhr. Um 21:30 Uhr hätten wir losfliegen sollen, aber auf der Anzeigetafel stand noch immer VERSPÄTET. BITTE HABEN SIE GEDULD. Ich war stinksauer.

Zoe zappelte auf ihrem Stuhl herum und verdrehte den Hals, um den Typen, den sie entdeckt hatte, nicht aus den Augen zu verlieren. »Vielleicht sollte ich mal rübergehen und mich vorstellen«, meinte sie.

»Zoe!« Ich war nicht in der Stimmung, sie zu ermutigen. Ich wollte einfach nur in das verdammte Flugzeug steigen.

»Bin gleich wieder da.« Zoe warf mir ihren Rucksack auf den Schoß und verschwand im Duty-free-Bereich.

Ich sackte erneut zusammen und schloss die Augen.

Als ich sie wieder aufschlug, wusste ich erst nicht, wo ich war. Dann fiel es mir wieder ein. Die Abflughalle hatte sich deutlich geleert, und ich saß allein in der Stuhlreihe. Zoe war nirgendwo zu sehen. Ihr Rucksack lag noch immer auf meinen Beinen.

Ich bekam leichte Panik und sah zur Anzeigetafel, doch da hatte sich nichts verändert. Meine Laune wurde immer schlechter. Zoe hatte mich sitzen lassen, und es sah ganz danach aus, als würden wir nie nach Ibiza kommen.

Einige Augenblicke später tauchte Zoe auf. Sie sah ganz erhitzt und erregt aus, ihr kurzes Haar war zerzaust und ihr Augen-Make-up verschmiert.

»Oh, Zoe! Du hast doch nicht etwa ...?«, fragte ich erschüttert.

Sie grinste. »Oh doch. Er ist fantastisch und weiß, was er zu tun hat. Ich fühl mich ganz und gar befriedigt.«

»Wo?«, wollte ich wissen und wurde bereits selbst ein wenig heiß.

»Auf dem Männerklo. Er hat mich reingeschleust, als keiner da war. Das war ziemlich aufregend, das kann ich dir versichern.«

Ich musste lachen. »Du bist unverbesserlich, Zoe.«

»Da spricht die Richtige. Du bist doch nur neidisch.«

»Darauf kannst du wetten. Und, welches Sternzeichen ist er?«

Sie runzelte die Stirn. »Ich habe vergessen, ihn zu fragen. Eigentlich weiß ich nicht mal seinen Namen, aber er ist auf unserem Flug, also werde ich das schon herausfinden.« Sie sah zur Anschlagtafel. »Noch immer nichts Neues. Na, super! Dann habe ich ja noch Zeit, mich frisch zu machen.« Sie schnappte sich ihren Rucksack und eilte zur Damentoilette.

Um 23 Uhr flogen wir endlich los. Alle Passagiere stöhnten und beschwerten sich, da sie müde und hungrig waren, freuten sich aber auch, dass es jetzt endlich losging.

Zoe hatte einen Fensterplatz. Sie liebte das Fliegen, wohingegen ich immer ein wenig nervös war.

Ich sackte neben ihr auf dem Sitz zusammen und war noch immer ziemlich müde.

Aber meine Ruhe sollte ich nicht haben. Zoe stieß mich fest mit dem Ellenbogen an und flüsterte aufgeregt: »Ellie, das ist er. Er sitzt in der Reihe neben uns.«

Widerstrebend öffnete ich die Augen und sah hinüber. Ein großer, schlanker, gut aussehender Kerl verstaute soeben sein Handgepäck. Als er sich umdrehte und Platz nehmen wollte, sah er, dass Zoe ihm zuwinkte, und grinste erfreut.

»Schön, dich hier zu sehen.«

Zoe ignorierte die abgedroschene Phrase und erwiderte fast schon schüchtern: »Hallo.«

Dann kamen noch zwei Männer und setzten sich in dieselbe Reihe wie Zoes Eroberung.

Er beugte sich zu uns herüber. »Das sind meine Kumpel Ben und Steve. Ich bin übrigens Tony.«

Zoe war jetzt ganz in ihrem Element. »Ich bin Zoe«, rief sie hinüber. Um uns herum wurde es immer lauter, da sich das Flugzeug langsam füllte. »Und das ist meine beste Freundin Mariella, die von allen Ellie genannt wird.«

Drei Augenpaare musterten uns genau. Ben und Steve sahen bei Weitem nicht so gut aus wie Tony und fielen bei mir durchs Raster.

Zehn Minuten später hob das Flugzeug endlich ab. Der Sitz neben mir war frei.

Wir hatten kaum die Sicherheitsgurte gelöst, als sich Tony schon neben mich setzte. »Du hast doch nichts dagegen, oder, Ellie? Zoe und ich haben uns auf dem Flughafen kennengelernt.« Er grinste frech, und sein Blick wanderte zu meinem vom Wonderbra vergrößerten Dekolleté.

Zoe drehte sich zu mir um. »Wollt ihr nicht die Plätze tauschen, Ellie? Oder setz dich doch einfach rüber zu Ben und Steve ...« Sie lächelte mich an, und ich sah die Bitte in ihren wunderschönen, großen blauen Augen.

Ich hatte keine andere Wahl. Seufzend stand ich auf und zwängte mich an dem bulligen Tony vorbei, der nur Augen für Zoe (und meine Brüste) zu haben schien, um mich auf der anderen Seite des Gangs neben Ben zu setzen. Er grinste mich an. »Anscheinend hat unser Tony schon die erste Eroberung gemacht«, meinte er laut und musterte mich von Kopf bis Fuß.

Ich schenkte ihm ein schiefes Grinsen und wandte mich ab. Selbst wenn er ein Zwillings-Mann war, turnte er mich nicht an. Steve mit seiner grässlichen, seit Langem nicht mehr modischen Frisur und dem blöden Grinsen sah auch nicht besser aus.

Ich ignorierte alle Flirtversuche der beiden, und irgendwann hatten sie es endlich kapiert. Nachdem wir ein trockenes, geschmackloses Brötchen mit Plastikschinken und einem schlaffen Salat und danach einen schleimigen Karamellpudding mit dünnem, kaltem Kaffee runtergespült hatten, der uns von einer mies gelaunten Stewardess serviert wurde, kuschelte ich mich in meinen Sitz und schloss erneut die Augen.

Ein Kichern von der anderen Gangseite weckte mich. Ich sah hinüber zu Zoe und Tony. Sie waren unter einer Decke verschwunden, unter der nur noch ihre Köpfe hervorlugten. Zoe zappelte herum und kicherte.

»Keine Ahnung, was die da machen«, meinte Ben.

Zoe bemerkte, dass ich sie beobachtete, und zwinkerte mir zu, bevor ihr Kopf unter der Decke verschwand. Auf einmal fühlte ich mich sehr einsam. Ich wünschte mir, dass Ryan jetzt bei mir wäre. Ihm war es noch auf jeder Flugreise gelungen, mir die Hand in die Hose zu schieben. Die Vorstellung, dass er das jetzt auch tun würde, war fast unerträglich, und ich wurde richtig geil.

Ben musste meine Gefühle gespürt haben, denn er legte mir plötzlich die Hand auf die Innenseite des rechten Oberschenkels und begann, mich zu streicheln, wobei er sich langsam nach oben vorarbeitete. Kurz geriet ich in Versuchung. Meine Muschi zog sich beim Gedanken an Ryan noch immer zusammen. Doch dann rief ich mir ins Gedächtnis, dass mir Ben nicht gefiel und dass ich mich für einen Zwilling aufsparen wollte. Daher nahm ich Bens Hand hoch und ließ sie in seinen Schoß fallen. »Kein Interesse«, zischte ich.

Erneut sah ich zu Zoe und Tony hinüber. Zoe hatte die Augen geschlossen und ihr Gesicht in Ekstase verzogen. Ihr Körper zuckte wild unter der Decke. Tony schien auch ziemlich abwesend zu sein. Für den Bruchteil einer Sekunde hasste ich Zoe und den heißen Tony, den ich zugegebenermaßen auch begehrte. Doch dann fühlte ich mich schuldig. Zoe war meine beste Freundin, und sie hatte ihn verdient. Ich würde schon bald einen passenden Zwilling finden.

Es war 4 Uhr früh, und ich konnte seltsamerweise nicht schlafen. Zoe lag nackt, mit weit gespreizten Beinen und auf dem Rücken in ihrem Bett und schnarchte leise. Die Nacht war heiß, und das Zimmer schien keine Klimaanlage zu haben. Aber was konnte man von einem billigen Kluburlaub in San Antonio auch schon erwarten?

Ich beschloss, meine Laune mit einem Spaziergang aufzubessern. Das Hotel lag nahe am Strand, und ich sehnte mich danach, den Sand unter meinen Füßen zu spüren und den Wellen zuzusehen. Also zog ich mir Shorts und ein T-Shirt über und schlich mich aus dem Zimmer. Auf dem Gang war es fast schon unheimlich ruhig. Doch als ich zur Bar im Erdgeschoss kam, hielten sich dort noch einige Leute auf.

Ich hatte den Haupteingang gerade erreicht, als mir jemand auf die Schulter tippte. »Hi, Ellie. Schön, dich hier zu sehen.«

Es war Tony. Ich hätte diese Stimme und diesen Anmachspruch überall wiedererkannt. »Erstaunlich, dass du dich nicht völlig verausgabt hast«, meinte ich sarkastisch.

Er lachte. »Ja. Zoe ist ein heißer Feger. Aber ich kann nicht schlafen. Bin vermutlich zu aufgekratzt. Was ist mit dir?«

»Ich habe am Flughafen und im Flieger zu viel geschlafen. Jetzt bin ich hellwach. Ich wollte einen Strandspaziergang machen.«

»Hast du was dagegen, wenn ich mitkomme?«

Mein Herz schlug etwas schneller, aber ich blieb cool. »Von mir aus.« Ich drehte mich um und ging vor ihm durch die Schwingtür nach draußen.

Es war dunkel, aber warm und feucht. Nachdem wir einige Minuten lang schweigend nebeneinander hergegangen waren, meinte Tony: »Du gehst in die falsche Richtung. Das Meer liegt dort.« Er zeigte in die entgegengesetzte Richtung und sah mich mit schiefem Grinsen an.

Ich war wütend, ließ mir aber nichts anmerken. »Okay, du Klugscheißer, dann zeig du mir doch, wo's lang geht.«

Er nahm meine Hand und zog mich mit sich. Das gefiel mir. Als wir den Strand erreichten, zog ich meine Sandalen aus und vergrub die Füße im Sand. Tony machte es mir nach und lachte. Dann lief ich auf das Meer zu und watete bis zu den Knien hinein. Das Wasser war nicht so warm, wie ich gehofft hatte, daher rannte ich keuchend wieder raus. Erneut machte mir Tony alles nach, inklusive meiner Bewegung, und kreischte im kalten Wasser.

Nachdem wir einige Minuten lachend am Rand des Wassers herumgealbert hatten, ging ich wieder auf den trockenen Sand und ließ mich fallen. Tony legte sich neben mich, zog mich in seine Arme und küsste mich wild, dabei stieß er mir die Zunge in den Mund.

Das fühlte sich gut an. Einige Sekunden lang reagierte ich darauf, ließ meine Zunge in seinen Mund gleiten und drückte meinen Körper gegen ihn, damit er spüren konnte, dass ich heiß darauf war, gefickt zu werden. Doch dann fiel mir Zoe wieder ein, und ich entzog mich ihm. Ich hatte nicht vor, meiner Freundin in den Rücken zu fallen. »Wichser«, murmelte ich. »Was ist mit Zoe?«

Er setzte sich auf und zuckte mit den Achseln. »Was soll mit ihr sein? Ich mag sie, sie ist toll, aber dich mag ich auch. In dem Moment, in dem ich dich im Flugzeug gesehen habe, fand ich dich schon heiß.« Er starrte meine Brüste an. »Du hast echt tolle Titten. Ich würde gern daran saugen, wenn ich dich ficke.«

Meine Nippel wurden hart und drückten sich gegen mein T-Shirt. Ich sehnte mich nach einem guten Fick, aber Zoe würde mich umbringen, wenn sie das herausfand. »Ich steh echt auf dich, Tony«, erwiderte ich seufzend, »aber ich werde Zoe nicht die Tour vermasseln.«

Tony legte mir den Arm um die Schultern. »Bitte. Es ist so eine schöne Nacht. Wir könnten es hier tun. Niemand würde uns sehen.« Seine Hand legte sich auf meine rechte Brust und drückte zu.

Ich gab mich kurz dem Gefühl hin, doch dann stieß ich ihn wieder weg. »Nein, ich kann das nicht.«

Er schmollte. »Okay, ganz wie du willst. Ich werde dich nicht mehr anfassen.«

Ich stand auf und versuchte halbherzig, vor ihm wegzulaufen, aber er holte mich ein und zog mich wieder auf den Boden.

»Geh nicht. Bleib hier und unterhalt dich mit mir«, bat er mich.

»Worüber denn?« Ich war unsicher.

»Hast du einen Freund?«

»Ja. Sein Name ist Ryan.«

»Macht es ihm nichts aus, dass du alleine in den Urlaub fährst?«

»Nein. Wir haben da ein gutes Arrangement. Er zieht sein Ding durch und ich meins. Man könnte das wohl eine offene Beziehung nennen.«

»Du Glückliche. Warum willst du dich dann nicht von mir ficken lassen?«

Ich starrte ihn ungläubig an. »Du weißt, warum. Wegen Zoe. Sie ist eine gute Freundin. Aus irgendeinem Grund, den ich mir nicht erklären kann, mag sie dich sehr.«

Tony grinste. »Du aber auch.«

Ich spielte die Unschuldige. »Wie bitte?«

»Du magst mich.«

»Ich finde, du siehst verdammt gut aus, bist ein heißer Typ und machst mich an, aber ich bin mir nicht sicher, ob ich dich wirklich mag.«

»Dann mache ich dich also heiß? Würdest du jetzt nicht gern meinen Schwanz in dir spüren, wie er immer wieder in deine heiße Muschi hineingleitet, bis du kommst?« Er begann, sich im Schritt zu streicheln.

Ich versuchte, ihn zu ignorieren, ihn zu hassen, aber meine Muschi war peinlicherweise bereits feucht vor Verlangen.

Nachdem er sich einige Sekunden lang durch die Hose gestreichelt hatte, zog Tony den Reißverschluss seiner Shorts auf und holte seinen riesigen Schwanz heraus.

Ich keuchte und wandte rasch den Blick ab. Das war zu viel. Er neckte mich, da er genau wusste, wie sehr ich ihn begehrte.

Daraufhin masturbierte er nur noch heftiger. »Ich will ihn in deine heiße, süße Muschi stecken«, drängte er mich und sah mich mit seinen blauen Augen an. »Ich wette, du fühlst dich super an, ganz feucht und geil.«

Ich war fasziniert von der Bewegung seiner Hand auf seinem Schwanz. Meine Muschi gierte nach ihm. Mir war klar, dass ich weggehen und mich nicht dazu verleiten lassen sollte, etwas zu tun, was ich später bereuen würde, aber ich konnte es nicht. Ich saß einfach nur da und beobachtete ihn.

»Zieh dein T-Shirt aus und lass mich deine wunderschönen Titten sehen«, verlangte Tony.

Wie ein Zombie gehorchte ich.

Erfreut starrte Tony meine Brüste mit den erregten Nippeln an, die sich danach sehnten, von ihm gestreichelt und geleckt zu werden. »Großartig«, murmelte er und bearbeitete seinen Schwanz noch heftiger.

Ich beugte mich zu ihm, mit offenem Mund, steinharten, kribbelnden Nippeln und einer feuchten Shorts.

Er rückte von mir ab und grinste mich unglaublich frech an. »Hey. Ganz ruhig. Du darfst Zoe nicht enttäuschen. Du darfst dir nur vorstellen, gefickt zu werden. Zieh deine Shorts aus und bring dich selbst zum Orgasmus.«

Ich schüttelte den Kopf und wurde zornig. Wie konnte er es wagen, mich so anzuheizen, um mir dann das zu verwehren, was ich haben wollte? Ich wollte seine Finger auf meiner Klit spüren. Masturbieren konnte ich jederzeit.

Tony begann zu stöhnen. »Ellie, Ellie, ich kann spüren, wie ich in dir bin. Du fühlst dich so gut an, so warm, deine Muschi zieht sich um meinen Schwanz zusammen und saugt ihn in sich rein. Ahh.« Er stöhnte lange und ergoss seinen cremigen Samen auf seine Hand.

Ich starrte ihn an, zitterte und fragte mich, woher der ganze Samen kam, wo er es doch schon mehrfach mit Zoe getrieben hatte. Auf einmal war ich froh, dass er mich nicht angefasst hatte, froh, dass ich meine beste Freundin nicht verraten hatte. Aber es hatte nicht mehr viel gefehlt. Ich hatte ihn so sehr begehrt und tat es noch immer. Meine Muschi sehnte sich danach, ausgefüllt zu werden, und meine Brüste schmerzten. Hoffentlich fand ich bald einen Zwilling.

Schon bald hatte sich Tony wieder erholt. Er reichte mir mein T-Shirt. »Zieh es schnell wieder an, bevor mich deine tollen Titten schon wieder in Fahrt bringen.«

Ich zog es über. »Danke, dass du es nicht mit mir getrieben hast«, sagte ich. »Du wirst Zoe doch nichts von dieser Nacht erzählen, oder?«

»Natürlich nicht. Tut mir leid, dass du nicht gekommen bist, aber es war deine Entscheidung.«

»Ich weiß.« Ich stand unbeholfen auf und fühlte mich erschlagen und deprimiert.

Schweigend gingen wir zum Hotel zurück.

An der Tür angekommen, fiel mir noch etwas ein. »Ach, welches Sternzeichen bist du eigentlich?«

Tony sah mich irritiert an. »Warum willst du das wissen?«

»Aus keinem besonderen Grund. Ich bin Astrologin.«

»Ich bin Zwilling. Das macht mich zu einer Mischung aus Jekyll und Hyde, denke ich.«

Mein Herz machte einen Sprung. Ein Zwilling! Und ich

hatte ihn gebeten, mich nicht zu ficken. Jetzt war es zu spät. Mir stiegen die Tränen in die Augen.

»Dann bis später«, meinte Tony. »Ich werde nur noch Augen für Zoe haben, wenn es das ist, was du willst.«

Ich nickte, war wie benommen und beobachtete ihn, wie er schnurstracks auf den Fahrstuhl zumarschierte. Dieses Mal hatte ich es wirklich vermasselt. An den nächsten Tagen musste ich mich auf die Suche nach einem anderen Zwilling machen, der mir gefiel, und mich ordentlich von ihm durchficken lassen. Auf einmal musste ich lachen. Tony hatte mir gerade durch sein Gerede bei seinem eingebildeten Fick mit mir bewiesen, dass er ein typischer Zwilling war. Schon jetzt hatte ich etwas, worüber ich schreiben konnte. Wenn der nächste Zwilling auch nur halb so gut zur Sache ging, dann konnte ich echt zufrieden sein.

Zoe und ich waren schon drei Tage im Hotel, und noch immer hatte ich meinen Zwilling nicht gefunden. Da sie sich schuldig fühlte, weil sie mich im Flugzeug wegen Tony im Stich gelassen hatte, widmete sich Zoe in den ersten Tagen ganz meiner Aufgabe und versuchte, das Sternzeichen jedes verfügbaren Mannes in unserer Nähe herauszufinden. Außer Tony waren noch zwei weitere Zwillings-Männer da, aber die gefielen mir nicht. Meine Muschi blieb störrischerweise trocken, wenn ich mich mit ihnen unterhielt, also gab ich auf. Ben und Steve umschwärmten mich noch immer wie hungrige Fliegen und versuchten vergeblich, mich anzubaggern. Ich war inzwischen etwas wärmer mit ihnen geworden und fand einige ihrer Annäherungsversuche ganz amüsant, aber ich wollte von keinem der beiden gefickt werden. Außerdem waren sie keine Zwillings-Männer.

So langsam machte ich mir Sorgen, dass meine Hormone

verrückt spielten und ich mich nie wieder geil fühlen würde. Doch dann lernte ich André, einen der Kellner, kennen. Er war halb Franzose, halb Spanier und sehr sexy. Immer, wenn er mich mit seinen großen braunen Augen ansah, machte mein Herz einen Sprung, und mein Höschen wurde feucht. Ich war sehr erleichtert, mich wieder normal zu fühlen.

Am dritten Abend gingen Zoe und ich in einen Klub. Sie hatte widerstrebend zugestimmt, Tony zurückzulassen und mir bei meiner Aufgabe zu helfen. In diesem Augenblick traf sie sich gerade mit ihm an der Bar auf einen Drink, bevor sie mit mir durch das Mondlicht spazieren wollte.

Ich stand vor dem Spiegel und legte Make-up auf, als sie ins Zimmer stürmte.

»Weißt du was?«, rief sie aufgeregt.

»Du willst Tony heiraten«, witzelte ich.

Sie lachte. »Nie im Leben. Es geht um André, deinen Kellner. Er ist Zwilling.«

Ich wirbelte herum. »Was? Woher weißt du das?«

»Er gibt heute Abend eine Geburtstagsparty am Strand. Wir sind beide eingeladen. Tony natürlich auch.«

Ich lief zu ihr hinüber und nahm sie in den Arm. »Zoe, du bist ein Engel. Er muss es also sein.«

»Was ist mit dem Klub? Ich gehe mal davon aus, dass du heute nicht da hingehen willst?«

»Auf keinen Fall. Ich werfe mich für André in Schale. Ich weiß, dass er auch auf mich steht. Wenn ich ihn morgen um diese Zeit noch nicht gevögelt habe, dann kann ich auch gleich aufgeben und nach Hause fliegen.«

Zoe lachte. »Viel Glück. Ich werde ihm Bescheid sagen, dass wir zu seiner Party kommen.«

Als sie weg war, tanzte ich aufgeregt durch das Zimmer. Auf einmal sah die Welt sehr viel rosiger aus.

Ich sah André in die Augen und taumelte. Er streckte den Arm aus und fing mich auf, bevor ich in den Sand fallen konnte. Ich war betrunken, aber nicht so sehr, dass ich nicht aufgeregt war, als ich Andrés Arme endlich um meine Hüften spürte. Mehr als ein knappes rotes Kleid hatte ich nicht an. Keinen BH, kein Höschen, nicht einmal einen String. Das Gefühl der warmen Luft, die mein Kleid aufwirbelte und mir um die nackte Muschi und die Pobacken strich, machte mich heiß. Von dem Moment an, in dem ich auf der Party aufgetaucht war, war ich André nicht von der Seite gewichen. Jetzt, mehrere Stunden später und mit etwa einem Dutzend Wodkas intus, war ich zu allem bereit.

Ich wollte nicht, dass mich André wieder losließ. Also legte ich ihm die Arme um den Hals und drückte meine Titten gegen seine Brust. »Tanz.« Ich kicherte, taumelte im Sand herum und zog ihn mit. Die Musik lief noch, und einige andere Nachtschwärmer versuchten ebenfalls, ihre müden, betrunkenen Körper im Takt der Musik zu bewegen. Zoe und Tony standen eng umschlungen am Rand der Menge und taten so, als würden sie tanzen, während Tonys Hände über Zoes nackten Hintern glitten. Ihr war es egal. Ein anderes Paar, das ich nicht kannte, ging im Sand gleich direkt zur Sache, während ihnen einige andere dabei zusahen.

Ich wollte das auch. Also griff ich nach Andrés Händen und legte sie auf meine Pobacken. Er drückte sie, und ich wusste, dass wir auf dem richtigen Weg waren.

Nachdem wir uns einige Sekunden lang geküsst hatten, entzog ich mich ihm und nahm seine Hand. »Lass uns irgendwohin gehen, wo es ruhiger ist«, forderte ich ihn mit meiner besten Schlafzimmerstimme auf.

Er widersetzte sich. »Nein. Ich muss bis zum Ende bleiben. Es ist meine Party.«

Verdammt! Natürlich musste er warten, bis die Party vorbei war. Wenn das so weiterging, würde es bestimmt schon hell sein, bevor ich ihm endlich an die Wäsche gehen konnte, es sei denn, er war bereit dazu, mich vor den Augen der anderen zu ficken, aber diesen Anschein machte er nicht auf mich. Für einen Zwilling war er verdammt schüchtern.

Ich strich ihm mit der Hand durch sein langes, dunkles Haar, das er normalerweise als Pferdeschwanz trug, heute aber offen hatte. »Okay. Ich werde warten.«

Damit ich nicht später einfach nur auf dem Rücken lag, ohne etwas mitzubekommen, beschloss ich, lieber keinen Alkohol mehr zu trinken.

Die Party ging weiter. Ich beobachtete André, der sich mit seinen Gästen unterhielt und mit jedem Mädchen flirtete, was mich vor Eifersucht ganz rasend machte, aber er kam immer wieder zu mir zurück, seine Lippen streiften die meinen, und seine Blicke versprachen mir mehr.

Zoe und Tony trieben es letzten Endes auch vor allen anderen. Zoe war so betrunken, dass sie nicht mehr wusste, was sie tat. Ich hasste Tony dafür, dass er sie auf diese Weise benutzte, aber mir war auch klar, dass ihr das nichts ausmachen würde. Wenn Zoe erst einmal Sex hatte, war ihr alles andere egal.

André sah zu, wie sich Tonys nackter Hintern über Zoes Körper auf und ab bewegte. »Ist das nicht deine Freundin?«, fragte er mich.

Ich nickte und schämte mich ein bisschen. Jetzt war ich froh, dass ich André nicht gebeten hatte, es vor allen anderen mit mir zu treiben.

Daraufhin stellte sich André hinter mich und legte mir die Arme um die Taille. Ich spürte, wie er seinen Schwanz gegen meinen Hintern presste. »Das würde ich nachher auch sehr gerne noch machen«, flüsterte er mir ins Ohr.

Vor lauter Vorfreude erschauderte ich leicht, dann nickte ich und drückte meinen Hintern fester gegen ihn.

Die Party ging immer weiter. Ich war begierig darauf, es mit André zu tun, und er wusste das.

Etwa um sechs Uhr früh, als der Morgen bereits dämmerte und fast alle gegangen waren, drehte ich mich erwartungsvoll zu André um.

Er nickte und nahm meine Hand, um mich vom Hotel weg zu führen.

»Wo gehen wir hin?«, wollte ich wissen.

»Zu einem Haus in der Nähe. Es gibt da jemanden, den du kennenlernen solltest.«

Ich war neugierig geworden. »Wer?«

»Das wirst du gleich sehen.«

André ging immer schneller und zog mich mit. Ich kam kaum noch hinterher. Wir kamen zu einem kleinen, weißen Haus, das nicht weit entfernt vom Strand an einer Seitenstraße stand. Er drückte die Tür auf.

»Allo! Phillipe«, rief er dann.

Eine Tür ging auf, und ein Mann im Rollstuhl kam herein. Ich keuchte vor Schreck auf. Er sah genauso aus wie André, nur dass er sein langes, dunkles Haar zusammengebunden hatte.

André machte stolz eine kleine Verbeugung. »Das ist mein Zwillingsbruder Phillipe. Phillipe, das ist Mariella. Sie kommt aus England.«

Phillipe lächelte mich an. Er hatte dieselben warmen, wunderschönen Augen wie sein Bruder.

»Hallo«, erwiderte ich unsicher, da ich nicht wusste, wohin uns diese unerwartete Wendung führen würde, aber eine ungefähre Ahnung hatte.

»Phillipe wurde vor fünf Jahren bei einem Autounfall schwer verletzt. Er kann nicht mehr laufen, ist aber ansonsten in jeder Hinsicht ein normaler Mann.« André starrte mich intensiv an, und ich war mir jetzt sicher, was er wollte.

Phillipe rollte in seinem Rollstuhl näher an mich heran. »Du bist wunderschön, Mari ...«

»Du kannst mich Ellie nennen«, entgegnete ich und überlegte, was ich machen sollte. Ich war mir nicht sicher, wie ich mit einem Mann im Rollstuhl umzugehen hatte.

André legte den Arm um mich. »Phillipe und ich teilen alles«, erklärte er. »Das bin ich ihm schuldig. Ich habe den Wagen gefahren, in dem er so schwer verletzt wurde.«

In Andrés Augen standen jetzt Tränen. »Bitte, Mariella. Wir wären beide sehr geehrt, wenn du mit uns das Bett teilen würdest.«

Er legte mir eine Hand an den Hals und ließ seine Finger leicht über meinen Arm gleiten, bis er zu meinen Brüsten kam. Mit einer schnellen Bewegung strich er mir über die Nippel. Ohne ein weiteres Wort zu sagen, nahm er dann meine Hand und führte mich ins Schlafzimmer. Phillipe folgte uns.

Das Bett war riesig, und ich fragte mich, ob die Brüder immer zusammen schliefen. Ein Teil von mir wollte weglaufen, da ich nicht auf so etwas vorbereitet gewesen war, aber ein anderer Teil von mir wurde immer aufgeregter.

Also hielt ich einfach nur still, als mir André das Kleid auszog und ich dann nackt vor den beiden stand. Sie sahen mich beide bewundernd an, und ihre Begierde zeichnete sich in ihren Gesichtern ab.

André hob mich hoch und legte mich aufs Bett. Dann half er Phillipe, der immer noch komplett angezogen war, sich neben mir zu legen. Zu guter Letzt zog er sich selbst aus und stolzierte mit seinem wunderbaren Körper vor uns herum. Er war groß und schlank, wie die meisten Zwillings-Männer, aber auch muskulös und braun gebrannt. Sein Penis stand bereits erigiert ab.

Ich holte tief Luft und war auf einmal sehr erregt. André legte sich neben mich auf das Bett, und Phillipe streckte eine Hand aus und berührte meine Brüste. Meine Nippel wurden sofort hart, und ich reagierte auf sein sanftes Streicheln. André legte mir eine Hand zwischen die Beine und drückte sie zärtlich auseinander. Dann steckte er einen langen, dünnen Finger in mich hinein, der ganz feucht wurde, als er mein Innerstes erkundete. Ich schloss die Augen und entspannte mich. Phillipe rieb meine Nippel zwischen Daumen und Zeigefinger, während André nach und nach mehr Finger in mich hineinschob und immer schneller wurde.

Ich drehte mich, ermutigte sie und flehte sie an, sich mehr anzustrengen. Dabei genoss ich das Gefühl, dass meine Brüste und meine Muschi gleichzeitig verwöhnt wurden.

Nach einigen Sekunden drehte mich André auf die Seite, sodass ich Phillipe ansah, der seine Hose geöffnet und seinen Schwanz herausgeholt hatte. Ich sah seinen Penis an, der steif und bereit war, und empfand Mitleid für diesen jungen und gut aussehenden Mann, der davon abhängig war, dass ihm sein Bruder jemanden fürs Bett besorgte. Dann nahm ich seinen Schwanz in meine Hand und streichelte ihn. Er stöhnte leise.

Der hinter mir liegende André hob mein linkes Bein hoch und hielt es so, dass meine Muschi weit offen war. »Schieb Phillipes Schwanz da rein«, flüsterte er mir ins Ohr.

Ich tat, worum er mich gebeten hatte. Phillipe half mir, so gut er konnte, aber aufgrund seiner gelähmten Beine fiel ihm das nicht leicht. Er benutzte die Hände, um seinen Penis in mir zu bewegen. Es fühlte sich gut an. Mit der anderen Hand massierte er meine Pobacken und streichelte mit den Fingern die Spalte dazwischen. Dann begann Phillipe, immer heftiger zu stöhnen. Er stand kurz vor dem Orgasmus. Als Phillipe seinen Samen endlich in mir verströmte, schob mir

André einen Finger in den Anus. Ich erschauderte vor Wonne aufgrund dieser doppelten Penetration.

Aber es war alles viel zu schnell vorbei. Nach Phillipes Ejakulation zogen sich die Brüder zurück, ich war sehr enttäuscht. Doch auf einmal lag André auf mir, drückte mich ins Kissen und stieß seinen harten Schwanz in meine vom Sperma seines Bruders erfüllte Muschi. Er hob seinen Körper ein wenig an, und ich spürte Finger auf meiner Klit. Einige Sekunden später wurde mir klar, dass sie zu Phillipe und nicht zu André gehörten. Mein Körper schien in Flammen zu stehen.

Stöhnend flehte ich nach mehr und saugte Andrés Schwanz weit in mich hinein, damit er ja nie wieder aufhören konnte. Er stieß fester zu, und ich schrie vor Lust auf. Ich drückte den Rücken durch und presste meine Titten mit Gewalt gegen seine Brust. Ich stand kurz vor der Explosion. Auf einmal kam André und entlud noch mehr Samen in mich, woraufhin ich vor Vergnügen erschauderte. Dabei massierten Phillipes Finger weiterhin meine Klit und brachten mich meinem Höhepunkt näher. Gerade als sich André langsam entspannte, kam ich. Mein Körper zuckte wild. André zog an meinen harten Nippeln, und Phillipe hörte nicht auf, mich weiter zu liebkosen. Einige Augenblicke lang war ich im siebten Himmel.

Ich zog mein Kleid wieder an. Phillipe und André saßen nebeneinander auf dem Bett und beobachteten mich.

»Du musst nicht gehen«, meinte André leise. »Du könntest hier bei uns in diesem Bett schlafen. Uns würde es freuen, wenn du bleibst und uns wärmst.«

Sie schliefen also wirklich in einem Bett. Sehr merkwürdig! Ich lehnte ihr Angebot ab. »Zoe wird sich schon fragen, wo ich geblieben bin«, lautete meine erbärmliche Ausrede.

Phillipe sah mich mit seinen großen braunen Augen an. Er sah sehr glücklich aus. »Merci, Ellie.« Sein Englisch war nicht so gut wie Andrés. So langsam fielen mir erste Unterschiede an ihnen auf. Aber ich konnte mich nicht in etwas verwickeln. Ich wollte es nicht. Jetzt hatte ich endlich etwas zu schreiben.

André brachte mich zur Tür. Es war bereits hell geworden, sodass ich ohne Probleme alleine zum Hotel zurückfinden konnte.

»Danke, dass du so nett zu Phillipe gewesen bist«, sagte er, »und dass du mir so viel Vergnügen bereitet hast. Du bist ein sehr nettes Mädchen, Ellie. Vielleicht können wir das ja noch einmal wiederholen, bevor du nach England zurückfliegst?«

Ich zuckte mit den Achseln. »Mal sehen. Ich bin ja noch eine Weile im Hotel und werde es dich wissen lassen.«

André lächelte wehmütig. Er wusste, dass es kein zweites Mal geben würde und dass ich nicht vorhatte, die faszinierende Erfahrung der letzten Nacht zu wiederholen.

# *Kapitel 5*

## *Krebs: Kind des Wassers*

22. Juni

Am Tag nach meiner Rückkehr von Ibiza begann ich mit meiner Suche nach einem Krebs-Mann. Ich hatte irgendwie das Gefühl, dass das nicht einfach werden würde, daher wollte ich lieber frühzeitig damit anfangen.

Jetzt haben wir schon den ersten Tag im Sternzeichen Krebs, und ich bin keinen Schritt weiter. Ich weiß, was Krebs-Männer mögen: Wasser, Wasser und noch mehr Wasser. Ich war in Brighton, bin am Pier und am Wasser entlangspaziert, zum Hafen rausgefahren und habe mir all die Boote angesehen, ich war sogar auf einer Werft und habe Interesse für ein Boot vorgetäuscht, das mir nicht gefiel und das ich mir nicht leisten könnte, selbst mit dem Geld aus dem Erbe meines Vaters nicht. Ich bin die Themse auf und ab gelaufen, war in unzähligen Pubs an ihrem Ufer, meist zusammen mit Ryan, und habe mich nach einer Mitgliedschaft im Jachtklub erkundigt, doch da ich keine Ahnung von Booten habe, wurde diese Anfrage natürlich nicht ernst genommen.

Krebse sind außerdem sehr häusliche Menschen. Häufig üben sie einen Beruf im Catering aus. Ich hatte überlegt, ob ich einen Kochkurs machen soll, den ich nur zu gut gebrauchen könnte, doch als ich mich danach erkundigte, wurde ich höflich darüber in Kenntnis gesetzt, dass die Kurse gerade ausgelaufen waren und erst im September wieder anfangen würden. Ich kam mir so richtig dumm vor, obwohl ich die Schule erst vor vier Jahren verlassen hatte. Natürlich habe ich auch nicht studiert. Nachdem ich in englischer Literatur keinen besonders guten Abschluss hingelegt hatte, war mein Traum, ein Senkrechtstarter zu werden, definitiv ausgeträumt, und ich nahm stattdessen einen Job als Mädchen für alles in einem Büro an. In meiner Freizeit, die seitdem ich Ryan vor über einem Jahr begegnet war, immer weniger wurde, half ich meinem Vater bei seiner Astrologie und lernte dabei, so viel ich konnte. Doch selbst mein astrologisches Wissen macht es nicht einfacher, das Sternzeichen eines Mannes herauszufinden. Ich kann nicht einfach einen Typen auf der Straße ansprechen und sagen: »Hey! Was bist du für ein Sternzeichen?« Zoe hat damit kein Problem, aber ich bin nicht Zoe und ich kann sie nicht bitten, den richtigen Mann für mich zu finden.

Also sitze ich in der Klemme und gerate langsam in Panik. Ich muss dieses Problem lösen, ohne wieder auf Ryans Liste oder die Kleinanzeigen zurückzugreifen. Außerdem bin ich pleite. Wenn ich nicht bald einen Job finde, dann werde ich noch aus meiner Wohnung geworfen. Doch darüber will ich jetzt nicht nachdenken, sondern mich lieber auf meine Aufgabe konzentrieren. Als Nächstes werde ich bei einigen Maklern vorbeischauen. Krebs-Männer arbeiten gerne mit Besitztümern oder Gebäuden, also wer weiß, vielleicht habe ich ja Glück. Wenn ich einige der heißen Typen, die ich durch das Fenster gesehen habe, in Plauderstimmung bringen kann, verrät mir vielleicht einer von ihnen, welches Sternzeichen er ist.

Der Tag ist ergebnislos verlaufen. Es ist mir zwar gelungen, mit einigen sehr freundlichen Männern zu plaudern, aber sie waren eher daran interessiert, mir etwas zu verkaufen, als mich zu vögeln. Einer von ihnen sah besonders nett aus und hätte ein Krebs sein können mit seinen schönen Augen, dem blassen Teint und der einfühlsamen Art. Er hatte nicht viel zu tun und konnte sich lange mit mir unterhalten. Ich mochte ihn sehr, aber als ich ihn nach seinem Sternzeichen gefragt habe, hat er sich als Fische-Mann herausgestellt. Innerlich habe ich mir gratuliert, weil ich nah dran war – wenigstens ist das ebenfalls ein Sternzeichen, das mit Wasser zu tun hat –, aber leider nicht nah genug. Kurz danach habe ich mich verabschiedet. Ich wollte ja keine kostbare Zeit vergeuden. Allerdings kann ich ihn für den kommenden März im Hinterkopf behalten, wenn der Fische-Mann endlich an der Reihe ist.

Ermattet und verärgert kam ich zu Hause an. Ich hatte mich für später mit Ryan im Pub verabredet, daher machte ich mir nur schnell ein Brot mit Schinken und Tomaten und gönnte mir zum Nachtisch einen riesigen Schokoriegel. Danach war mir zwar ein wenig übel, aber ich badete wenigstens nicht mehr in Selbstmitleid.

Als ich in den Pub kam, war Ryan schon da, aber er war nicht alleine. Diese Kuh Gemma saß neben ihm, klammerte sich an ihn, als würde ihr Leben davon abhängen, und grinste mich süßlich an.

»Was hat die denn hier zu suchen?«, kreischte ich. Es war noch früh und der Pub war fast leer, sodass meine Stimme durch den ganzen Raum hallte.

Ryan sah mich peinlich berührt an. »Reg dich doch nicht auf. Sie ist hier, um dir zu helfen.«

Gemma drückte ihre Brüste gegen Ryans Schulter. Sie hatte offensichtlich keinen BH an, da sich ihre Nippel deutlich unter dem T-Shirt-Stoff abzeichneten. Außerdem trug sie den kürzesten Rock, den ich je gesehen hatte. Wenn man im richtigen Winkel saß, konnte man ihr Höschen sehen, falls man den Stofffetzen überhaupt so nennen konnte. Der Mann an der Bar schien die beste Aussicht zu haben. Ihm fielen beinahe die Augen aus dem Kopf, als Gemma provokativ mit dem Hintern wackelte und ihre wohlgeformten Beine ein wenig spreizte.

Ich starrte sie voller Abscheu an und machte keine Anstalten, mich hinzusetzen.

»Willst du nicht hören, was ich zu sagen habe?«, maulte Gemma mit ihrer widerlich süßen Stimme.

»Eigentlich nicht. Ich bezweifle, dass du mir irgendwie anders helfen kannst, als indem du verschwindest und Ryan in Ruhe lässt.«

Gemma schmollte und sah Ryan Hilfe suchend an. Als er nichts sagte, stand sie wütend auf. »Ich sollte wohl lieber gehen.«

Ryan nahm ihren Arm. »Sei doch nicht dumm.« An mich gerichtet: »Setz dich, Ellie. Gemma hat einige interessante Neuigkeiten.«

Ich drehte mich zu Gemma um. »Sag, was du zu sagen hast, und dann verschwinde. Ich weiß, dass du Ryan gefickt hast, als ich weg war, aber er ist immer noch mein Freund. Hast du verstanden?« Ein Streit kam mir jetzt ganz recht, außerdem konnte ich sie nicht ausstehen.

Gemma sah mich an. »Ach, wirklich? Ich bin schon lange vor dir mit ihm zusammen gewesen. Ich kenne Ryan noch aus unserer gemeinsamen Schulzeit.«

Die Wahrheit tat weh. Ich sprang mit erhobenen Fäusten auf sie zu, aber Ryan stieß mich weg.

»Mädels, bitte!«, rief er. »Wenn ihr nicht aufhört, lasse ich euch beide hier sitzen.«

Gemma und ich setzten uns schmollend wieder hin. Ich musste feststellen, dass sie ziemlich scharf auf Ryan war. Wenn ich nicht gut aufpasste, konnte ich ihn verlieren.

Ryan sah mir in die Augen. »Wenn du Gemma nicht zuhören willst, dann vielleicht mir. Gemmas Bruder ist Krebs, und sie glaubt, er lässt sich vielleicht überreden, mit dir auszugehen.«

»Ach ja?«, erwiderte ich spitz. »Sie würde doch alles tun, um dich von mir loszueisen.«

»Nein, im Ernst. Ich habe ihr von deiner Aufgabe erzählt, und sie möchte dir helfen. Sie hat ein Bild von ihm dabei. Zeig Ellie das Foto, Gemma.«

Fügsam wühlte Gemma in ihrer Tasche herum und holte ein zerknittertes Foto heraus, das sie mir reichte.

Ich starrte es an. Ein attraktiver Blondschopf auf einem Boot grinste zurück. Er hatte leichtes Übergewicht, war aber im Grunde genommen nicht unansehnlich.

»Und?«, erkundigte sich Gemma. »Was hältst du von ihm?«

»Er sieht ganz okay aus, finde ich. Wie alt ist er?«

»Er ist fast vierunddreißig. Ein bisschen alt, ich weiß, aber er ist im Herzen jung geblieben. Er hat mit einundzwanzig geheiratet, aber sie hat ihn zwei Jahre später verlassen. Seit zehn Jahren ist er jetzt geschieden und lebt alleine. Er hatte nicht viele Freundinnen, und ich glaube, er ist recht einsam. Dich würde er bestimmt gerne kennenlernen.«

Ich war mir nicht sicher, ob ich das auch wollte. »Mag er Boote?«, fragte ich schließlich.

»Oh ja, er liebt sie. Er hat eine kleine Jacht, auf der er die meisten Wochenenden verbringt. Damit ist er schon im Mittelmeer herumgeschippert.«

»Ganz alleine?«

»Größtenteils schon. Ich bin einmal mit ihm nach Frankreich gesegelt, aber das Wetter war furchtbar. Ich habe mich so oft übergeben, dass ich von Booten für den Rest meines Lebens genug habe.«

Ein Außenseiter, dachte ich, aber zum ersten Mal lächelte ich Gemma an. So nervig es auch war, so konnte ihr Bruder durchaus die Antwort auf meine Gebete sein. Also beschloss ich, ihm eine Chance zu geben.

»Wie heißt er?«, wollte ich wissen.

»Calvin.«

»Ungewöhnlicher Name.«

»Ja. Er ist auch ein ungewöhnlicher Kerl, aber sehr nett«, fügte sie schnell hinzu.

Ryan strahlte. »Dann wirst du dich mit ihm treffen, Ellie?«

»Ich schätze schon. Ich habe ja kaum eine andere Wahl, oder?« Es gefiel mir gar nicht, in Gemmas Schuld zu stehen, aber in der Not frisst der Teufel nun mal Fliegen.

»Ich werde morgen mit ihm sprechen«, sagte Gemma, »und versuchen, ein Treffen für übermorgen zu arrangieren. Einverstanden?«

»Okay.« Ich wartete, dass sie endlich gehen würde, aber sie saß da, lächelte mich und Ryan an und wusste, dass wir auf sie angewiesen waren. Sie streichelte weiterhin seinen Arm und schmeichelte sich bei ihm ein. Ich war so eifersüchtig. Sie sollte einfach verschwinden, aber ich blieb cool.

Schließlich entschied sich Ryan zu handeln. »Tut mir leid, Gem, aber Ellie und ich müssen los. Ich ruf dich morgen an.«

Gemma schmollte, aber zum Glück ignorierte Ryan sie. Als wir den Pub verließen und ich mich umdrehte, stand Gemma bereits an der Bar und flirtete mit dem Barkeeper. Ich zweifelte nicht daran, dass sie an diesem Abend noch eine neue Eroberung machen würde. Das freute mich, denn dann ließ sie wenigstens Ryan in Ruhe.

Calvin schien begierig zu sein, mich kennenzulernen. Zwei Abende, nachdem ich mich mit Ryan und Gemma in der Bar getroffen hatte, saß ich mit Calvin an derselben Stelle. Zuerst war ich sehr enttäuscht. Er sah älter aus als auf dem Foto. Sein Haar wurde bereits dünner, und er war stolzer Besitzer eines großen kahlen Flecks auf dem Kopf. Außerdem hatte er gut zugenommen und sich vor allem einen beachtlichen Bierbauch zugelegt. Als er auf mich zukam, war ich versucht, umzudrehen und abzuhauen, doch ich rief mir ins Gedächtnis, dass ich keinen anderen Krebs-Mann in der Hinterhand hatte und die Zeit langsam knapp wurde. Dann lächelte er mich an, und seine Freude zeichnete sich auf seinem Gesicht ab, und auf einmal fand ich ihn ganz niedlich. Also blieb ich da.

Er war nicht gerade der beste Gesprächspartner. Ich musste ihm alles entlocken. Das war harte Arbeit, aber ich schob es auf seine Schüchternheit zurück. Ich wusste, dass Männer, die gut redeten, nicht unbedingt gute Liebhaber waren, daher konnte diese Regel umgekehrt auch gelten. Vielleicht verlor er seine Scheu ja, wenn er geil wurde, und wuchs dann über sich hinaus.

Als der Abend später wurde und Calvin langsam auftaute, hatte ich mich schließlich dazu durchgerungen, es mit ihm zu probieren. Er machte mich zwar nicht besonders heiß, er törnte mich aber auch nicht ab. Und vor allem schien er mich zu mögen. Ich hatte mich konservativer als sonst angezogen, da ich dachte, dass mein knielanger lila Rock mit Blumenmuster und das dazu passende Oberteil eher seinem Geschmack entsprechen würden. Allerdings trug ich meinen Wonderbra und hatte ein dementsprechendes Dekolleté. Krebs-Männer stehen normalerweise auf Titten, einige sind sogar darauf fixiert. Es schien zu funktionieren. Als der Abend zu Ende ging, starrte Calvin, der einige Bier intus hatte, begierig auf meine Brüste. Einmal stand er sogar kurz davor, seinen Kopf zwischen ihnen zu vergraben.

Als er mir erzählte, dass er am Wochenende mit seinem Boot zu den Kanalinseln fahren wollte, und mich fragte, ob ich ihn begleiten würde, nahm ich die Einladung sofort an. Ein ganzes Wochenende mit ihm alleine auf einem Boot sollte reichen, um genug Action für das nächste Kapitel meines Buches zusammenzubekommen. Nachdem wir uns für das Wochenende verabredet hatten und uns verabschiedeten, wurde mir klar, dass ich ihn wirklich nett fand. Er entsprach nicht meinem üblichen Beuteschema, aber er hatte etwas an sich, das mir gefiel.

In dieser Nacht im Bett plante ich mein weiteres Vorgehen. Mir wurde klar, dass ich meine Verführungskünste für Krebs-Männer auffrischen musste. Doch ich freute mich darauf, mich auf dem Deck von Calvins Boot zu sonnen und auf all die Wonnen, die mich erwarteten.

Der Wind heulte, und es regnete in Strömen. Es war das letzte Wochenende im Juni, aber es kam mir eher vor wie März. Das Boot schaukelte auf dem grauen Meer auf und ab, ein winziger Fleck in einer gewaltigen Menge tosenden Wassers. Calvin stand in einer riesigen, wasserdichten gelben Jacke am Ruder und schien jede Minute zu genießen, während ich in der Kabine einen Eimer vollkotzte. Ich dachte an Gemma und empfand kurz Mitleid mit ihr. Jetzt hatten wir zwei Dinge gemeinsam: Ryan und die Abneigung gegen das Segeln.

Calvin stürmte in die Kabine, rieb sich freudig die Hände und tropfte den ganzen Boden voll.

Ich übergab mich erneut und würgte die letzten Überreste meines Frühstücks hervor.

Voller Sorge eilte Calvin zu mir und spritzte mich dabei ganz nass. »Geht es dir nicht gut, Ellie?«

Natürlich ging es mir nicht gut, das konnte der blöde Kerl doch selbst sehen.

»Komm doch ein wenig an die frische Luft, das wird dir gut tun.« Er wollte mir aufhelfen.

Ich schob ihn weg. »Ich will mich bloß noch hinlegen und sterben«, stieß ich stöhnend hervor und brach auf der Koje zusammen. »Das ertrage ich kein ganzes Wochenende lang. Ich will nach Hause.«

Man musste es Calvin lassen, dass er sich von meinen Worten nicht beeindrucken ließ. »Keine Sorge«, beruhigte er mich, »wir sind bald da. In einer oder zwei Stunden ankern wir in St. Peter Port.«

»Ist das in Jersey?«

»Nein, in Guernsey. Da gefällt es mir besser, weil es viel ruhiger ist.«

»Aber es gießt in Strömen, und es ist so kalt.« Ich zitterte, als müsste ich ihm das auch beweisen.

Calvin nahm die Decke von der anderen Koje und breitete sie sanft über mir aus. »Dann bleib du hier im Warmen und versuch, ein wenig zu schlafen. Ich werde dafür sorgen, dass das Boot nicht vom Kurs abkommt.«

Er nahm den Eimer mit dem Erbrochenen mit, als er die Kabine verließ. Ich beobachtete ihn und dachte, dass er wirklich süß war. In meiner Fantasie stellte ich mir vor, wie er mich zärtlich berührte und mich liebte. Hoffentlich würde es am Abend dazu kommen, wenn es mir wieder besser ging und sich das Wetter beruhigt hatte. Dann konnte ich meinen Verführungsplan in die Tat umsetzen.

Drei Stunden später hatte ich ein Nickerchen gemacht und mich gewaschen, doch wir waren noch immer auf dem Meer. Das Wetter hatte sich beruhigt, und mir ging es auch gleich viel besser. Mir war nicht mehr übel, doch ich war den Seegang leid. Ich wollte endlich wieder Land unter den Füßen haben. Zum ersten Mal seit dem Morgen zog ich meinen Mantel an und verließ die Kabine.

Calvin freute sich, mich zu sehen. »Geht es dir besser?«

Ich nickte. »Hast du nicht vor drei Stunden gesagt, wir würden in einer Stunde in Guernsey sein?«

»Wir sind fast da. Siehst du das Land da vorne?« Calvin deutete in eine Richtung.

Ich sah Guernsey und empfand zum ersten Mal seit dem Betreten des Bootes wieder so etwas wie Freude. Calvin hatte uns ganz alleine hier hergebracht. Ich war beeindruckt.

Ich hakte mich bei ihm ein. Seine gelbe Jacke war kalt und steif, aber zumindest wieder trocken. Er lächelte mich an und tätschelte mir freundlich die Hand. Gemeinsam standen wir wie ein seit Langem verheiratetes Paar da und sahen Guernsey langsam näherkommen.

Ich hatte gehofft, dass wir in St. Peter Port in einem schicken Restaurant essen gehen würden, aber Calvin wollte mich unbedingt bekochen, also ließ ich ihn gewähren.

Das Essen war recht einfach: Steak, Pellkartoffeln und Pilze, gefolgt von Erdbeeren mit Sahne, dazu eine billige Flasche Rotwein – er hatte alles mit an Bord gebracht –, aber er konnte gut kochen, und mir schmeckte es.

Noch während des Essens wurde ich immer geiler. Ich war die Nettigkeiten leid. Ich wollte Action.

Ich beugte mich zu Calvin hinüber und präsentierte ihm meine Brüste, die beinahe aus dem Wonderbra herausfielen.

Entweder hatte ich zugenommen, oder ich brauchte einen größeren BH.

Calvin konnte seinen Blick nicht von ihnen abwenden, aber er versuchte nicht, mich zu berühren oder mich zu küssen.

Als wir Erdbeeren mit Schlagsahne aßen, alberte ich mit der Sahne auf dem Löffel herum. »Es gibt so viele interessante Dinge, die man mit Sahne machen kann«, meinte ich und sah ihm in die Augen.

Er lachte. »Die da wären?«

»Na ja, weißt du, du könntest sie von einer schönen Stelle ablecken.«

»Du meinst wohl die zwischen deinen Beinen.« Calvin starrte mich an.

Ich schwieg erschrocken, weil seine Aussage sehr unerwartet gekommen war. Mein Herz machte einen Sprung, und meine Muschi wurde feucht. Wie bei einem dummen Teenager schoss mir das Blut ins Gesicht. »Aber du willst das nicht tun, oder?«, fragte ich schließlich.

Calvin griff nach meiner Hand. »Es ist nicht so, dass ich es nicht will. Ich mag dich wirklich sehr, aber ...« Er wandte sich ab und schien nicht weitersprechen zu können.

Ich stieß ihn gegen den Ellenbogen, um ihn zu zwingen, mich, anzusehen. »Aber was? Ich will es wissen.«

Er biss sich auf die Unterlippe. Zum ersten Mal fiel mir auf, wie voll und rot seine Lippen im Vergleich zu seiner blassen Haut wirkten. Offensichtlich besaß er auch eine sehr sinnliche Seite, die er im Moment gut unter Kontrolle hatte. Ich verstand ihn nicht im Geringsten.

Darauf antwortete er nicht. Doch dann streckte er auf einmal völlig unverhofft den Arm aus und zog mich an sich. »Setz dich auf meinen Schoß, Ellie, dann erzähle ich dir von der einzigen Frau, die ich je geliebt habe, die ich bis heute noch liebe.«

»Meinst du deine Ex-Frau?«

Er lachte, ließ mich auf seinem Schoß Platz nehmen und legte mir einen Arm eng um die Taille. »Nein, nicht Sarah. Die habe ich am Ende nur noch gehasst. Sie hat mich wegen Louise verlassen, der Frau, die ich meine. Der Frau, die ich geliebt habe.« Dann hielt er inne und schien nicht zu wissen, wie er fortfahren sollte.

»Red weiter«, drängte ich ihn. Ich war sehr gespannt darauf, wohin das alles führen würde.

»Ich bin Louise begegnet, als ich noch mit Sarah verheiratet war, und habe mich Hals über Kopf in sie verliebt. Wir waren Seelenverwandte. Wir mochten beide dieselben Dinge. Alles, was Sarah wollte, war, gefickt zu werden, wieder und immer wieder. Es hat sie nie interessiert, was ich wollte. Louise war anders. Sie war mein Baby, meine Mutter und meine Geliebte in einer Person, und ich war ihr Baby.«

Erneut hielt er inne und sah mir in die Augen. Dann wanderte sein Blick zu meinen Brüsten. Ich konnte erkennen, wie die Erregung in ihm wuchs, und endlich begriff ich, was er wollte, wie er wirklich war. Ganz offensichtlich war er ein wenig anders, aber auch nicht schlimmer als die meisten Männer.

Ich legte ihm die Arme um den Hals und drückte ihm meine Brüste gegen das Gesicht. »Nur zu, mein Kleiner, meine Titten gehören ganz dir«, murmelte ich.

Er wurde ganz still, als könne er nicht glauben, was gerade passierte.

Ich seufzte. »Na gut, dann holt Mami dir eben eine raus.« Ich zog mein Oberteil hoch, drückte meine rechte Brust aus dem BH und steckte ihm den Nippel in den Mund.

Einen Augenblick lang war er wie erstarrt. Dann saugte er gierig an meinem Nippel und machte Schmatzgeräusche wie ein Baby. Ich sah ihm fasziniert zu. Wenn das Stillen eines Babys dem glich, dann war es sehr angenehm.

Nach einer Weile griff er mit einer Hand nach meiner anderen Brust und zog den BH beiseite. »Baby will die hier«, sagte er mit verstellter, jetzt sehr hoher Stimme.

Er ließ meine rechte Brust los. Der Nippel war ganz rot und steif. Ich drückte ihm den Nippel meiner linken Brust in den Mund, und er begann sofort, daran zu saugen.

Danach wechselte er im Abstand von mehreren Minuten zwischen meinen Brüsten hin und her, und sie wurden langsam wund, aber weiter unten geschah etwas sehr Interessantes. Meine Muschi hatte beschlossen, dass ihr das Stillen außerordentlich gut gefiel, und sie pochte vor Lust.

Da ich wollte, dass das Ganze authentischer wird und Calvin auf meinem Schoß sitzt und nicht umgekehrt, rutschte ich auf die Koje und lehnte mich an die Wand, sodass er wie ein Baby an meiner Brust lag und sich die roten, steifen Nippel nacheinander in den Mund stecken konnte. Während er saugte und wimmerte, drückte er seinen Körper gegen mich und ich spürte seine Erektion an meinen Beinen.

Ich versuchte, die Beine zu spreizen, was mir aufgrund seines Gewichts nicht gelang, also gab ich es auf und genoss die Wonnen, die das Mutterdasein mit sich brachte.

Nach einer Weile hörte er auf und setzte sich hin. Sein molliges Gesicht war ganz rot und seine Lippen feucht vor Speichel. Ich war gleichzeitig fasziniert und angewidert. »Was ist los, Baby?«, erkundigte ich mich und spielte sein Spiel weiter mit.

»Windel wechseln«, erwiderte er mit seiner Babystimme. Er stand auf und ging zum Schrank hinüber, aus dem er ein sehr großes Handtuch mit Bärenmuster, das wohl als Windel herhalten sollte, und einige Nadeln herausholte.

*Großer Gott!*, dachte ich. Er will, dass ich ihn wickle. Ich hatte vor Jahren mal eine Sendung im Fernsehen gesehen, in der ein Mann mit diesem Fetisch gezeigt wurde, und ich hatte gelacht. Doch jetzt lachte ich nicht. Ich war mir nicht sicher, ob ich besorgt oder erregt war, aber das würde ich bald herausfinden.

Calvin reichte mir die Windel und die Nadeln. »Mami mich ausziehen«, sagte er und stellte sich vor mich.

Wie in Trance knöpfte ich sein Hemd auf und zog es ihm aus. Die Haut auf seiner Brust war weiß und glatt, und ich konnte wie bei einem Baby kleine Speckröllchen erkennen. Sein Bierbauch ging in den restlichen Körper über und sah eher aus wie ein runder Tropfen. Aber ich war nicht angeekelt. Ganz im Gegenteil: Sein Körper schien perfekt zu seinem Fetisch zu passen. Es wäre mir sehr viel schwerer gefallen, dabei mitzuspielen, wenn er ein Macho mit haariger Brust und dicken Muskeln gewesen wäre. Ich griff nach seiner Hose und war schon ziemlich erregt, als ich den Reißverschluss herunterzog. Seine Hose fiel auf den Boden, und er schob sie beiseite. Blieb noch seine Unterhose. Als ich sie nach unten zog, sprang sein dicker kleiner Schwanz hervor und wurde sogar noch praller. Ich starrte ihn fasziniert an. Calvin steckte sich den Daumen in den Mund und begann, lautstark daran zu nuckeln.

Ich war versucht zu lachen, aber ich wusste, dass ich ihm das Erlebnis dadurch versauen würde, also blieb ich ernst. Ich breitete das Handtuch auf dem Bett aus. Auch wenn ich keine Ahnung hatte, wie man eine Windel anlegte, war ich bereit, es zu probieren. »Leg dich aufs Bett, Schätzchen, dann zieht dir Mami deine Windel an«, sagte ich und lächelte ihn an.

Er tat, wozu ich ihn aufgefordert hatte, legte sich auf die richtige Stelle des Handtuchs und spreizte die Beine.

Ich griff ihm in den Schritt und streichelte sanft seine Hoden. Sein Schwanz zuckte und wurde sogar noch größer.

Dann zog ich das Handtuch zwischen den Beinen hindurch und versuchte, es auf einer Seite mit einer Nadel festzustecken. Es war etwas zu klein für Calvin, daher dauerte es eine Weile. Die ganze Zeit starrte er auf meine Brüste, die dicht vor ihm herumwackelten, und saugte an seinem Daumen. Als ich endlich auch die andere Seite befestigt hatte, war die Windel sehr eng, und seine Erektion drückte sich gegen den rauen Handtuchstoff.

Er setzte sich wimmernd auf und griff erneut nach meinen Brüsten. »Mehr Milch, Mami.«

Erneut saugte er an mir und knetete meine Brüste, zerrte mit dem Mund fest an meinen Nippeln und biss hinein, sodass ich vor Schmerz aufschrie – oder etwa vor Lust? Ich wusste es nicht. Er drückte seinen mit der Windel bekleideten Schritt gegen meinen und wurde immer erregter.

Ich war inzwischen auch schon ziemlich geil. Meine Muschi war feucht und sehnte sich nach Erlösung. Alles wäre mir jetzt recht gewesen.

Plötzlich hörte Calvin auf zu saugen, drehte sich herum und setzte sich auf. »Mami muss Windel abnehmen. Hab gepullert.«

Ich schluckte schwer. Das war nicht sein Ernst, oder? Vorsichtig berührte ich die Windel. Sie fühlte sich nicht feucht an. Ich zog die Nadeln heraus und nahm ihm die Windel ab. Sie war trocken. Unsicher, was ich jetzt tun sollte, beschloss ich zu improvisieren. »Du ungezogener Junge«, schalt ich ihn. »Du hast gar nicht gepullert.«

Schamerfüllt verzog Calvin das Gesicht. »Mami muss mich hauen«, erklärte er und legte sich auf den Bauch.

Seine blassen, dicken Pobacken wackelten verlockend vor mir. Ich schlug so kräftig zu, dass meine Hand kribbelte.

Calvin stieß einen Babyschrei aus und schien noch mehr zu wollen.

Also schlug ich ihn wieder und wieder, bis mir die Hand wehtat und seine Pobacken mit roten Streifen übersät waren. Die ganze Zeit weinte und wimmerte er, während er die Hand im Schritt hatte und masturbierte.

Als ich aufhörte, ihn zu schlagen, drehte er sich auf den Rücken und hielt mir seinen Penis entgegen. »Setz dich drauf, Mami. Mach, dass ich mich gut fühle.«

Ich zog meinen Rock hoch und setzte mich auf ihn. Mit einer schnellen Bewegung zog er mein Höschen beiseite und stieß seinen Schwanz wild in Richtung meiner Muschi. »Hilf mir, Mami«, flehte er.

Daraufhin schob ich seinen gedrungenen kleinen Schwanz in mein feuchtes Loch. Er stöhnte vor Lust und griff erneut nach meinen Brüsten. Ich beugte mich vor, sodass sie ihm ins Gesicht hingen, während ich auf seinem Schwanz ritt. Er war sehr erregt, konnte aber offensichtlich nicht zum Höhepunkt kommen.

Nach einer Weile war ich das Gehüpfe leid. Ich packte seine Eier und drückte sie ein wenig. Kein Höhepunkt. Ich quetschte meine Brüste zusammen und schob ihm beide Nippel auf einmal in den Mund. Kein Höhepunkt. Es gelang mir sogar, meine Hand unter seinen dicken Hintern zu schieben und ihm zwei Finger in den Anus zu stecken, woraufhin er sich zwar vor Wonne wand, aber noch immer nicht kam, ebenso wenig wie ich.

Schließlich hörte ich auf und stieg von ihm herunter. »Es funktioniert nicht«, stellte ich ermattet fest.

Calvin setzte sich auf und zog fest an seinem Schwanz. »Das wird es, das wird es«, rief er. »Leg dich aufs Bett.«

Amüsiert kam ich seiner Forderung nach. Mit seinem Penis in der Hand beugte sich Calvin über mich und drückte ihn dann zwischen meine Brüste, was ihn in Ekstase versetzte. Als er kurz vor dem Höhepunkt stand, richtete er seine Eichel auf meine Brüste und stöhnte laut auf. Sein dicker, cremiger Samen schoss auf meine erregten Nippel. Calvin schien in einer anderen Welt zu sein.

Sofort ließ er seinen Schwanz los und begann, seinen Saft mit den Händen auf meinen Brüsten zu verteilen, die er mit knetenden Bewegungen damit benetzte, bis ich vor Lust keuchte. Als der klebrige Saft zu trocknen begann, leckte er meine Brüste vorsichtig und zärtlich sauber und erinnerte mich dabei an eine Katzenmutter. Ich war völlig gefesselt von diesem Anblick. Er war in der Tat ein seltsamer Mann.

Schließlich hörte er auf und sackte erschöpft auf mir zusammen. Ich nahm ihn in die Arme, und so schliefen wir beide ein.

Einige Stunden später wachte ich, von einem heftigen Krampf geschüttelt, auf. Draußen war es dunkel. Calvins Gewicht drohte, mich zu erdrücken. Ich zappelte herum, bis er sich endlich regte und es mir gelang, ihn von mir runterzuschieben.

Er wachte auf und starrte mich einige Sekunden lang an. Dann ließ er beschämt den Kopf hängen. »Es tut mir leid, Ellie.«

»Was denn?«

»Alles. Dass ich mich zum Narren gemacht habe. Dass du keinen Orgasmus hattest. Dass ich eingeschlafen bin. Ich weiß, dass ich dich enttäuscht habe.«

»Sei doch nicht dumm. Ich habe nichts getan, was ich nicht tun wollte. Ich hatte einen sehr interessanten Abend. Man muss nicht immer einen Orgasmus haben, um es genießen zu können.«

»Das hat Sarah aber anders gesehen.«

Ich setzte mich neben ihm auf dem Bett auf und zog die

Decke über meine nackten Brüste. Es war kalt geworden. »Was ist mit Louise? Was ist aus ihr geworden?«

»Sie hat mich letzten Endes auch verlassen. Sie konnte die immer gleichen Spiele irgendwann nicht mehr ertragen. Ich habe versucht, mich zu ändern, ich habe mich wirklich bemüht, aber ich kann nur kommen, wenn ich ein Baby sein darf. Ich habe sie geliebt und habe sie umsorgt, so gut ich nur konnte. Ich habe in der kurzen Zeit, die wir zusammengewohnt haben, die ganze Hausarbeit gemacht und für sie gekocht, aber das hat nicht gereicht.«

Er tat mir leid, aber was konnte ich schon sagen? Einen Abend lang mochte es Spaß machen, für ein erwachsenes Baby die Mutter zu spielen, aber jede Nacht? Nie im Leben.

»Wissen Gemma und der Rest deiner Familie von deinen sexuellen Vorlieben?«

Erschreckt sah er mich an. »Natürlich nicht! Außerdem ist meine Mutter bei meiner Geburt gestorben, hat dir Gemma das nicht erzählt? Gemma ist meine Halbschwester. Die zweite Frau meines Vaters, Gemmas Mutter, ist meine Stiefmutter. Sie hat mich als kleines Kind gehasst.«

Jetzt war auf einmal alles klar. Armer Calvin. Er brauchte unbedingt eine Mutter. Ich war froh, dass ich ihm einige Stunden lang Freude bereiten konnte. Zärtlich nahm ich seinen Kopf in meine Arme und drückte ihn gegen meine Brüste. Instinktiv öffnete er den Mund. Er schob sich einen Nippel auf seine Zunge und saugte zärtlich daran. Ich war sofort wieder erregt. Als ich seine Hand nahm und gegen meine Muschi drückte, zog er sie sofort wieder weg.

»Ich werde dir morgen einen Orgasmus verschaffen, das verspreche ich«, sagte er mit gedämpfter Stimme.

Und das tat er auch. Es war eine gewaltige Explosion, die er in mir auslöste. Wir knieten nackt auf dem Deck, sahen einander an und hatten gerade die Segel gesetzt, um nach England zurückzufahren. Zur Abwechslung schien die Sonne, und die Luft fühlte sich auf unserer Haut wunderbar warm und sinnlich an. Calvin hatte einen Vibrator hervorgeholt, einen großen, dicken, den er immer wieder in meine Muschi stieß, während er an meinen Titten saugte, die er vorher unbedingt mit Sahne hatte bedecken müssen. Danach lagen wir auf dem Deck in der Sonne. Es war das wunderbare Ende eines sehr ungewöhnlichen Wochenendes.

# *Kapitel 6*

## *Löwe: Der heiße Kater*

23. Juli

Es ist mal wieder diese Zeit des Monats – und damit meine ich nicht, dass ich meine Tage gekriegt habe. Das ist kaum der Rede wert, da ich die Pille nehme. Wenn ich diese Aufgabe nächsten März beendet habe, setze ich sie vielleicht ab und versuche, mit Ryan ein Baby zu bekommen. Wir haben neulich darüber gesprochen, und er war recht angetan von dem Gedanken.

Aber kommen wir zum Löwe-Mann. Auf den freue ich mich richtig. Der Löwe ist wie mein Sternzeichen ein Feuerzeichen, und wir passen angeblich gut zusammen. Ich habe ihn noch nicht gefunden, bin aber dank Anna, der letzten Freundin meines Vaters, auf dem besten Weg. Wir haben seit der Beerdigung ein paar Mal kurz telefoniert. Zu meiner Überraschung rief sie mich dann vor zwei Wochen an und heulte wie ein Schlosshund. Obwohl sie sich einen neuen Sugardaddy geangelt hat, kann sie meinen Vater nicht vergessen. Wir haben uns verabredet, um über alte Zeiten zu plaudern.

Zwei Tage später, als wir bei *Fortnum and Mason* (ihre Wahl, nicht die meine, denn ich bin pleite) Kaffee tranken, schien sie sich von ihrer Trauer erholt zu haben, denn sie lächelte und strahlte vor Zuversicht. Man hat ihr einen tollen Job bei einer Fernsehsendung angeboten, die ähnlich wie *Wer wird*

*Millionär?* sein und im September starten soll. Natürlich war sie deswegen sehr aufgeregt. Wir plauderten gleich wie alte Freundinnen. Ich erzählte ihr vom Testament meines Vaters und seiner ungewöhnlichen Aufgabe für mich. Sie war fasziniert davon und hat mir ihre Hilfe angeboten. In diesem Moment fiel mir eine wichtige Eigenschaft von Löwen wieder ein: Sie sind geborene Promis und arbeiten oft im Showgeschäft. Anna kannte bestimmt sehr viele Löwen. Ich war richtig aufgeregt, als ich sie danach fragte. Natürlich fiel ihr auf Anhieb niemand ein, da sie keine Astrologin ist, aber sie hat versprochen, für mich einige Geburtstage herauszufinden und mir jeden passenden Mann vorzustellen. Ich hätte sie küssen können. Was für ein Glücksfall!

Also lehnte ich mich zurück und wartete. Anna hielt Wort und rief mich einige Tage später tatsächlich an. Sie hatte sich für mich richtig ins Zeug gelegt und sechs Löwe-Männer gefunden, die alle gern zu einer ihrer berühmten Dinnerpartys kommen und mich kennenlernen wollten. Natürlich hatte sie ihnen nichts von meiner Aufgabe erzählt, sondern mich vielmehr als berühmte Astrologin beschrieben, die ihnen etwas über ihre Zukunft erzählen würde. Das kann ich allerdings nicht versprechen. Anna scheint zu denken, dass es bei der Astrologie so ähnlich abläuft, als würde man in eine Glaskugel sehen.

Die Dinnerparty findet heute Abend in Annas Landhaus in der Nähe von Shere in Surrey statt. Ich darf auch bei ihr übernachten. Da ich noch sehr viel zu tun habe, sollte ich jetzt lieber aufhören, dummes Zeug zu schreiben, und loslegen. Ich muss mir auf der Karte ansehen, wie ich da hinkomme, einige wichtige Dinge einpacken – ich darf meine Strings nicht vergessen – und mich für den großen Abend hübsch machen.

Ich war relativ früh bei Annas Landhaus eingetroffen, sah umwerfend aus – hoffte ich zumindest – in meinem knielangen goldenen Abendkleid mit Rüschen am Saum. Es war trägerlos und tief ausgeschnitten, sah aber nicht nuttig aus. Löwen mögen Glitzer und Glamour und putzen sich gern heraus.

Anna nahm mich zur Begrüßung in den Arm. »Du siehst wunderschön aus, Ellie«, lobte sie mich, was meinem Ego sehr gut tat.

Sie trug ein schlichtes, hochgeschlossenes schwarzes Seidenkleid, das nur wenig Haut freigab, aber ihre Figur perfekt umspielte, und in dem sie unglaublich sexy aussah. Ihr kurzes blondes Haar war modern gestylt, sodass es ungekämmt und ein wenig stachelig aussah, wodurch ihr niedliches Gesicht noch besser zur Geltung kam und ihr Sex-Appeal gesteigert wurde. Kurz spürte ich etwas Neid in mir aufwallen, aber das ging schnell vorüber. Ich warf mein langes blondes Haar in den Nacken und betrat zuversichtlich das Haus.

Annas neuer Freund, Lester Graham, der in den 70ern eine Quizshow geleitet hatte, wartete im Wohnzimmer. Er stand auf, als ich eintrat, und lächelte mich freundlich an, aber ich war so erschrocken über seine Falten und sein graues Haar, dass ich einige Augenblicke lang wie erstarrt dastand und ihn mit offenem Mund anstarrte. Auch wenn mir bewusst gewesen war, dass Anna auf ältere Männer stand, sah ihre neueste Eroberung doch sehr viel älter aus als mein Vater.

Anna hakte sich bei Lester ein und lächelte mich erwartungsvoll an. Also riss ich mich zusammen und schenkte Lester mein freundlichstes Lächeln. Er beugte sich vor und gab mir einen Kuss auf die Wange. »Schön, dich kennenzulernen, Ellie.«

Dann saßen wir drei auf dem Sofa, Lester in der Mitte, der uns beide strahlend ansah. Irgendwie kam es mir komisch vor, dass er anwesend war, und ich verspürte eine gewisse Abneigung gegen ihn. Ich wollte Anna ganz für mich alleine haben.

»Die anderen werden bald hier sein«, meinte Anna kichernd und drückte ihren Kopf gegen Lesters Hals. »Wir essen um acht.«

Es dauerte einige Sekunden, bis mir klar wurde, dass »die anderen« meine Löwe-Männer sein sollten.

Nach einer halben Stunde angestrengter Konversation, die von Lesters langweiliger Stimme dominiert wurde, traf mein erster Löwe ein.

Als Anna das Dessert servierte, waren wir acht – einer meiner Löwe-Männer war nicht aufgetaucht – in eine lebhafte Unterhaltung vertieft. Alle fünf Löwen waren amüsant, und einer von ihnen, ein Mann Anfang vierzig namens Marlon, brachte uns mit seinen schlüpfrigen Witzen zum Lachen. Aber von Nummer fünf, dem jungen, dunkelhaarigen Warren, der als Letzter gekommen war und ziemlich ruhig wirkte, fühlte ich mich augenblicklich angezogen. Im Laufe des Abends taute er zunehmend auf und erzählte selbst einige Witze, die eine deutlich bessere Pointe hatten als Marlons. Immer, wenn er mich direkt ansah, spürte ich ein Kribbeln auf der Haut vor lauter Vorfreude. Ich war überzeugt davon, dass er wusste, warum ich da war. Es stellte sich heraus, dass er ein angehender Schauspieler war, der sich bemühte, seine erste vernünftige Rolle zu bekommen. Anna hatte ihn über den Freund eines Freundes kennengelernt.

Zu meiner Linken saß ein hübscher junger Bursche, der mich überhaupt nicht ansprach. Er hieß Richie. Marlon saß rechts neben mir, tätschelte hin und wieder mein Knie und lächelte mich an. Wenn er einen Witz erzählte, sah er mich dabei an, um festzustellen, ob ich ihn lustig fand, und ich musste ihn einfach mögen.

Warren saß mit zwei anderen hoffnungsvollen Typen mir gegenüber, deren Namen ich vergessen habe und die ich auch nicht viel anziehender fand als Richie.

Anna war eine perfekte Gastgeberin. Das Essen wurde von einer Cateringfirma geliefert, was außer mir (und vermutlich Lester) anscheinend niemand wusste. Alle gratulierten ihr zu ihren hervorragenden Kochkünsten. Sie freute sich über das Lob, senkte den Kopf und lächelte bescheiden. Meiner Meinung nach hätte sie selbst eine gute Schauspielerin abgegeben.

Je später der Abend wurde, desto weniger Falten schien Lester zu haben, aber nach wer weiß wie vielen Gläsern Wein und schmutzigen Witzen konnte nahezu jeder gut aussehen. Anna schien sehr von ihm angetan zu sein. So viel dazu, dass sie meinen Vater vermisste! Mehrmals fummelte Lester an ihren Brüsten herum, während er sich mit anderen unterhielt. Er wollte ganz offensichtlich klarstellen, dass Anna sein Eigentum war. Anna ließ ihn gewähren, und ihre Nippel wurden hart, während sie ihn liebevoll und bewundernd mit ihren großen Augen ansah. Ich mochte Lester nicht besonders, aber es war ihr Leben, daher gab ich ihnen meinen Segen.

Um Mitternacht gaben die beiden hoffnungsvollen Löwen, deren Namen ich vergessen habe, die Jagd auf und gingen, sodass ich mit Marlon, Richie und Warren zurückblieb. Wir sechs setzten uns ins Wohnzimmer und tranken Kaffee. Im Hintergrund lief ruhige Musik, woraufhin Marlon prompt auf einer Bettcouch in einer Ecke des Zimmers einschlief, um dann von Zeit zu Zeit leise zu schnarchen. Nach einer halbherzigen Partie Trivial Pursuit – das uns doppelt so schwer erschien wie sonst, weil keiner die Antworten kannte und wir alle immer missmutiger wurden –, beschlossen Anna und Lester, zu Bett zu gehen, sodass ich alleine mit den drei Musketieren zurückblieb. Marlon schlief noch immer. Auch wenn ich nicht sonderlich an ihm interessiert war, ärgerte mich sein mangelndes Interesse nach dem guten Beginn sehr. Also wandte ich mich Richie und Warren zu, die noch immer um meine Aufmerksamkeit buhlten.

Richie setzte sich neben mich auf die Couch. »Du bist sehr attraktiv«, sagte er und blickte mich provokativ an.

*Nette Worte, hat aber trotzdem keinen Sinn – mit dem Gesicht*, dachte ich und überlegte, ob ich ihm ohne Umschweife sagen sollte, dass ich kein Interesse hätte. Ich sah Warren an. Er war auf seinem Stuhl zusammengesackt und sah mich aus halb geschlossenen Augen an. Er erinnerte mich an einen schläfrigen Löwen, der schon fast schlief, aber noch immer sprungbereit war.

Richie fasste mein Schweigen als positives Zeichen auf und legte mir besitzergreifend den Arm um die Schulter. Als ich mich auch jetzt nicht wehrte, begann er, meinen Hals zu küssen. Da beschloss ich, das Spiel zu beenden. Ich schüttelte seinen Arm ab. »Tut mir leid, Richie, aber ich habe kein Interesse.« Ich glaubte, das sehr freundlich gesagt zu haben, doch Richie sah das offensichtlich anders. Er schien beleidigt zu sein. Viel zu spät erinnerte ich mich daran, dass Löwen Ablehnung nur schwer ertragen können.

Einen Augenblick lang herrschte betretene Stille, dann packte er meinen Arm und schüttelte ihn. »Blöde Kuh«, brüllte er und erschreckte mich mit seiner plötzlichen Aggression. »Verarschen kann ich mich alleine.« Er stand auf und meinte, an Warren gerichtet: »Ich verschwinde, und das solltest du auch lieber tun. Die kriegt doch eh keiner ins Bett.«

Warren sah mich fragend an und schien zu überlegen, was er jetzt tun sollte.

»Geh nicht, Warren«, meinte ich. »Nur weil ich nicht auf Richie stehe, heißt das noch lange nicht ...«

Er fiel mir ins Wort. »Dass du nicht auf mich stehst?«, beendete er grinsend meinen Satz, und auf einmal fand ich ihn auch nicht mehr anziehend. Mir gefiel ebenso wenig sein selbstgefälliger Gesichtsausdruck wie die Annahme, dass ich ihm bereitwillig zu Füßen liegen würde.

Richie stampfte wütend aus dem Zimmer. Warren blieb sitzen.

Er lehnte sich mit gespreizten Beinen zurück, und seine Augen glänzten vor Verlangen. »Komm her und setz dich auf meinen Schoß«, verlangte er und schlug sich auf die Knie.

Meine Abneigung gegen ihn wurde immer größer, aber ich brauchte ihn. Außer ihm war nur noch Marlon da, und der schlief tief und fest am anderen Ende des Raumes. Unschlüssig rang ich mit mir. Sollte ich auf mein Bauchgefühl hören und ihm sagen, dass er ebenso wie Richie abhauen konnte, oder sollte ich es versuchen, mich von ihm ficken lassen und meine Löwen-Aufgabe ein für alle Mal abhaken?

»Was ist? Komm schon her. Willst du mich jetzt oder nicht?« Warren wurde langsam ungeduldig.

Die Antwort lautete definitiv »nein«, aber ich stand dennoch auf und ging zu ihm hinüber.

Warren packte mich und zog mich auf seinen Schoß. Seine prallen, feuchten Lippen legten sich auf meinen Mund und drückten ihn auf. Dann stieß er seine Zunge hinein, die er mit schnellen Bewegungen bis weit in meine Kehle bohrte, sodass ich würgen musste.

Es ekelte mich an. Was war nur los mit mir? Nur wenige Stunden zuvor hatte ich diesen Typen sehr heiß gefunden. Jetzt wünschte ich mir, dass er verschwinden und mich in Ruhe lassen würde.

Ich versuchte, auf seinen Kuss zu reagieren, aber als seine Hand an meinem Kleid zog und den Stoff herunterriss, um an meine Brüste zu gelangen, und als seine Finger grob meine

Nippel drückten, da war mir klar, dass es nichts bringen würde. Ein anderes Mal mit einem anderen Kerl gerne, aber Warren wollte ich nicht. Ich entzog mich ihm und zerrte mein Kleid wieder über meine Brüste.

»Was ist los?«, wollte Warren mit heiserer Stimme wissen.

Jetzt fiel mir erst auf, wie betrunken er war. »Tut mir leid, ich kann nicht«, murmelte ich, kletterte von seinem Schoß und ging zur Couch zurück.

Warren blitzte mich wütend an. Offenbar hatte ich auch ihn verärgert. »Mann!«, brüllte er. »Erst machst du Richie an und schickst ihn dann weg, um zu behaupten, du würdest auf mich stehen, und jetzt ziehst du dieselbe Tour bei mir durch. Was gibt dir das Recht dazu?«

Er stand auf und kam mit geballten Fäusten auf mich zu. So langsam bekam ich Angst. »Es tut mir leid. Ich wollte dich nicht auflaufen lassen.«

»Das hast du aber getan, du Schlampe.«

Er stürzte sich auf mich, aber bevor er etwas tun konnte, packte ihn ein starker Arm von hinten und zog ihn weg. Marlon war aufgewacht.

Ich kauerte mich in die Sofaecke und sah mit an, wie Marlon Warren wegschob, als ob er eine Marionette wäre. »Du solltest lieber verschwinden, Kumpel«, knurrte Marlon und schob den unsicher auf den Beinen stehenden Warren in Richtung Tür. »Die Dame will dich nicht.«

Letzten Endes verschwand Warren, ohne Theater zu machen. Marlon kam zurück ins Zimmer und rieb sich verschmitzt die Hände. »Der ist weg.«

Ich war ihm sehr dankbar. »Vielen Dank, Marlon. Gut, dass du rechtzeitig aufgewacht bist.«

»Oh, ich war die ganze Zeit wach und habe euch beobachtet. Erst Richie und dann Warren. Du bist mir schon eine. Warum hast du deine Meinung über Warren geändert?«

Offenbar hatte ich Marlon unterschätzt. »Ich denke, es war seine Arroganz, bin mir aber nicht ganz sicher.«

Marlon setzte sich neben mich. »Entschuldige, dass ich eingeschlafen bin. Wir haben uns beim Essen wirklich gut verstanden, nicht wahr?« Er schnitt eine Grimasse.

Ich musste einfach grinsen. Er war ein bisschen alt für mich, aber ich mochte ihn, und er hatte mich vor Warren gerettet. »Wir könnten da weitermachen«, schlug ich vor.

Er nahm meine Hand. »Ich hatte gehofft, dass du das sagen würdest.«

Wir lächelten einander an. Dann nahm er mich in die Arme und küsste mich lange und zärtlich. Lange Zeit hielten wir uns so umschlungen, und seine Küsse wurden immer intensiver. Als er mich losließ, war mir vor Verlangen ganz schwindelig. Er streichelte mir sanft den Nacken. »Es ist ein bisschen spät, um die Sache jetzt zu vertiefen, findest du nicht. Würdest du mit mir ausgehen? Willst du mein Mädchen sein?«

Seine Wortwahl war zwar ein wenig altertümlich, aber auch sehr romantisch. Ich konnte ihm nicht sagen, dass ich schon einen Freund hatte, also nickte ich einfach.

Erfreut strahlte er mich an. »Ich reserviere Karten für das Theater oder eine Show am Samstag.«

Erst wollte ich ihm sagen, dass mir das Theater völlig egal wäre, aber dann änderte ich meine Meinung. Es wäre eine nette Abwechslung, mal schön ausgeführt zu werden, bevor es richtig zur Sache ging.

Kurz nach drei Uhr früh brach Marlon auf. Ich war erschöpft. Leise ging ich ins Gästezimmer, gab mir Mühe, Anna und Lester nicht zu wecken, und fiel dann noch in meinem glitzernden goldenen Kleid ins Bett.

Um sieben Uhr wurde ich rüde durch lautes Grunzen und Stöhnen aus Annas und Lesters Schlafzimmer geweckt. Ich lauschte fasziniert und fragte mich, was in aller Welt Anna an dem geilen alten Bock fand. Irgendwann stöhnte Anna laut auf. Anscheinend machte Lester irgendwas richtig. Ich bedauerte, dass ich in der vergangenen Nacht nicht zum Zug gekommen war, aber als ich mir den Ablauf des Abends ins Gedächtnis rief, war ich doch froh darüber. Marlon schien ein netter Kerl zu sein. Ich freute mich schon auf unser Wiedersehen.

Als ich später zum zweiten Mal wach wurde, hatte ich einen trockenen Mund und Kopfschmerzen. Ich kroch aus dem Bett, zog mir mein zerknittertes Kleid aus und eine Jeans und ein T-Shirt über, bevor ich zum Frühstücken nach unten ging. Anna stand im Nachthemd in der Küche und briet Eier mit Speck. Sie strahlte förmlich und sah noch besser aus als sonst. Lester saß am Tisch und las Zeitung.

»Hallo, Ellie«, begrüßte mich Anna fröhlich. »Möchtest du mit uns frühstücken?«

Ich konnte Annas große, runde Nippel durch den dünnen Stoff ihres Nachthemds sehen und auch erkennen, dass sie kein Höschen trug. Sie war als Einzige von uns nicht angezogen. Der Geruch des Specks bewirkte, dass sich mir der Magen umdrehte. »Nur eine Scheibe Toast, bitte, und ein paar Paracetamol, falls du welche da hast«, antwortete ich.

Anna sah mich besorgt an. »Hattest du eine schlimme Nacht, oder liegt es am Alkohol?«

»Beides.«

Nach einem kurzen Blick zu Lester, der in seine Zeitungslektüre vertieft war, flüsterte mir Anna zu: »Bei wem bist du gelandet? Warren?«

»Um Himmels willen«, erwiderte ich angewidert und vergaß dabei, dass ich noch beim Abendessen ganz angetan von ihm gewesen war.

Anna war überrascht. »Bei wem dann?«

»Nun ja, ich bin mit keinem ins Bett gegangen, aber Marlon führt mich am Samstag ins Theater aus.«

»Marlon ist nett«, meinte Anna und schob zwei Eier sowie einen Berg Speck auf einen Teller. »Ich bin froh, dass du dich für ihn entschieden hast. Du musst mir hinterher alles haarklein erzählen.« Mit diesen Worten stellte sie den Teller vor Lester ab.

Ich ging ebenfalls zum Tisch hinüber. Lester sah von seiner Zeitung auf und schien mich erst jetzt zu bemerken. »Guten Morgen, Ellie. Wie geht es dir?« Er strahlte mich vielsagend an, und erneut verspürte ich dieselbe Abneigung wie bei unserer ersten Begegnung.

»Gut.«

»Bist nach der letzten Nacht ein wenig mitgenommen, was?«

Anna hatte besitzergreifend die Hand auf Lesters Schulter gelegt, als sie den Teller vor ihm absetzte. »Achte gar nicht auf ihn, Ellie.«

Lester warf mir einen verschlagenen Blick zu. Dann ließ er seine Hand sehr offensichtlich unter Annas Nachthemd gleiten und drückte ihre nackte Pobacke zusammen. Wieder einmal machte er somit klar, dass Anna ihm gehörte.

Anna strich ihm durchs Haar und wollte sich zurückziehen, aber Lester hielt sie fest. »Zeig Ellie deine Ringe«, forderte er sie auf.

Das schien Anna zu irritieren. »Aber ich ...«

Lester schob Annas Nachthemd hoch und entblößte stolz zwei goldene Ringe, mit denen Annas Bauchnabel gepierct war.

Mein Blick wanderte zu Annas Unterkörper, aber nicht die Ringe erregten meine Aufmerksamkeit, sondern ihre wunderschöne, glattrasierte Muschi, die sehr erregt zu sein schien. »Sehr schön«, murmelte ich. »Wo hast du das machen lassen?«

Anna wollte schon antworten, doch Lester war wieder einmal schneller. »Meinst du die Ringe oder die rasierte Muschi, für die du dich so interessierst?«, wollte er wissen und stieß ein Schnauben aus. Er hielt Annas Nachthemd noch immer hoch und schob ihr die andere Hand von hinten zwischen die Beine, um ihre Schamlippen mit seinen langen Fingern zu spreizen.

Ich starrte Anna an und wusste nicht, was ich sagen sollte. Sie sah mir in die Augen und wirkte peinlich berührt, versuchte aber nicht, Lester davon abzuhalten, in sie einzudringen. Als er seine Finger in sie hineinstieß, war mir klar, dass ich den Blick abwenden sollte, aber ich konnte es nicht. Stattdessen wurde ich ebenfalls feucht, so wie es Lester beabsichtigt hatte. Meine Gefühle waren in Aufruhr. Ich konnte Annas Erniedrigung nachvollziehen, war aber gleichzeitig erregt durch den Anblick ihres Körpers und das, was Lester mit ihr machte.

Lesters Augen glänzten, als er mich anstarrte, und zum ersten Mal begriff ich, was Anna an ihm fand. Er war ein unbarmherziger Mann, hatte sich und andere unter Kontrolle und wusste ganz genau, was er wollte und wie er es kriegen konnte. Anna stand unterwürfig neben ihm, während seine Finger ihre Muschi erkundeten und sein Daumen über ihre geschwollene Klit rieb. Dann schlug er ihr mit der anderen Hand auf den Hintern, und Anna zog fast schon zombieartig das Nachthemd über den Kopf. Sie hatte wunderschöne Brüste, groß und voll, die man kneten und an denen man saugen wollte. Ich hielt den Atem an und war fasziniert von der Show, die mir geboten wurde.

»Erzähl Ellie die gute Nachricht«, sagte Lester auf einmal und streichelte Anna über den flachen Bauch.

Mit einem sanften, liebevollen Gesichtsausdruck sah Anna ihn an. »Wir versuchen, ein Baby zu bekommen«, meinte sie.

Ich war überrascht. Hatte ich nicht erst gestern selbst darüber nachgedacht, Mutter zu werden?

Lester zog seine Finger aus Annas feuchter Muschi. »Auf diese Weise werden wir aber kein Baby zeugen, nicht wahr, Liebling?« Mit einer schnellen Bewegung zog er den Reißverschluss seiner Hose herunter und zog seinen Schwanz heraus, wobei er sicherstellte, dass ich ihn auch zu sehen bekam, bevor er Anna auf seinen Schoß zog und ihn in sie hineinstieß. Dann fickte er sie, während ich zusah, völlig fasziniert war und mich nicht bewegen konnte. Immer wieder stieß er sich in sie hinein, dieses Mal allerdings, ohne laut zu stöhnen, während er mir fest in die Augen sah. Er schien die Energie eines deutlich jüngeren Mannes zu besitzen. Schließlich kam er, gestattete sich ein kurzes, lautes Keuchen, und entlud sich in sie. Anna hatte keinen Orgasmus.

Als die Show vorbei war, schob Lester Anna zur Seite und forderte sie auf, sich anzuziehen. Dann schlang er seine kalten Eier und den Speck herunter. Mir warf er nicht mal mehr einen Blick zu.

Ich lief nach oben, um mich bei Anna fürs Zusehen zu entschuldigen.

Anna lächelte mich an. Sie war noch immer nackt. Ihre Nippel sahen riesig aus, und an der Innenseite ihrer Oberschenkel glänzte Feuchtigkeit. »Ist er nicht wunderbar?«, meinte sie strahlend. »Ich liebe ihn so sehr.«

»Wirklich? Hör mal, es tut mir leid. Ich hätte eben wirklich gehen sollen.«

Doch Anna zuckte mit den Achseln. »Lester wollte, dass du zusiehst, das ist dir doch klar? Er wollte dir beweisen, dass er nicht nur ein alter Mann ist, der das Beste schon hinter sich hat. Er ist in Bezug auf sein Alter sehr empfindlich, musst du wissen. Er glaubt, dass du ihn nicht leiden kannst.«

»Also will er meine Meinung von sich verbessern, indem er dich vor meinen Augen fickt und mich so aufgeilt?«, gab ich ungläubig zurück.

Bestürzt sah mich Anna an. »Nein, natürlich nicht. Er wollte damit nur etwas klarstellen.«

Ich nickte und ließ mich erweichen. »Gut, er hat etwas klargestellt: Er hat mehr Sperma als Ryan, und das will schon was heißen.«

Anna lächelte voller Stolz. »Er liebt mich, Ellie. Er will mich so schnell wie möglich heiraten.«

Auf einmal tat sie mir sehr leid. »Willst du wirklich ein Baby bekommen?«, fragte ich sie.

»Ja, natürlich. Lester möchte unbedingt noch ein Kind. Er hat zwei erwachsene Töchter aus seiner ersten Ehe, aber er hätte zu gerne noch einen Sohn.«

»Aber willst du dich wirklich mit einem Baby belasten? Du hast einen tollen Job und kommst viel herum.«

Als Anna das hörte, drehte sie sich herum und begann, sich anzuziehen. »Ich kriege beides unter einen Hut. Das schaffen andere Frauen auch.«

»Das weiß ich, aber wird Lester das zulassen?«

Anna zuckte mit den Achseln. »Keine Ahnung. Wir haben noch nicht darüber gesprochen. Aber genug von diesem Thema. Erzähl mir mehr über dich und Marlon.«

»Es gibt noch kein ›ich und Marlon‹ – noch nicht. Frag mich Sonntag noch mal danach.«

»Das werde ich«, erwiderte Anna lachend. »Ich will alle Details hören.«

Jetzt waren wir uns wieder sehr nahe. Ich wollte ihre Freundin sein und ihr helfen, aber es sah ganz so aus, als ob ich dafür Lester akzeptieren musste.

Als ich später abreiste, umarmte mich Anna fest und bat mich, sie bald wieder zu besuchen. Danach zog mich Lester in seine Arme. Ich spürte, wie er seine Erektion gegen mich drückte, aber alles, was ich dabei empfand, war tiefes Mitgefühl für Anna.

Ich konnte mein Gähnen nicht unterdrücken. Das Stück war langweilig. Wir sahen uns Shakespeares *Henry V.* an, und ich hasste die meisten von Shakespeares Stücken, seitdem ich für meinen Englischabschluss *Julius Cäsar* sehen musste. Marlon schien es jedoch zu gefallen. Er war ein Mann des Theaters und hatte in jüngeren Jahren selbst auf der Bühne gestanden.

Ich ließ den Blick über die Menschen in unserer Nähe schweifen. Alle starrten gebannt auf die Bühne, was mich ein bisschen beschämte. War ich der einzige Mensch auf der Welt, der Shakespeare nicht zu schätzen wusste? Dann sah ich in Marlons Schoß. Da war natürlich momentan auch nichts los. Ich legte ihm die Hand aufs Knie, woraufhin er mich anlächelte, meine Hand nahm und sich dann wieder auf das Geschehen auf der Bühne konzentrierte. Hätte er mich doch ins Kino eingeladen. Wenn ich heiße Typen wie Ralph Fiennes oder Ewan McGregor sah, stellte sich meine Geilheit von ganz alleine ein.

Langsam wurde ich zappelig. Meine Beine taten weh, und mein String drückte sich in meine Pofalte, die daraufhin anfing zu jucken. Ich musste hier raus. Leise stand ich auf und flüsterte Marlon ins Ohr, dass ich auf die Toilette gehen wollte. Er nickte und schien gar nicht so richtig mitzubekommen, dass ich ging.

Auf der Damentoilette zog ich mir als Erstes den String aus. So langsam gefiel es mir immer besser, ohne Höschen herumzulaufen. Mit meinem engen, knielangen schwarzen Rock und der pinkfarbenen Bluse war ich recht keusch bekleidet. Niemand konnte wissen, dass ich nichts drunter trug, und ich knöpfte die obersten Knöpfe der Bluse auf, um mein Dekolleté zu zeigen und mich noch heißer zu fühlen.

In der Eingangshalle war alles ruhig. Ich wusste nicht, was ich tun sollte. Es widerstrebte mir, zurück auf meinen Platz zu gehen, aber ich hatte auch nicht vor, den ganzen Abend rumzustehen, bis das Stück endlich vorbei war.

»Hallo«, sagte eine Stimme hinter mir, und ich drehte mich überrascht um. »Kann ich Ihnen irgendwie helfen?«

Ein attraktiver dunkelhäutiger junger Mann in einer blauen Platzanweiseruniform grinste mich an. Erst wollte ich ihm sagen, dass er mir mit einem guten Fick durchaus weiterhelfen konnte, aber ich hielt mich zurück und lächelte ihn an. »Ich habe Kopfschmerzen«, log ich, »und mag mir das Stück nicht länger ansehen. Kann ich mich hier irgendwo kurz hinlegen?«

Er starrte mich kurz an und schien zu überlegen, und ich sah ihm frech in die Augen. Mir war jetzt nach ein wenig Spaß, und der dumme alte Marlon war momentan dazu einfach nicht zu gebrauchen.

»Ich könnte Ihnen für kurze Zeit eines der hinteren Zimmer überlassen«, meinte er schließlich. »Kommen Sie mit.«

Wir gingen durch einige Gänge in den hinteren Teil des Eingangsbereichs, und ich musterte seinen prallen Hintern in der für ihn viel zu engen Hose. Meine nackte Muschi beschloss, dass ihr dieser junge Mann gefiel, und wurde feucht. Er hielt vor einer Tür, auf der »Privat« stand, griff in seine Tasche und holte einen Schlüsselbund hervor. Das Zimmer war enttäuschend klein und nur mit einer kleinen

Couch, einem Schreibtisch und einem Waschbecken ausgestattet.

»Das ist der Privatbereich der Platzanweiser«, erklärte mir der junge Mann. »Da ich der Einzige bin, der heute Dienst hat, wird uns auch niemand stören.« Er sah mich mit seinen großen, braunen Augen an. »Sind Sie sich auch wirklich sicher, dass Sie das wollen?«

Ich nickte und betrat das Zimmer. Er schloss die Tür hinter mir. »Ich habe nicht viel Zeit«, erklärte er mir und sah auf die Uhr. »Das Stück ist in etwa zwanzig Minuten vorbei.«

»Das sollte reichen«, erwiderte ich und knöpfte meine Bluse auf.

Er zog mich an sich, bevor ich damit fertig war, drückte mich auf die Couch und versuchte, meinen Rock hochzuziehen, doch der war zu eng. »Zieh ihn aus«, verlangte er.

Ich kam seiner Bitte nach und stand dann mit den Händen an meiner feuchten Muschi vor ihm, wobei ich so erregt war, dass ich kaum noch atmen konnte.

Er war sehr jung, vielleicht siebzehn oder achtzehn, aber er schien zu wissen, was von ihm erwartet wurde, da er mich herumdrehte und mich auf allen vieren auf dem Boden kauern ließ. Bevor ich seinen Schwanz auch nur zu Gesicht bekam, stieß er ihn auch schon von hinten in mich hinein. Zum Glück war ich feucht, da er sehr gut bestückt war und mich komplett ausfüllte. Das war genau das, was ich gebraucht hatte. Ich drückte ihm meinen Hintern entgegen, zog seinen Schwanz mit meinen Muskeln in mich hinein und genoss jede Minute. Keiner von uns sagte etwas, und kurze Zeit später kam er und verschoss seine Ladung in mich, während er laut stöhnte. Ich hatte keinen Orgasmus, hatte aber auch nicht damit gerechnet, einen zu haben. Als er sich aus mir zurückzog, fühlte ich mich leer und gierte nach mehr, aber es blieb keine Zeit für eine zweite Runde.

Nach seinem Höhepunkt wirkte er auf einmal peinlich berührt. Vermutlich war es das erste Mal, dass sich ihm eine völlig Fremde hingegeben hatte.

»Kann ich mich hier am Waschbecken kurz sauber machen?«, fragte ich. Mir war die Sache überhaupt nicht peinlich. Dafür hatte ich in meinem kurzen Leben schon viel zu viel gesehen und getan.

Er nickte und hastete zur Tür. Offenbar konnte er gar nicht schnell genug wegkommen. »In fünf Minuten bin ich wieder da und schließe ab.«

Fünf Minuten später kuschelte ich mich an Marlon, und wir sahen uns gemeinsam den Höhepunkt des Stückes an. Ich dachte dabei an einen anderen Höhepunkt, den ich im Laufe des Abends nur zu gern noch erleben wollte. Als der Vorhang gefallen war, applaudierte ich ebenso laut und begeistert wie alle anderen.

»Du warst ganz schön lange weg. Ist alles in Ordnung?«, erkundigte sich Marlon, als wir im Auto saßen und zu ihm fuhren.

»Ich hatte Kopfschmerzen und habe einen der Platzanweiser um eine Aspirin gebeten. Er hat mir erlaubt, mich in einer der Garderoben kurz hinzulegen.«

»Das war sehr nett von ihm.«

»Ja, er war sehr hilfsbereit.«

»Geht es dir jetzt besser?«

Ich lächelte Marlon an. Er war wirklich süß. »Viel besser, danke.« Ich hatte meinen String wieder angezogen und war jetzt geiler als zuvor. Der junge Platzanweiser hatte meinen Appetit angeregt.

Marlon lebte in einer großen Penthousewohnung. Offenbar war er ziemlich gut betucht. Ich wanderte voller Bewunderung durch die Räume, während er mich beobachtete und anlächelte. Als ich zu seinem Schlafzimmer kam, keuchte ich vor Überraschung auf. Alle Wände waren vom Boden bis zur Decke voller Spiegel. Das einzige Möbelstück war das altmodische, riesengroße Bett mit einem Betthimmel aus Metall und schönen Vorhängen, die mit dicken goldenen Kordeln seitlich festgemacht waren. Der Raum stellte eine zusammengewürfelte Mischung aus Altem und Neuem dar, und ich war mir nicht sicher, ob er mir gefiel.

»Wo bewahrst du deine Kleidung auf?«, wollte ich wissen.

»Im anderen Schlafzimmer. Ich habe daraus ein Ankleidezimmer gemacht. Da bewahre ich auch viele Sachen vom Theater auf. Möchtest du sie sehen?«

»Gerne.«

Das Zimmer war unglaublich. Auch hier waren die Wände verspiegelt, und im Raum standen sechs große Kleiderständer aus Metall voller Klamotten. Er glich einer riesigen begehbaren Garderobe. Auf den Ständern hingen alle möglichen Kleidungsstücke, von sehr alten verzierten aus längst vergangenen Zeiten bis hin zu hochmodernen wie Jeans und Sweatshirts. Ein kompletter Kleiderständer hing voller Damenkleider.

»Warum hast du hier so viele Frauenklamotten?«, erkundigte ich mich und befühlte ein langes rotes Seidenkleid, das chinesisch aussah.

»Meine Ex-Frau war Schauspielerin. Vielleicht hast du schon mal von ihr gehört, sie heißt Sarah Lee. Das ist natürlich nicht ihr richtiger Name, ebenso wie ich nicht von Geburt an Marlon heiße.«

»Oh!« Ich war überrascht. »Wie heißt du denn richtig?«

»Michael Smith. Ziemlich langweilig, was? Marlon King klingt da doch gleich viel besser. Meine Ex-Frau hieß Sandra Pratt, bevor sie zu Sarah Lee wurde.«

Ich musste kichern, als ich an der Damenkleidung vorbeiging. Am Ende der Stange hingen einige altmodische Korsetts mit Strumpfhaltern. Daneben eine sehr kurze Zofenuniform, ein Häschenoutfit, eine Schultunika mit weißer Bluse und eine Krankenschwesterntracht. Ich blieb wie angewurzelt stehen. Marlon stand direkt hinter mir. »Hat deine Frau das ebenfalls getragen?«, fragte ich.

»Sehr selten. Sie musste sich für ihren Job schon so oft verkleiden, dass sie keine Lust hatte, es auch noch zu tun, um unser Sexleben aufzupeppen, das sowieso kaum noch vorhanden war.«

»Wer trägt die Sachen dann, oder hängen die hier schon seit Jahren ungenutzt rum?«

Marlon sah mich jetzt intensiv an. »Jeder, der sie tragen möchte. Einige meiner Freundinnen. Ich hatte mal eine, die sich sehr gern verkleidet hat.«

»Welches Outfit gefällt dir am besten?«

»Das des Zimmermädchens. In Kombination mit einem Strumpfgürtel, schwarzen Strümpfen und ohne Höschen ist es verdammt sexy. Das Korsett drückt die Brüste so weit hoch, dass selbst ein kleiner Busen gut aussieht, und bei Mädchen mit großen Titten wie dir sind sogar die Nippel zu sehen.«

Ich strich mit den Händen über den Stoff.

»Möchtest du es anziehen?«, fragte mich Marlon höflich.

Ich biss mir auf die Lippe und merkte, wie sich die Lust in meinem Körper ausbreitete. »Ja.«

»Dann lasse ich dich jetzt in Ruhe, damit du dich umziehen kannst. Ich warte im Wohnzimmer. Wenn du fertig bist, kannst du mir da einen Drink servieren.«

Steifen Schrittes ging Marlon hinaus, und ich kicherte erneut. Das versprach, ein lustiger Abend zu werden. Ich konnte das Korsett oben nicht ganz schließen, da es nicht über meine Brüste passte, die überall herausquollen. Der Rock bedeckte kaum meinen Hintern. Ohne mich vorzubeugen konnte ich in den Spiegeln die untere Hälfte meiner runden, weißen Pobacken sehen, vor denen die schwarzen Strumpfhalter herumbaumelten. Zur Uniform gehörten auch eine kleine weiße Rüschenkappe und eine Schürze. Die Kappe sah meiner Meinung nach lächerlich aus, ich setzte sie aber trotzdem auf. In einem Schuhregal neben dem Kleiderständer entdeckte ich ein Paar hochhackige schwarze Schuhe, die ich anzog. Sie waren mir viel zu klein und drückten, aber ich ging darin durch die Tür und war bereit für meinen großen Auftritt.

Marlon musterte mich kühl von oben bis unten. Während ich im Umkleidezimmer beschäftigt gewesen war, hatte er seine Frisur geändert und trug nun einen Mittelscheitel und hatte die Haare mit Pomade geglättet. Außerdem trug er eine taillierte Anzugjacke und eine Fliege. Auf einmal sah er viel älter und sehr beeindruckend aus.

»Ist Ihnen bewusst, dass man Ihren Hintern sehen kann, Miss Johnson?«, meinte er mit lauter Stimme, als er mich erblickte.

Überrascht machte ich einen Schritt nach hinten und hätte es ihm beinahe abgenommen. »Tut mir leid«, murmelte ich, ließ den Kopf hängen und versuchte, meine Rolle zu spielen.

»Tut mir leid, Sir!«, rief er. »Holen Sie mir etwas zu trinken. Das brauche ich, um Ihren beschämenden Anblick zu ertragen.«

»Ja, Sir. Was darf ich Ihnen bringen?«

»Bring mir einen großen Brandy.«

Auf einem Beistelltisch standen eine gefüllte Karaffe und einige Gläser. Ich erkannte am Geruch, dass sich darin kein Brandy befand, außerdem hatte mir Marlon zuvor verraten, dass er nur Wein trank. Für mich roch es eher nach Apfelsaft.

Ich beugte mich vor, um ein Glas zu füllen, und dabei rutschte meine rechte Brust aus dem Korsett. Ich musste kichern.

»Wie kannst du es wagen, so zu lachen, Mädchen!«, schimpfte Marlon. »Du bist eine Schande. Steck die sofort wieder rein.«

Marlon beobachtete mich genau, während ich versuchte, meine Brust wieder in das Korsett zu quetschen. Dabei ließ ich mir absichtlich Zeit, und er wurde langsam ungeduldig. »Komm her, lass mich das machen.«

Ich stellte mich vor ihn und hielt ihm meine freche Brust mit dem harten Nippel ins Gesicht. Er packte ihn und zog daran, während er die Brust zurück ins Korsett drückte. Als er damit fertig war, drehte er mich herum und gab mir einen lauten Klaps auf den nackten Hintern, bei dem ich überrascht aufschrie. »Das wird dir eine Lehre sein, so frech zu werden«, sagte er dabei.

Ich musste lachen, woraufhin er mich erneut schlug, dieses Mal sogar so fest, dass mir die Tränen in die Augen stiegen.

»Und jetzt bring mir was zu trinken«, knurrte er.

Ich goss den Apfelsaft ins Glas und trottete zu ihm zurück. Diese Schuhe waren die reinste Qual. Außerdem wurde ich ein wenig nervös. Marlon war ein guter Schauspieler.

Er saß entspannt auf dem Sofa und nippte an dem Apfelsaft, als ob er wirklich Brandy trinken würde. Ich stand ein wenig von ihm entfernt und war mir nicht sicher, was ich als Nächstes tun sollte.

»Steh nicht nur so da, Mädchen«, rief Marlon. »Komm her und mach was, um mich zu unterhalten.«

Mir fiel auf, dass er sich im Schritt herumfingerte. Den Hinweis hatte ich verstanden. Ich ging zu ihm hinüber und zog den Reißverschluss seiner Hose herunter. Er hatte keine Unterhose an, und sein Schwanz schoss pfeilschnell heraus. Als ich ihn in die Hand nehmen wollte, schob er sie weg und drückte meinen Kopf nach unten. Also steckte ich ihn in den Mund, wo er gegen meine Zunge stieß, und lutschte an seinem langen Schaft, während er weiter trank, als ob ich gar nicht da wäre.

Nach einer Weile zog er mich hoch. »Das reicht, Mädchen. Nicht mal das kannst du richtig. Ich habe Hunger. Auf dem Küchentisch stehen Brot und Honig. Hol mir das.«

Ich stand auf und ging unsicheren Schrittes auf die Küche zu, wobei mir bewusst war, dass er meinen nackten Hintern anstarrte, der von seinen Schlägen noch immer kribbelte. Auf dem Tisch stand etwas Brot und ein Honigglas. Als ich ihm beides brachte, griff er nach dem Honig. »Mal sehen, ob der überhaupt schmeckt. Vielleicht versuchst du ja, mich zu vergiften.« Er schraubte den Deckel auf, hielt sich das Glas vor den Schritt und tauchte seinen Penis hinein. Als er ihn wieder rauszog, war er komplett mit Honig benetzt. »Koste erst mal«, forderte er mich auf und deutete auf seinen klebrigen Schwanz.

Dieses Mal kniete ich mich vor ihn hin und nahm ihn ganz in den Mund, um begierig daran zu saugen. Er schmeckte großartig. Nachdem ich den ganzen Honig abgeleckt hatte, nahm ich seinen Schwanz aus dem Mund und sah Marlon mit großen, unschuldigen Augen an. »Er ist völlig in Ordnung, Sir«, erklärte ich ihm und versuchte, dabei nicht zu kichern.

Marlon verkniff sich ein Grinsen. »Steh auf«, wies er mich an.

Als ich aufstand, gaben die engen Schuhe auf. Der rechte Absatz brach ab, und ich verlor das Gleichgewicht und fiel mit dem Kopf voraus auf Marlons Schoß, wobei mir die Brüste aus dem Korsett rutschten und mein nackter Hintern in der Luft baumelte. Ich konnte nicht aufhören zu lachen und rechnete jeden Augenblick damit, Sir Marlons Hand erneut auf meinem Hintern zu spüren. Stattdessen zog er mich mit dem Rücken zu sich auf seinen Schoß, spreizte meine Beine und drang von hinten in mich ein.

»Reit mich«, schrie er mir ins Ohr. »Reit mich so hart, dass es wehtut.«

Ich legte ihm die Hände auf die Knie, um mich abzustützen, beugte mich ein wenig nach vorn und bewegte mich auf seinem Schwanz auf und ab. Nach einigen Sekunden begann er, mit seiner Hand über meine Klit zu reiben. Ich war mehr als bereit dafür, der Platzanwärter im Theater hatte mich in die richtige Stimmung versetzt, und jetzt war mein Appetit größer denn je. Meine Muschi zog sich vor Wonne zusammen, und nach wenigen Minuten stand ich kurz vor dem Orgasmus. Ich hielt mich nicht zurück. Die besten Orgasmen sind die, bei denen man laut schreien und die ganze Nachbarschaft wecken kann. Ich schrie vor Lust, und dann kam Marlon ebenfalls.

Marlon fuhr mich zurück zu meiner Wohnung. Er war sehr glücklich. Nach dem Abschiedskuss meinte er: »Vielleicht ziehst du ja nächstes Mal das Häschenkostüm an. Ich ruf dich in ein paar Tagen an.«

Ich stand auf dem Gehweg, winkte ihm zum Abschied und bedauerte es ein bisschen, dass es für Marlon und mich kein nächstes Mal geben würde. Das war vor allem deswegen schade, weil ich das Häschenkostüm gern anprobiert hätte. Aber vielleicht konnte ich ja auch mit Ryan einige dieser Spielchen machen.

# *Kapitel 7*

## *Jungfrau: Der schüchterne Liebhaber*

23. August

Mein Lebensstil hat sich geändert. Ich bin jetzt keine Faulenzerin mehr. Vor einigen Wochen hat mein Vermieter gedroht, mich aus der Wohnung zu werfen, wenn ich nicht augenblicklich die Miete bezahle. Mithilfe all meiner weiblichen Vorzüge – die ich vor allem kniend ausspielte – konnte ich ihn davon überzeugen, mir ein paar Wochen Zahlungsspielraum zu gewähren. Zu schade, dass er alt, fett, hässlich und völlig unansehnlich ist, ansonsten hätte ich ihn glatt für meine Aufgabe verwenden können.

Einige Stunden nach seinem Besuch ging ich in einem schicken, marineblauen Businesskostüm (dessen Rock direkt über dem Knie endete) und einer frisch gewaschenen weißen Bluse zum hiesigen Arbeitsamt. Die Angestellte fiel darauf rein, und jetzt nutze ich meine eingerosteten Bürokenntnisse in einem gewaltigen Büroblock in der Innenstadt, um für eine Firma namens Junipers zu arbeiten, die Autoersatzteile herstellt. Und das ist verdammt langweilig! Im Moment mache ich gerade Mittagspause an meinem Schreibtisch mitten in einem riesigen Großraumbüro in der Buchhaltung, esse meine Sandwiches und versuche zu schreiben. Letzte Woche konnte ich einen Teil der ausstehenden Miete bezahlen, aber der nächste Batzen ist am Monatsende fällig.

Abends versuche ich, mein Kapitel über den Löwen fertigzustellen und Ryan gleichzeitig bei Laune zu halten. Er ist sehr verständnisvoll. Wir hatten seit über einer Woche keinen Sex mehr, und ich platze vor Verlangen danach. Hoffentlich wird sich das bald ändern, denn ich habe meinen Jungfrau-Mann glücklicherweise schon gefunden. Meiner Ansicht nach habe ich das sogar äußerst clever angestellt. Bevor ich hier anfangen habe, hatte ich bereits herausgefunden, dass man Jungfrauen am besten in der Buchhaltung antreffen kann. Jungfrauen arbeiten gern mit Zahlen und Analysen und können sich ewig an Geschäftsbüchern aufgeilen, ohne sich dabei zu langweilen. Als mir die Zeitarbeitsfirma diese Stelle angeboten hat, habe ich daher gleich zugegriffen.

Ich bin jetzt seit fast drei Wochen hier und habe schon sehr viele Männer kennengelernt, die Jungfrau sein könnten. Durch Zufall bin ich auf einen Assistenten der Büroleitung gestoßen, einen jungen Kerl namens Patrick, der am 5. September Geburtstag hat. Wie ich das herausgefunden habe? Carole, eine der Frauen aus dem Büro, hat eine Liste mit den Geburtstagen aller Angestellten, damit sie ihnen eine Karte kaufen kann, auf der dann alle unterschreiben. Als sie sich meinen Geburtstag notiert hat, fielen mir mehrere Einträge im September auf, darunter auch der von Patrick.

Dieser Patrick scheint ein netter Kerl zu sein. Wie viele Jungfrauen ist er furchtbar schüchtern, aber er sieht gut aus, wenn er seine Brille abnimmt. Er hat dickes dunkles Haar und einen kleinen Ziegenbart. In zwei Wochen wird er 29, und er kommt mir für meine Aufgabe wie gerufen. Allerdings muss ich hinzufügen, dass ich bis jetzt keinen großen Erfolg damit hatte, ihn besser kennenzulernen. Ich glaube, er mag mich, denn er lächelt mich immer nett an und redet mit mir, wenn ich in seiner Nähe bin, aber das ist auch schon alles. Carole vermutet, dass er nicht verheiratet ist und auch keine feste Freundin hat. Da sie ihn auch nicht für schwul hält, muss ich mich wohl etwas mehr anstrengen. Und weil bereits der erste Tag im Zeichen der Jungfrau angebrochen ist, bin ich auch motiviert. Aber warum muss es so anstrengend sein? Warum können sich nicht einfach zwölf Männer, einer aus jedem Sternzeichen, in einer Reihe aufstellen und warten, bis sie dran sind? Das wäre vermutlich viel zu einfach.

Im Moment sitzt Patrick hinter verschlossener Tür in seinem Büro, wie üblich. Ich habe noch eine halbe Stunde Pause, daher werde ich ihn jetzt einfach mal ansprechen. Wünscht mir Glück. Ich kann es gebrauchen!

Patrick arbeitete an seinem Computer, als ich ohne anzuklopfen in sein Büro kam. Er sah auf und lächelte mich an.

»Hast du kurz Zeit?«, fragte ich.

»Hast du nicht Mittagspause?«

»Ja, aber ich langweile mich. Außer dir habe ich niemanden, mit dem ich mich unterhalten kann.« Ich machte es mir auf dem Stuhl auf der anderen Schreibtischseite bequem.

Patricks Augen wurden hinter seiner dicken Brille mit breitem Rand immer größer. »Ich bin ziemlich beschäftigt«, meinte er schließlich.

Obwohl ich das Gefühl hatte, dass er mich nicht bei sich haben wollte, blieb ich sitzen. »Du hast auch das Recht auf eine Mittagspause. Aber du scheinst nie eine zu machen.«

»Manager können sich Mittagspausen nicht leisten«, erwiderte er steif und wandte seine Aufmerksamkeit wieder seinem Computer zu.

Ich beobachtete ihn einige Minuten lang und verschränkte meine Beine in der schwarzen Seidenstrumpfhose, nur um sie kurz darauf wieder zu öffnen, aber er achtete nicht einmal darauf. Zugegebenermaßen sind Businesskostüme und dazu passende Blusen nicht gerade sexy, aber der Rock war sehr kurz und ich hoffte, dass er meine Beine attraktiv finden würde, so wie die meisten Männer. Als er nicht aufsah, beschloss ich, zu drastischeren Maßnahmen zu greifen. Ich stand auf und ging um den Schreibtisch herum zu ihm.

»Was machst du denn da?«, wollte ich wissen und starrte die Zahlenreihen auf dem Bildschirm an. Ich stand dicht neben ihm und drückte mein Bein sanft gegen das seine.

Das schien ihm nicht besonders zu gefallen. »Ach, nur einige Analysen. Nichts, was du wissen müsstest.« Er zog sein Bein weg. Also hatte er es doch bemerkt.

Ich rückte näher an ihn heran und berührte seinen Arm. »Entschuldige, falls ich dich verärgert haben sollte«, sagte ich in verletztem Tonfall.

Er zog den Arm weg. »Du hast mich nicht verärgert«, erwiderte er rasch, wobei seine Worte im Widerspruch zu seiner Handlungsweise standen.

Ich wusste nicht, was ich davon halten sollte. Was konnte ich denn noch tun, außer mich auszuziehen und ihn anzuflehen, mich zu ficken?

»Das sind die Übersichten über die letzte Teillieferung an das Werk in Bristol«, erklärte mir Patrick auf einmal. »Ich bearbeite gerade deren Buchhaltung.«

»Oh.« Als ob mich das tatsächlich interessieren würde. Aber wenigstens sprach er mit mir. Ich drehte mich ein wenig, sodass Patrick meinen Hintern gut sehen konnte, und beugte mich vor, um auf den Bildschirm zu starren.

Einen Augenblick später spürte ich direkt unter dem Rocksaum eine leichte Berührung am Bein. Ich wurde ganz aufgeregt, als seine Hand immer weiter nach oben rutschte.

Ohne Vorwarnung wurde die Tür aufgerissen, und Carole stürmte ins Zimmer. »Entschuldige, Patrick, aber ich …« Sie blieb mit offenem Mund wie angewurzelt stehen und war verblüfft, mich hier zu sehen.

Patrick sprang förmlich auf. Er zog die Hand weg, und ich stellte mich gerade hin, während ich mitansehen musste, wie er knallrot wurde, und er mir richtig leid tat. Wie konnte man nur so schüchtern sein? Ich lächelte Carole an. »Patrick hat mir gerade etwas am Computer erklärt.«

»Oh, soll ich später noch mal wiederkommen?«

»Nein«, stieß Patrick hervor. »Mariellas Mittagspause ist vorbei. Sie hat heute Nachmittag noch sehr viel zu tun.«

Ich war entlassen. Was mir allerdings keine großen Sorgen bereitete, da ich einige Fortschritte erzielt hatte. Es war nur noch eine Frage der Zeit, bis er Wachs in meinen Händen war.

Um siebzehn Uhr wurde es laut im Büro, als viele der Angestellten sich unterhielten und lachten, während sie sich freudig auf den Heimweg machten. Das Büro leerte sich auf wundersame Weise. Ich saß an meinem Schreibtisch und beobachtete die Aufbruchsstimmung, wobei ich mir wünschte, ebenfalls gehen zu können, aber ich hatte noch einiges zu tun. Patrick hielt sich noch in seinem Büro auf und arbeitete wie immer länger.

Carole erschien an meinem Schreibtisch und knöpfte sich die Strickjacke zu. »Willst du noch bleiben, Ellie?«

»Ja. Ich muss diese Liste noch fertigkriegen.«

Carole beäugte mich skeptisch und drehte sich dann zu Patricks Büro um. »An deiner Stelle würde ich nicht so viel Zeit opfern, um ihn zu erobern. Das haben schon einige andere hier versucht. Er ist einfach nicht interessiert.«

Ich grinste sie an. »Vielleicht hatten sie nicht die richtige Taktik.«

»Tja, wer weiß? Mir ist er ohnehin viel zu jung und zu intelligent. Ich wünsch dir viel Glück. Sag mir Bescheid, wenn es dir gelungen ist, dann bekommst du von mir eine Medaille. Und vergiss nicht, uns morgen all die kleinen schmutzigen Details zu erzählen.«

Kurz darauf hielten sich nur noch Patrick und ich im Büro auf. Ich schielte zu seiner verschlossenen Tür hinüber. Dahinter war alles ruhig. Das ganze Büro kam mir jetzt, wo all die anderen gegangen waren, ziemlich unheimlich vor.

Ich ließ mir beim Beenden der Liste Zeit, weil ich hoffte, dass er rauskommen, mich sehen und mir zu meinem Arbeitseifer gratulieren würde, aber das tat er nicht. Vermutlich wusste er nicht einmal, dass ich noch da war. Erneut würde ich den ersten Schritt machen müssen. Ich stand auf, öffnete die obersten drei Knöpfe meiner Bluse und marschierte hinüber zu Patricks Büro. Dieses Mal klopfte ich an. Ich wollte den armen Kerl ja nicht zu Tode erschrecken.

Ich hörte etwas, das klang, als hätte er eine Schublade geschlossen, dann rief mich seine Stimme hinein. Er schien nicht überrascht zu sein, mich zu sehen. Gut.

»Hast du denn kein Zuhause?«, meinte er müde.

Das war kein gutes Zeichen. Auf einmal war ich ziemlich wütend wegen der ganzen Sache. Vor allem auf meinen Vater, der mich überhaupt da reingeritten hatte. Ich sah Patrick an. »Doch, ich habe ein Zuhause, wenn du es genau wissen willst, aber wenn ich nicht länger bleibe und ein paar Überstunden mache, verdiene ich nicht genug Geld und werde rausgeworfen.« Ich verschränkte erzürnt die Arme vor meinen Brüsten, die im Ausschnitt zu sehen waren.

Mit dieser Antwort schien Patrick nicht gerechnet zu haben. »Entschuldige bitte. Ich wollte nicht unhöflich sein.«

Sofort wurde ich wieder milder gestimmt. Ich werde schnell wütend und jage Männern dann oft Angst ein, aber ich wollte meine Chancen bei Patrick nicht verspielen. Ich brauchte ihn. Der Gedanke, mir in letzter Minute spontan irgendeinen Jungfrau-Mann suchen zu müssen, versetzte mich in Panik. Daher beschloss ich, jetzt alles auf eine Karte zu setzen.

»Ich dachte, wir könnten da weitermachen, wo wir heute Mittag aufgehört haben, jetzt, wo keiner mehr im Büro ist«, meinte ich und lächelte ihn verführerisch an.

Patrick seufzte. »Hör mal, Mariella, es tut mir sehr leid. Ich wollte dich heute Mittag nicht berühren. Lass uns einfach vergessen, dass es passiert ist, ja?«

Ich war kurz davor zu explodieren. »Du wolltest mich nicht anfassen? Deine Hand lag auf meinem Oberschenkel. Wenn Carole nicht reingekommen wäre, hättest du meine Muschi gestreichelt.«

Er wurde rot. »Gut, ich wollte es irgendwie schon. Du bist sehr sexy. Aber ich hatte es nicht wirklich vor. Ich ... ich will nicht mit dir schlafen.« Er ließ den Kopf hängen und schien Angst vor meiner Reaktion zu haben.

Ich blieb ganz cool. »Bist du schwul?«

Sein Kopf schnellte wieder hoch. »Nein, natürlich nicht.«

»Was ist dann das Problem? Du magst Frauen, du findest mich sexy. Wir sind ganz alleine.«

»Es gibt da ein Mädchen aus dem Verkaufsbüro ...«

»Und? Gehst du mit ihr aus?«

»Nein. Ich weiß nicht einmal, ob sie mich mag.«

»Frag sie. Finde es heraus. Möchtest du mit ihr schlafen?«

Er zuckte zusammen. »Nein. Ja. Ich weiß es nicht.«

Auf einmal war mir alles klar. »Du bist noch nie mit einer Frau zusammen gewesen, oder?«

»Nein, nicht so richtig.« Endlich sah er mich an, und in den Augen hinter seiner dicken Brille waren seine Beschämung und seine Traurigkeit deutlich zu erkennen.

Beinahe hätte ich laut gelacht. Da hatte ich mir ja den Richtigen ausgesucht. Eine typische jungfräuliche Jungfrau! Mir fiel Daniel ein, der Jungfrau-Mann, der sich als Stier ausgegeben hatte, um mit mir auszugehen. Doch der war vermutlich nur ein Schwuler, der sich noch nicht geoutet hatte. Bei Patrick sah die Sache anders aus. Irgendwie musste ich zu ihm durchdringen.

»Patrick«, sagte ich mit sanfter Stimme, »dafür musst du dich nicht schämen. Ich könnte es dir beibringen. Dann kannst du zu diesem Mädchen aus dem Verkaufsbüro gehen und mit ihm ausgehen.« Ich knöpfte meine Bluse ganz auf und wollte schon den BH ausziehen.

»Nicht!«, rief er und legte die Hände vor die Augen. »Ich kann das nicht tun.«

Zu spät. Der BH-Verschluss ging auf, und meine Titten kamen zum Vorschein. Ich nahm eine in jede Hand. Die Nippel waren bereits hart und standen ab. »Gefallen sie dir, Patrick?«, säuselte ich. »Nimm die Hände weg und sieh mich an.«

Langsam zog er die Hände zur Seite und starrte meine vollen Brüste an. Ich zog an den Nippeln, sodass sie noch weiter abstanden. »Das kannst du auch bei mir machen, Patrick. Du darfst auch daran saugen, wenn du magst.«

Unwillkürlich stöhnte er auf und legte eine Hand in seinen Schoß.

Es war nicht einfach, sah aber ganz so aus, als wäre ich auf dem richtigen Weg. »Bist du erregt, Patrick? Ist dein Schwanz hart? Möchtest du, dass ich ihn anfasse?« Ich blieb vor dem Schreibtisch stehen und spielte an meinen Brüsten herum.

Er konnte den Blick nicht mehr von mir abwenden. Also zog ich meinen Rock hoch und begann, meine Strumpfhose und mein Höschen auszuziehen. Mit einer Hand hielt ich den Rock auf Hüfthöhe fest, während ich mit der anderen die beiden Kleidungsstücke zur Seite warf. »Na, komm schon,

Patrick«, redete ich ihm zu. »Du schaffst das. Ich weiß, dass du es willst.«

Jetzt atmete er schneller, starrte mich aber immer noch an. Zitternd nahm er seine Brille ab. Endlich konnte ich das Verlangen in seinen Augen erkennen. Seine Hand lag in seinem Schritt und rieb seinen Penis. Er schien kaum noch zu wissen, was er gerade tat.

»Du kannst zu mir kommen und mich anfassen, wenn du magst«, sagte ich, legte eine Hand auf meine Muschi und spreizte die Schamlippen, damit er meine hervorstehende Klit sehen konnte. Ich rieb mit dem Finger darüber.

Er bewegte sich nicht. Wie angewurzelt saß er da, und ich konnte förmlich sehen, wie die Schockwellen durch seinen Körper rasten. Also ging ich zu ihm, während ich meinen Rock weiterhin hochhielt, und rieb meine nackte Muschi an seinem Oberschenkel. Noch immer regte er sich nicht.

Ich seufzte. »Okay. Lass uns deinen Schwanz rausholen und damit ein wenig herumspielen.« Mit diesen Worten griff ich nach seinem Hosenbund.

Bevor ich den Reißverschluss auch nur berührt hatte, packte er meine Hand und hielt sie fest. »Hör auf!« Er brüllte mich fast schon an.

Erschrocken ließ ich den Rock heruntersinken und starrte ihn an, da ich nicht mehr weiterwusste.

Er lockerte den Griff um meine Hand, und ich zog sie weg. »Warum?«, wollte ich wissen und schüttelte verärgert den Kopf. »Du brauchst mich, du willst mich. Kannst du dich nicht einfach entspannen?«

Er schüttelte wild den Kopf. »Nein. Ich kann nicht. Ich bin nicht gut.«

»Woher willst du das wissen, wenn du es noch nie probiert hast?«

»Ich bin ...«

»Du bist was?«

»Zu klein.« Er stieß die Worte hervor und ließ dann wieder den Kopf hängen.

Ich wusste nicht, ob ich lachen oder weinen sollte. »Wer sagt das?«

»Ich weiß es einfach. Wenn ich andere Männer ansehe – natürlich nur auf der Toilette –, dann ist es ganz offensichtlich.«

Während er noch in Selbstmitleid badete, öffnete ich mit einer schnellen Bewegung seine Hose und zog seinen Schwanz heraus.

Er keuchte vor Schreck auf und wollte ihn mit den Händen abschirmen. Der arme Kerl war kurz davor, in Tränen auszubrechen.

Aber ich hatte ihn fest im Griff. Er war nicht sehr groß, so klein aber nun auch wieder nicht. Eigentlich hatte er eine sehr angenehme Größe. Ich begann, zärtlich daran zu ziehen, und rieb mit dem Daumen über die klebrige Eichel. Er war sehr erregt.

»Patrick, oh, Patrick, du dummer Junge«, murmelte ich leise. »Du bist so süß.«

Er starrte mich ungläubig an.

»Das ist mein Ernst.« Ich ließ seinen Penis los, beugte mich vor und nahm ihn in den Mund. So langsam war ich richtig geil.

Endlich reagierte er, drückte seinen Schwanz tiefer in meinen Mund hinein und keuchte. Ich genoss es, wollte aber auch nicht, dass er in meinem Mund kam. Ich musste ihn in meine Muschi bugsieren, um meine Aufgabe zu erfüllen. Also zog ich ihn aus dem Mund. »Fick mich«, befahl ich ihm. »Fick mich mit deinem tollen Schwanz, und zwar sofort.« Ich riss meinen Rock hoch und lehnte mich mit dem Rücken gegen den Schreibtisch, während ich die Beine spreizte.

Nach kurzem Zögern stand er endlich auf. Wild stieß er

seinen Penis in mich hinein und schob mich dabei auf den Schreibtisch. Mein Kopf knallte gegen einen Briefbeschwerer und mir wurde ein wenig schwindlig, aber das ignorierte ich. Ich legte ihm die Beine um die Taille, ermutigte ihn und drückte meine nackten Titten gegen seine Brust.

Auf einmal hörte er auf und sah erschrocken zur Tür. Ich drehte den Kopf und sah eine sehr schockierte Putzfrau, die mit Mopp und Eimer im Türrahmen stand.

»Raus!«, fauchte Patrick sie an, »und kommen Sie ja nicht wieder.«

Seine Reaktion erstaunte mich ein wenig, aber ich verzieh ihm, denn wenn es einen Mann gab, der das dringend gebraucht hatte, dann war er es.

Die Putzfrau ging rückwärts wieder aus dem Zimmer und entschuldigte sich leise.

Ich wollte schon lachen, doch dann beugte sich Patrick wieder über mich und war begierig, endlich zum Höhepunkt zu kommen. Während er in mich hineinstieß, zerrten seine Finger an meinen Brüsten, drückten sie und kratzten so heftig, dass ich vor Schmerz aufschrie. Kurz darauf drückte er den Rücken durch und stieß ein langes, zufriedenes Stöhnen aus. Ich kam nicht, aber ich war dennoch nicht enttäuscht. Stattdessen war ich froh, dass ich es geschafft und er endlich seine Jungfräulichkeit verloren hatte.

Schnell schob ich ihn von mir runter und wollte jetzt, da es vorüber war, nur noch weg. Patrick schien es nicht zu bemerken. Er grinste über beide Backen und wirkte entspannter als jemals zuvor. »Das war großartig«, stellte er mit leuchtenden Augen fest. »War es auch gut für dich?«

»Klar«, erwiderte ich, da ich ihm die Freude nicht verderben wollte, indem ich ihm mitteilte, dass ich keinen Orgasmus gehabt hatte. Ich knöpfte bereits meine Bluse zu und suchte nach meinem Höschen.

Patrick beobachtete mich und grinste noch immer.

»Was ist so witzig?«, fragte ich, fand endlich mein Höschen und zog es an.

»Ich kann nicht glauben, dass ich es endlich getan habe. Ich bin so glücklich. Können wir es wieder tun?«

Ich nickte, ohne nachzudenken, da ich nur noch nach Hause wollte.

»Wie wäre es mit morgen Abend? Bleib doch einfach wieder länger.«

Auf einmal wurde mir klar, dass ich das nicht tun wollte. Ich hatte getan, was ich für mein Buch brauchte, aber er sah so eifrig aus. Da ich ihn nicht enttäuschen wollte, stimmte ich zu. Eine halbe Stunde später, als ich zu Hause in der Badewanne lag, wünschte ich mir bereits, ich hätte es nicht getan. Aber das wäre gemein gewesen. Solange ich in diesem Büro arbeitete, würde er an mir dranhängen.

Ryan drückte mein Gesicht auf den Küchentisch und rammte seinen Schwanz von hinten in mich hinein. Das war seine Lieblingsposition. Ich schrie vor Lust auf. Es war großartig, ihn wieder in mir zu spüren.

Er stieß fester zu, drückte sich immer tiefer in mich hinein, fand seinen Rhythmus und machte mich fast verrückt. Wie von Sinnen reagierte ich, drückte meinen Hintern gegen seinen Schritt und rieb wie wild meine Klit, bis ich heftig kam, meine Feuchtigkeit über seinen Schwanz ergoss und auch er den Höhepunkt erreichte. Gemeinsam zitterten und bebten wir, bis wir ausgelaugt und kichernd auf dem Boden lagen.

Da fielen ihm die Kratzer auf meinen Brüsten auf, die Patrick hinterlassen hatte. Er erstarrte und rückte ein Stück von mir ab. »Was hat er mit dir gemacht?«, fragte er grimmig.

»Ich habe es dir doch erzählt. Es war sein erstes Mal. Er hat sich vergessen und wollte sie nicht mehr loslassen.«

Zärtlich streichelte Ryan meine Brüste und küsste sie. »Dieser Schweinehund. Du wirst es nicht noch einmal mit ihm treiben, oder?«

»Ich werde es zumindest versuchen. Aber da er jetzt weiß, was er kann, befürchte ich, dass er es wiederholen möchte.«

»Du wirst einfach streng mit ihm sein, nicht wahr?«

Ich nickte, legte die Arme um Ryans Brust und zog ihn eng an mich. Er machte sich Sorgen um mich. Ich hatte bereits beschlossen, dass ich Patrick nicht mehr an mich ranlassen wollte.

Patrick pumpte sich wie ein Besessener in mich hinein. Ich hatte es nicht übers Herz gebracht, es ihm zu versagen. Den ganzen Tag lang hatte er wie ein anderer Mann gewirkt, lächelnd und zuversichtlich ausgesehen und mit allen im Büro geplaudert. Carole und die anderen Mädchen konnten es nicht glauben, als ich ihnen von meiner leidenschaftlichen Sitzung mit ihm am Abend davor erzählte. Aber als Patrick unter einem Vorwand sein Büro verließ und vor meinem Schreibtisch herumstolzierte, da wussten sie, dass ich die Wahrheit gesagt hatte. Patrick war erobert worden. In der Mittagspause brachten mir die anderen einen riesigen Kuchen und beglückwünschten mich. Ich war ziemlich stolz auf meine Leistung. Um siebzehn Uhr eilte Patrick aus seinem Büro, um sicherzugehen, dass ich länger blieb. Was konnte ich da schon machen? Nur noch ein Mal, sagte ich mir. Nur, damit er weiß, dass es kein verrückter Unfall war und damit er genug Selbstvertrauen hat, um die Kleine aus dem Verkaufsbüro anzusprechen.

Diesmal hängte er ein »Bitte nicht stören«-Schild an die Tür. Nicht, dass das notwendig gewesen wäre. Ich bezweifelte stark, dass die arme Putzfrau jemals wieder in dieses Zimmer kommen würde. Er hatte mich komplett entkleidet und strich mit den Händen voller Bewunderung über meinen nackten Körper, bemerkte die Kratzspuren an meinen Brüsten und entschuldigte sich aufrichtig dafür. Daraufhin mochte ich ihn gleich viel lieber. Der Sex war auch besser. Er hatte meine Muschi vorsichtig berührt, und ich hatte ihn weiter ermutigt, indem ich ihm meine Klit gezeigt und demonstriert hatte, wie man sie streicheln musste. Er lernte schnell.

Wir trieben es wieder auf dem Schreibtisch. Das war ziemlich unbequem, aber sein ständiges Pumpen und ungeübtes Herumfummeln erregte mich tatsächlich. Ich versuchte jedoch, mich möglichst wenig zu bewegen, damit er nicht vorzeitig kam. Also lag ich mit geschlossenen Augen still da, stellte mir vor, dass es Ryan war, der mich da gerade fickte, und hatte ein wenig Spaß. Doch als ich gerade richtig in Fahrt kam, erreichte Patrick den Höhepunkt, und das war's.

Als wir uns anzogen, erwähnte ich das Mädchen aus der Verkaufsabteilung. »Hast du dich schon mit ihr verabredet?«, erkundigte ich mich.

»Nein. Aber das werde ich bald machen. Du hilfst mir so sehr, Mariella. Ich bin dir überaus dankbar.«

»Ich werde nicht ewig hier sein«, sagte ich und hoffte, dass er den Hinweis verstand.

»Das weiß ich. Aber solange du da bist, würde ich das hier gern fortsetzen.«

»Na gut, ein Mal machen wir es noch.« Ich hatte die Worte ausgesprochen, bevor mir überhaupt klar war, was ich da gerade gesagt hatte.

Patrick grinste mich zuversichtlich an. »Nur noch ein paar Mal, okay?«

Als die darauffolgende Woche zu Ende ging, war ich völlig am Ende. Patrick hatte mich in den vergangenen neun Tagen jeden Abend gefickt. Er wurde dabei auch immer mutiger. Am Abend zuvor hatten wir es auf dem Boden getrieben. Irgendwie war es ihm gelungen, eine Decke ins Büro zu schmuggeln. So war es auf jeden Fall deutlich bequemer. Aber er gewöhnte sich viel zu sehr an dieses Arrangement und erwartete jeden Abend, dass ich länger blieb und mit ihm schlief. Ein paar Mal hatte ich versucht, ihm zu sagen, dass ich genug von ihm hatte, doch er wollte einfach nicht hören, und ich fühlte mich verpflichtet, ihn zu befriedigen. Schließlich war ich es ja erst gewesen, die ihn zu einem unersättlichen Liebhaber gemacht hatte.

Es war Freitag. Ich musste dringend nach Hause und mich um mein Buch kümmern. Da ich versuchte, sowohl Patrick als auch Ryan zufriedenzustellen – Ryan ging davon aus, dass ich nichts mehr mit Patrick hatte –, blieb mir nur wenig Zeit zum Schreiben. Noch zwei Wochen, dann wären wir schon im Sternzeichen Waage, und ich hatte noch nichts über den Jungfrau-Mann geschrieben.

Um siebzehn Uhr tauchte wie immer Patrick auf, scharwenzelte um meinen Schreibtisch herum und sah mich begierig an. Ich hätte ihm endlich sagen sollen, dass er verschwinden sollte, aber ich tat es nicht. Widerstandslos folgte ich ihm in sein Büro und zog mich aus.

Patrick sah mich an und studierte mich mit seinem kalten, analytischen Jungfrau-Verstand. Er war sehr erregt, wurde aber nie romantisch. »Dreh dich um und beug dich vor«, ordnete er an, und in seiner Stimme schwang eine Zuversicht mit, die eine Woche früher noch undenkbar gewesen wäre.

Ich tat, was er verlangt hatte. Er stellte sich hinter mich und rieb sich an mir. »Weißt du noch, wie du dich am ersten

Abend an mir gerieben hast, als du mit mir schlafen wolltest?«, meinte er selbstgefällig.

Ich nickte. Es stimmte, aber ich erinnerte mich dennoch nicht gerne daran.

Er legte eine Hand auf meine Pobacke und drückte fest zu. »Ich mag deinen Hintern«, erklärte er.

In mir wallte die Lust auf. Er erkundete meinen Hintern, bis seine Finger meinen Anus gefunden hatten. Dann hielt er inne.

Ich war sehr erregt. »Steck einen Finger rein«, drängte ich ihn.

Unsicher bewegte er einen Finger und schien sich nicht so recht zu trauen. Ich spürte sein Herz pochen, da er sich so dicht an mich lehnte.

»Nur zu. Es macht mir nichts aus.«

Er stöhnte auf und stieß einen Finger in mein enges, kleines Loch. Ich habe die Analpenetration schon immer gemocht – allerdings in Maßen, muss ich hinzufügen –, aber Finger bewirkten immer, dass ich erst richtig geil wurde. Das war wie Magie. Jetzt hatte er mich tatsächlich erregt.

Ich lehnte mich gegen ihn und seufzte. »Das ist schön, Patrick.«

Ermutigt steckte er noch einen Finger hinein, und ich stöhnte vor Lust.

Eine Weile standen wir so da und genossen den Kontakt. Dann zog er seine Finger heraus und drehte mich zu sich herum.

Ich war enttäuscht, aber wenigstens wurde er mal ein wenig abenteuerlustiger. Mit etwas Zeit und einer Frau, die ihn wirklich mochte, konnte er noch ein ganz guter Liebhaber werden. Dieses Mal fickte er mich zweimal innerhalb einer Stunde. Beim zweiten Mal hatte ich endlich einen halbwegs brauchbaren Orgasmus. Er war so stolz auf sich, dass ich mich wirklich für ihn freute. Aber ich wusste, dass es definitiv das letzte Mal gewesen war.

Als ich am nächsten Montag nicht zur Arbeit kam, rief mich Patrick um kurz nach neun Uhr zu Hause an. Ich lag noch im Bett.

»Es tut mir leid, Patrick«, sagte ich und gähnte in den Hörer. »Mir reicht's. Du bist jetzt so gut beim Sex, dass du mich nicht mehr brauchst.«

»Das weiß ich.« Seine Stimme klang sehr aufgeregt. »Ich wollte es dir eigentlich noch am Freitag sagen, dass es das letzte Mal gewesen ist, aber du warst so schnell verschwunden. Am Freitagmorgen habe ich mich mit Michelle verabredet, dem Mädchen aus der Verkaufsabteilung, von dem ich dir erzählt habe. Wir sind am Samstag ausgegangen. Es war großartig. Ich mag sie wirklich sehr. Wir sind nicht aufs Ganze gegangen, sondern haben nur geknutscht und gefummelt, aber es wird bestimmt nicht mehr lange dauern. Also brauche ich dich auch nicht mehr.«

Auf einmal fühlte ich mich benutzt, weggeworfen und unerwünscht. Ich musste mich zusammenreißen und mir ins Gedächtnis rufen, dass es das war, was ich wollte, und dass ich Patrick genauso benutzt hatte wie er mich. Also wünschte ich ihm alles Gute und legte auf. Am nächsten Tag musste ich mir einen neuen Job suchen, aber vorerst wollte ich einfach nur schlafen.

# *Kapitel 8*

## *Waage: Der coole Charmeur*

23. September

Ich sitze ziemlich in der Klemme. Anna hat mich letzte Woche angerufen und mir von einem Vorschlag erzählt, der ihr unterbreitet worden ist. Sie hat das Angebot abgelehnt, möchte aber, dass ich ihren Platz einnehme. Mehr wollte sie mir am Telefon nicht darüber erzählen. Wir haben uns an unserem üblichen Treffpunkt in der Stadt verabredet, damit sie mir alles erklären kann. Ich war sehr gespannt.

Nachdem ich bei Junipers gekündigt hatte, fand ich hier bei dieser grottenschlechten Frauenzeitschrift erneut eine befristete Stelle. Als ich von dem Job hörte, klang er ganz aufregend, aber jetzt langweile ich mich zu Tode. Hier laufen lauter völlig talentfreie Frauen herum. Der einzige männliche Mitarbeiter ist ein griesgrämiger, glatzköpfiger Künstler, der aussieht, als wäre er sechzig. In der nächsten Woche läuft mein Vertrag aus – ich kann es kaum erwarten –, und dann hängt alles von Anna und ihrem Vorschlag ab.

Als wir uns trafen, sah Anna einfach umwerfend aus. Ich finde es ziemlich paradox, dass ihr Dutzende von gut aussehenden Männern hinterherlaufen, die mit ihr ausgehen wollen, sie sich jedoch für einen alten Mann entschieden hat, dem es Spaß macht, sie zu dominieren und zu erniedrigen. Ich begreife das nicht, aber »Jedem das Seine« ist und bleibt mein Motto.

Der Vorschlag, den sie mir machte, klang zu gut, um wahr zu sein. Einer ihrer Bekannten, ein Multimillionär namens Edward De Vigny, der halb Engländer, halb Franzose ist, feiert am 12. Oktober seinen vierzigsten Geburtstag und möchte in seinem Château in der Dordogne in Frankreich eine ganz spezielle Feier ausrichten. Er möchte, dass sechs junge Frauen, drei Französinnen und drei Engländerinnen, eine Woche lang in seinem Château wohnen und den Luxus genießen, während er für alle Ausgaben aufkommt. Dafür müssen sie bereit sein, an einigen Aktivitäten teilzunehmen, die er arrangiert. Sex wurde nicht erwähnt, gehört aber vermutlich auch dazu, wie mir Anna versichert hat. Sie ist De Vigny einmal kurz auf einer Party begegnet und hat ihn als sehr attraktiv empfunden. Er ist wohl ein echter Charmeur, unwiderstehlich und sexy. Er ist natürlich Waage, und aus diesem Grund hat Anna sofort an mich gedacht. Als ich sie fragte, wieso sie sich damals nicht in ihn verliebt hat, erinnerte sie mich daran, dass sie zu der Zeit in meinen Vater verliebt gewesen war und ihm nie im Leben untreu geworden wäre. Und jetzt war sie an Lester gebunden und hatte die Einladung ausschlagen müssen. Sie war sich jedoch sicher, dass De Vigny nichts dagegen hätte, wenn ich ihren Platz einnähme.

Je länger ich darüber nachdachte, desto besser gefiel mir der Vorschlag. Eine Woche in Frankreich im Luxus leben, das war genau das, was ich brauchte. Aber was war mit meinem desaströsen finanziellen Status? Ich konnte und wollte meine Wohnung nicht verlieren. Anna war so begierig darauf, dass ich für sie nach Frankreich fahre, dass sie mir angeboten hat, bei ihr und Lester zu wohnen, bis ich wieder Geld habe. Nein, danke! Mit diesem Typen zusammenwohnen? Nie im Leben! Höflich erklärte ich ihr, dass ich sie und Lester nicht stören möchte, daraufhin bot sie mir an, mir ein paar tausend Pfund zu leihen, damit ich über die Runden komme. Ich war von den

Socken. Sie ist wirklich ein unglaublich lieber Mensch. Zuerst habe ich natürlich abgelehnt, aber sie hat mich schließlich davon überzeugt, dass es das Beste wäre, wenn ich nach Frankreich gehe und mein Buch zu Ende schreibe. Natürlich hat sie recht. Zu guter Letzt habe ich zugestimmt, und sie wollte Edward De Vigny anrufen und fragen, ob ich ihren Platz einnehmen darf.

Ich hatte allerdings nicht damit gerechnet, dass Ryan widerspenstig wird. Er war von Anfang an gegen die Idee und ist es noch immer. Seiner Meinung nach ist es gleichbedeutend mit »Prostitution« und er findet, dass sich De Vigny die Gunst der jungen Frauen erkauft. Er hat ihn einen »verdorbenen reichen Despoten« genannt und mich gebeten, es nicht zu tun. Ich habe ihm erklärt, dass er das alles völlig falsch sieht und dass ich vielleicht noch nicht mal mit De Vigny schlafen würde, woraufhin er erwidert hat, wieso ich dann überhaupt hinfahren wollte (gute Frage).

Wir stritten uns lange deswegen. Ich konnte seinen Standpunkt verstehen. Ich wäre eine von sechs Frauen, aus denen sich De Vigny eine aussuchen konnte, um mit ihr zu machen, was er wollte. Ich würde mich anbiedern müssen, damit er mich und keine der anderen auswählt. Wenn er mich nicht vom ersten Moment an attraktiv fand, würde ich mich sogar noch mehr anstrengen müssen. Und wenn wir keinen Sex hatten, dann hätte ich meine Zeit vergeudet und meine Chance, das Erbe meines Vaters antreten zu können, vermutlich vertan. Wollte ich dieses Risiko wirklich eingehen? Und falls ich mich dazu entschied, würde mich Ryan dann verlassen?

Einige Tage später teilte mir Anna mit, dass Edward De Vigny mich sehr gern als Gast in seinem Château empfangen würde. Ich sollte am 9. Oktober eintreffen und am 16. wieder abreisen. Dann hätte ich keine ganze Woche mehr Zeit, um einen weiteren Waage-Mann zu finden, falls es in Frankreich nicht geklappt hatte. Ich nahm die Einladung an, reichte meinen Urlaub ein und ging Ryan einige Tage lang aus dem Weg.

Natürlich konnte ich es nicht ewig verschweigen. Als ich es Ryan beichtete, wurde er stinksauer und ist gegangen. Später rief er mich von Gemmas Wohnung aus an, berichtete, dass sie sich gerade geliebt hätten, und flehte mich an, meine Meinung zu ändern. Im Hintergrund konnte ich Gemmas Stimme hören, und mir war ganz schlecht vor Eifersucht, daher stimmte ich zu, die Sache abzublasen.

In dieser Zwickmühle befinde ich mich jetzt. Einerseits möchte ich nach Frankreich fahren. Ich fühle mich Edward De Vigny irgendwie verpflichtet und bin zuversichtlich, dass es mit uns klappen wird. Außerdem bin ich es Anna schuldig nach allem, was sie für mich getan hat. Andererseits will ich Ryan nicht verlieren. Wir sind doch gerade erst wieder zusammengekommen. Ich bin überzeugt davon, dass wir füreinander bestimmt sind und dass er mich liebt und nicht Gemma. Im Moment fühle ich mich wie eine Verräterin. Er glaubt, dass ich nicht nach Frankreich fahre, obwohl ich das vermutlich tun werde. Ich habe die Reise nicht wie versprochen abgesagt. Gestern kam eine Karte von Edward De Vigny, auf der stand, dass er sich sehr darauf freue, mich kennenzulernen. Außerdem erhielt ich einen Scheck über 5000 Pfund von Anna, was es mir noch weiter erschwert, jetzt einen Rückzieher zu machen. Ich muss bald eine Entscheidung treffen, denn es gibt noch so viel zu tun – die Fähre über den Kanal buchen, Zugverbindungen raussuchen –, da ich nicht mit dem Auto hinfahren möchte. Wenn Ryan doch nur endlich wieder Vernunft annehmen würde.

Ich kam wie vereinbart am 9. Oktober im Le Château Blanc an und war ziemlich nervös. Das Château machte seinem Namen alle Ehre, denn es war ein riesiges weißes Märchenschloss, das auf einem Hügel über dem Fluss stand und von einer wunderschönen Landschaft umgeben war. Ich war sehr beeindruckt. Eine Haushälterin mit griesgrämigem Gesicht führte mich zu meinem Zimmer und teilte mir in gebrochenem Englisch mit, dass ich es nicht verlassen sollte, bis mich der Hausherr in den Salon rief.

Das Zimmer war groß und sehr schön, darin stand ein Himmelbett, und ich hatte sogar ein eigenes Badezimmer. Der Blick aus dem Fenster war atemberaubend. Ich stand lange Zeit einfach nur da und staunte. Dann zwang ich mich, endlich in Schwung zu kommen, ging unter die Dusche und versuchte zu entscheiden, was ich anziehen sollte. Ich musste sexy aussehen, aber ich wollte es auch nicht übertreiben. Also entschied ich mich für ein schlichtes geblümtes Trägerkleid, das mir bis zu den Knien ging, aber genug Dekolleté zeigte. Als ich fertig war, knabberte ich vor Nervosität an meinen Fingernägeln herum, was ich seit meiner Kindheit nicht mehr getan hatte.

Dann kam die Warterei. Eine Stunde verging, und nichts passierte. Langsam wurde ich ungeduldig. Dürfte ich das Zimmer verlassen? Ich öffnete die Tür und sah hinaus. Es war niemand zu sehen. Der Gang war lang und dunkel, aber mit Gemälden und Fresken verziert. Ich ging langsam weiter und sah mir die Kunstwerke an, fasziniert von ihrer Geschichte und dem Geschick der jeweiligen Künstler. Ein Fresko war eine Studie von etwa dreißig nackten Männern und Frauen, die sich diversen sexuellen Handlungen hingaben. Es glich einer Masse aus Armen, Beinen und Busen, und ich starrte es bewundernd an.

Auf einmal ertönte eine laute Stimme hinter mir. »Was tun

Sie denn? Mr. De Vigny wird Sie wissen lassen, wenn Sie Ihr Zimmer verlassen dürfen.«

Ich wirbelte herum und stand einem Zwerg gegenüber, einem winzigen Mann mit einem riesigen Gesicht. Erschrocken stieß ich hervor: »Ich ... Es tut mir leid. Wer sind Sie?«

»Ich bin Lobo, Mr. De Vignys Kammerdiener. Er möchte nicht, dass seine Gäste jetzt schon überall herumlaufen. Er bereitet gerade eine Überraschung für Sie vor. Die Glocke in Ihrem Zimmer wird läuten, wenn er fertig ist und Sie nach unten kommen dürfen. Nehmen Sie dann die Treppe auf der linken Seite, dann kommen Sie zu ihm und den anderen Damen in den Bankettsaal. Und jetzt gehen Sie bitte zurück in Ihr Zimmer.«

Ich tat, worum er mich gebeten hatte. Dort legte ich mich auf das riesige Bett und drückte meinen Kopf ins Kissen, da mir jetzt gleichgültig war, wie ich aussah. Ich fühlte mich auf einmal einsam und verlassen und musste weinen. Edward De Vigny konnte nach allem, was ich wusste, durchaus ein Monster sein, und ich saß hier fest. Worauf in aller Welt hatte ich mich da nur eingelassen?

Ich war eingeschlafen, als die Glocke schrill und laut läutete. Das Geräusch erinnerte mich eher an eine Pfeife. Rasch sprang ich auf. Meine Haare waren völlig zerzaust, und mein Eyeliner war verschmiert. Mit zitternden Händen frischte ich schnell mein Make-up auf und verließ dann das Zimmer. Ich befolgte Lobos Anweisungen und fand den Bankettsaal ohne Probleme. Die große Doppeltür stand offen. Im Saal stand ein langer Tisch, auf dem sich diverse Köstlichkeiten und Dekorationen türmten. Sechs Augenpaare starrten mich an. Alle anderen waren bereits anwesend.

»Du musst Mariella sein.«

Ein Mann stand vom Tisch auf. Ich starrte ihn an. Er konnte nur Edward De Vigny sein, denn er sah genau so aus, wie ihn Anna beschrieben hatte. Umwerfend und überaus charmant. Sein dickes, mittellanges braunes Haar fiel ihm lockig ins Gesicht, und seine großen, ausdrucksstarken Augen zwinkerten mich fröhlich an. Er war ganz bestimmt kein Monster! Ich stand wie ein Zombie da und starrte ihn bewundernd an.

»Die Letzten werden die Ersten sein, was?«, meinte De Vigny mit einem Akzent, der eher wie eine Mischung aus Amerikanisch und Französisch klang. »Setz dich doch, Mariella.« Er deutete auf einen freien Stuhl neben einer wunderschönen Asiatin.

De Vigny musterte mich, als ich mich hinsetzte. Ich lächelte ihn an und wollte unbedingt einen guten Eindruck machen. Allerdings hatte ich das Gefühl, dass er sich bereits eine Meinung über mich gebildet hatte.

Er stand noch immer. »Nun gut, meine Damen. Jetzt, da wir alle hier sind, möchte ich, dass ihr einander kennenlernt. Das ist Jasmin.« Er deutete auf das Mädchen neben mir und danach auf mich. »Mariella, Colette, Amy, Anne-Marie und Lisa. Ihr wisst, warum ihr hierher eingeladen worden seid. In drei Tagen feiere ich meinen vierzigsten Geburtstag. An diesem Tag werde ich eine große Party feiern, und ihr seid meine Hauptattraktion. Ihr werdet bei einem kleinen Kabarett am Abend mitspielen, einem kleinen Stück, das ihr aufführen sollt. Nichts Schwieriges, das versichere ich euch. In den nächsten drei Tagen werden wir das alles zusammen organisieren. Ich habe auch noch einige andere Dinge geplant, über die ich euch später informieren werde. Ich möchte euch alle jedoch bitten, euch nicht vom Château zu entfernen. Ihr dürft nicht vergessen, dass ihr auf meine Bitte hin hier seid und dass ich nicht möchte, dass ihr das Gelände verlasst. Ich werde mein Bestes tun, damit ihr euch amüsiert. Wenn es euch hier nicht gefällt oder ihr euch nicht an meine Regeln halten wollt, dann könnt ihr jederzeit gehen. Habt ihr das verstanden?«

Wir alle nickten eifrig und waren hingerissen von seiner angenehmen Stimme und seinem guten Aussehen. Natürlich wollten wir alle bleiben.

Er fuhr fort. »Ich möchte, dass ihr euch anfreundet. Keine Eifersucht, keine spitzen Bemerkungen. Das soll eine Woche lang ein Ort der Liebe, des Friedens und der Harmonie sein – wobei der Sex natürlich auch nicht zu kurz kommen sollte.« Er grinste verschmitzt und sah uns alle nacheinander an.

Wir hingen an seinen Lippen. Jasmin sah mich an und lächelte, und ihr süßes Lächeln war voller asiatischer Verlockungen. De Vigny würde sie lieben. Aber all die anderen waren auch wunderschön. Im Vergleich mit ihnen fühlte ich mich ziemlich schäbig.

De Vigny setzte sich. »Lasst uns jetzt essen«, meinte er und deutete auf das Festmahl, das vor uns auf dem Tisch stand. »Haut rein, wie man in England so schön sagt.« Bei diesen Worten warf er erst mir und dann Amy und Lisa, den beiden anderen Engländerinnen, einen Blick zu.

Das Essen war hervorragend. Wir aßen alles, was man sich nur vorstellen kann. Bedienstete servierten heiße Gerichte als Ergänzung zu den kalten, die auf dem Tisch standen. Ich versuchte, mich zurückzuhalten – ich hatte ohnehin schon Übergewicht –, aber ich konnte einfach nicht widerstehen. Der Burgunder war überragend, die *Tarte aux Poires* einfach göttlich. Wenn wir die ganze Woche so gutes Essen bekamen, dann war ich schon mehr als zufrieden.

De Vigny sorgte dafür, dass wir viel Champagner tranken, und brachte immer wieder einen Toast auf seine »Mädchen« aus. Nach einigen Stunden waren wir alle ziemlich beschwipst. Wir zogen uns in ein großes Wohnzimmer mit bequemen Möbeln zurück. De Vigny bedeutete Jasmin und Lisa, dass sie sich neben ihn aufs Sofa setzen sollten. Er legte die Arme um sie und fummelte an ihnen herum. Wir anderen saßen da und sahen ihnen zu, ein wenig neidisch, wollten uns das aber keinesfalls anmerken lassen.

Er fragte uns nacheinander, womit wir unseren Lebensunterhalt verdienten. Lisa und Colette waren unbedeutende Schauspielerinnen, Amy war Model, Anne-Marie eine Unternehmerin, der mehrere große Geschäfte gehörten – sie kannte »Teddy«, wie sie ihn nannte, schon seit ihrer Kindheit – und Jasmin war ein Luxus-Callgirl. Als ich an der Reihe war und sagte, dass ich Astrologin bin, waren natürlich alle fasziniert. Das waren sie fast immer, weil sie dachten, ich würde ihnen ihre Zukunft vorhersagen.

Auch De Vigny war sehr beeindruckt. »Ich bin Waage«, meinte er.

Als ob ich das nicht gewusst hätte. Ich erzählte ihm all die guten Dinge über eine Waage: dass sie charmant waren, ausgeglichen, diplomatisch, beliebt, selbstsicher und intelligent. Die nicht so guten Eigenschaften wie Unentschlossenheit, Kälte und dergleichen verschwieg ich lieber.

Der Abend verstrich. Nacheinander knuddelte De Vigny uns alle auf dem Sofa. Colette und ich waren als Letzte dran. Als er seinen Arm um mich legte, drückte er seine Hand seitlich gegen meine Brust, und das gefiel mir sehr. Ich wollte mehr. Das Problem war nur, dass wir das alle wollten.

Gegen 1 Uhr schickte uns De Vigny zu Bett. Er gab jeder von uns einen Gutenachtkuss, als wären wir seine Kinder. »Ihr braucht euren Schönheitsschlaf, Mädels«, sagte er. »Ruht euch aus. Morgen gibt es viel zu tun.«

Die nächsten beiden Tage arbeiteten wir an dem kurzen Stück, das Teddy – er bestand darauf, dass wir ihn so nannten – für uns geschrieben hatte. Es war eine dumme kleine Komödie, in der wir eine Wohngemeinschaft spielten, die einen Clown – der natürlich von Lobo verkörpert wurde – in ihrem Garten entdeckte. Es war mir ziemlich peinlich, dabei mitzuspielen, aber Teddy war offensichtlich sehr stolz auf sein Werk und wollte, dass wir bei der Aufführung alles richtig machen.

Abends wurden wir mit köstlichem Essen, angenehmer Unterhaltung, Zärtlichkeiten und Küssen von Teddy verwöhnt, jedoch nicht mit Sex. Zumindest ich nicht. Da auch keine der anderen etwas Derartiges erwähnte, ging ich davon aus, dass es ihnen genauso ging wie mir. Ich fragte mich langsam, ob der nette Teddy überhaupt einen hochbekam. Wenn nicht, dann hatte ich nach meiner Rückkehr nach England noch viel zu tun.

Am dritten Tag, dem 12. Oktober, Teddys Geburtstag, freuten wir uns alle darauf, endlich unsere Partykleider anziehen und unser kleines Stück auf der Bühne im Ballsaal aufführen zu können. Teddy hatte uns gesagt, dass wir uns um punkt 23 Uhr in die Garderobe begeben sollten, damit es danach losgehen konnte. Anscheinend hatte er außer uns noch einige Tänzerinnen zur Unterhaltung des Publikums eingeladen.

Die Party war großartig. Mehr als zweihundert Gäste waren anwesend. Einige der Männer sahen fantastisch aus, und ich erkannte sogar einen oder zwei aus dem Fernsehen wieder. Viele waren Franzosen, was die Unterhaltung ein wenig erschwerte. Zum Glück sprach ich ein bisschen Französisch und konnte mich verständigen. Das Essen war wie immer himmlisch, und die Band spielte hervorragend. De Vigny hatte an alles gedacht und keine Kosten und Mühen gescheut. Nach dem Essen sangen wir alle »Happy Birthday« für ihn, während er vorsichtig einen gewaltigen, wunderschön verzierten zehnstöckigen Kuchen anschnitt. Der Abend war einfach nur glamourös und glich einem Traum, den jeder zu genießen schien.

Um zwei Minuten nach elf schlenderte ich in die Garderobe, wo schon alle auf mich zu warten schienen.

»Ah, Mariella, mal wieder die Letzte. Ich glaube, dir sollte man mal eine Lektion in Pünktlichkeit erteilen.«

Teddys Stimme klang strenger als sonst, und ich wurde rot, weil ich mich schämte. »Tut mir leid.« Ich war doch nur zwei Minuten zu spät gekommen.

Teddy sah auf seine Uhr. »Okay, Mädels, ihr seid in etwas mehr als zehn Minuten dran. Aber ihr müsst eure Kostüme gar nicht erst anziehen. Ich habe meine Meinung geändert und möchte, dass ihr nackt auftretet.«

Wir keuchten schockiert auf und starrten ihn ungläubig an. Ich war davon überzeugt, dass er das als Witz gemeint hatte, und lachte. »Der war gut, Teddy. Los, zieht eure Kostüme an, Mädels.«

»Das ist mein Ernst.« De Vignys Stimme war jetzt eiskalt.

Lisa schüttelte wütend den Kopf. »Da mache ich nicht mit. Ich trete nicht nackt vor den Leuten da draußen auf.«

Wir anderen nickten zustimmend.

Daraufhin änderte Teddy seine Taktik. »Bitte, Mädels«, flehte er uns an. »Es ist mein Geburtstag. Ich habe euch extra deswegen hierher eingeladen.« Obwohl seine Stimme freundlich klang, glitzerten seine Augen warnend.

»Ich hab damit kein Problem«, meinte Anne-Marie in ihrem hervorragenden Englisch. »Das wird doch lustig. Na los, Mädels.« Sie zog ihr Kleid aus. Darunter war sie nackt. Teddy lächelte sie dankbar an, und sein Blick wanderte zu dem dunklen Haar, das ihre Muschi bedeckte, während wir anderen schweigend und verblüfft ihren wunderschönen Körper anstarrten.

Klar, dass sie damit leben kann, dachte ich. Sie hat einen tollen Körper und nicht mal einen Ansatz von Cellulitis.

»Ihr anderen auch«, forderte uns Teddy auf und sah uns nacheinander ran.

»Nein!«, entgegnete Lisa.

»Dann solltest du lieber gleich packen. Lobo wird dir ein Taxi rufen, das dich zum Bahnhof bringt.«

Vor Schreck starrte ihn Lisa mit offenem Mund an. Wir anderen hatten die Warnung begriffen und zogen uns aus.

Ich legte Lisa den Arm um die Schulter. »Ach, komm schon, Lisa. So schlimm ist das doch nicht. Wenigstens sind wir alle nackt.«

Teddy lächelte und war offensichtlich sehr zufrieden über seinen Sieg. »Du hast fünf Minuten, um dich zu entscheiden, Lisa. Ich würde dich nur ungern verlieren. Du bist ein nettes Mädchen.«

Langsam zog Lisa ihr Kleid aus, danach ihren BH, ihre Strumpfhose und ihr Höschen, bis sie schließlich nackt dastand und sich die Hände vor den Schritt hielt. Ich war überrascht, dass sie so schüchtern war. Wir waren schließlich alle keine unschuldigen Jungfrauen, und Jasmin war sogar eine Professionelle.

»Nimm die Hände da weg und geh auf die Bühne«, ordnete Teddy an, dessen Stimme wieder streng geworden war. »Ich möchte, dass ihr den Auftritt eures Lebens hinlegt. Stolziert herum, zeigt eure Körper. Tut, was ihr könnt, damit die Typen da unten vor Geilheit anfangen zu keuchen. Ich will ihren Applaus hören, habt ihr verstanden?«

Wir nickten alle. Meine Nippel wurden bereits steif, und meine Muschi war feucht. Ich war sehr nervös, gleichzeitig aber auch sehr aufgeregt. Es war sehr erotisch, nackt vor

Edward De Vigny zu stehen und gleich auf die Bühne zu müssen. Ich wünschte mir so sehr, dass er meinen Körper begehrte. Meine Brüste waren definitiv größer als die der anderen.

Die Tänzerinnen stürmten lachend und plaudernd ins Zimmer. Sie waren alle oben ohne und hatten riesige bemalte Nippel. Um den Unterleib trugen sie winzige Faltenröcke, unter denen die Strings zu sehen waren. Sie sahen sehr heiß aus und hatten den Männern im Publikum bestimmt schon ordentlich eingeheizt.

»Los, Mädels!«, rief Edward und gab jeder von uns einen Klaps auf den Hintern, als wir an ihm vorbeigingen. Anne-Marie war die Erste auf der Bühne.

Der Jubel, der aufbrandete, als wir zu sehen waren, verschlug uns den Atem. Einen Augenblick lang standen wir wie erstarrt da, waren benommen, peinlich berührt und gleichzeitig sehr aufgeregt. Dann hörten wir De Vignys Stimme von der Seite, die uns aufforderte, endlich loszulegen, und wir begannen mit dem Stück. Zum Glück musste Anne-Marie die ersten Sätze sprechen. Sie war die Selbstsicherste von uns allen. Lobo verzog keine Miene, als er unsere nackten Körper sah. Offensichtlich hatte er vorher gewusst, was passieren würde.

Während des Stücks mussten wir uns sehr häufig bücken, und jetzt war mir auch klar, warum. Gott allein weiß, wie oft ich dem Publikum meinen nackten Hintern entgegenreckte. Wie hatten wir alle nur so naiv sein und uns in so etwas verwickeln lassen können? Lisa war so nervös, dass sie ständig ihren Text vergaß, sodass wir ihr helfen mussten. Letzten Endes übernahm Amy den größten Teil für sie. Nach einer Weile hatte ich völlig vergessen, dass ich nichts anhatte. Ich stolzierte mit erhobenem Haupt herum und schwenkte meine Brüste vor den Männern im Publikum, wie es Teddy verlangt hatte. Dafür wurde ich bejubelt, ebenso wie Anne-Marie, die sich hervorragend schlug.

Der Applaus am Ende war ohrenbetäubend. Als wir zum ersten Mal nach hinten gingen, schob uns Teddy sofort wieder auf die Bühne, wo wir uns erneut verbeugen sollten. Beim dritten Mal drehten wir dem Publikum den Rücken zu und schwenkten die Hintern. Es war ein Heidenspaß. Hinterher lachten wir alle, mit Ausnahme von Lisa, und waren stolz auf unsere Leistung.

»Großartig! Gut gemacht, Mädels! Ich wusste, dass ihr das schafft!« Teddy war völlig hin und weg. Er sah zu Lisa hinüber, die sich bereits wieder anzog. »Wir unterhalten uns später noch.«

Sie nickte und machte ein betretenes Gesicht. Es sah ganz danach aus, als ob Teddy sie rausschmeißen wollte, und sie tat mir leid.

Teddy sagte, wir sollten uns wieder anziehen und auf der Party unter die Leute mischen, aber er informierte uns auch darüber, dass wir unter gar keinen Umständen mit einem der Gäste schlafen dürften. Was, wie sich herausstellte, gar nicht so einfach war. Die meisten Männer waren noch immer auf Wolke sieben und bekamen eine Erektion, sobald sie uns erblickten. Ich hatte große Probleme damit, die Hand eines Betrunkenen von meinem Höschen fernzuhalten, zum Teil, weil er wirklich sehr hartnäckig war, und zum Teil, weil ich es eigentlich gar nicht wollte. Ich war in einem Zustand, in dem ich einen guten Fick dringend gebrauchen konnte, doch ich wollte keinesfalls den Zorn von Edward De Vigny auf mich ziehen, indem ich es mit einem der Partygäste trieb. Teddy war ein cooler Typ. Nicht ganz so nett, wie ich anfänglich geglaubt hatte, aber ich wollte ihn trotzdem – vor allem, um meine Aufgabe zu erfüllen, aber er erregte mich auch sehr.

Eine Stunde nach Ende der Show war die Party noch immer in vollem Gang, und ich wurde immer geiler. Es stieg mir langsam zu Kopf, dass mich so viele heiße Typen berühren wollten, und ich musste mich dringend abkühlen. Also verließ ich den Ballsaal und ging den Gang hinunter, bis ich zu einem kleinen Wohnzimmer kam. Von dort aus gelangte ich zum Wintergarten, in dem es zu dieser späten Stunde angenehm kühl war. Doch als ich näher kam, hörte ich leise Geräusche, sodass ich mich zur offen stehenden Glastür schlich und hineinsah. Auf dem Boden vor mir sah ich einen nackten Männerhintern, die Hosen fast auf Kniehöhe hängend, der sich immer auf und ab bewegte, während unter ihm eine Frau lag. Es schien kaum Mondlicht ins Zimmer, daher konnte ich zuerst nicht erkennen, wen ich da vor mir hatte, aber als sich meine Augen an die Lichtverhältnisse gewöhnt hatten, wurde mir klar, dass der Hintern niemand anderem als Edward De Vigny höchstpersönlich gehörte. Und als sie einige Sekunden später anfing zu stöhnen, erkannte ich auch Lisa.

Also war er doch dazu in der Lage, und anscheinend gar nicht mal so schlecht darin, wie es aussah. Lisa schien es auf jeden Fall zu genießen. Es gelang mir, einen Blick auf Teddys glänzenden Schwanz zu werfen, der immer wieder in Lisas Muschi hineinstieß. Ich hielt den Atem an und hatte Angst, mich zu bewegen, während meine Muschi bei dem wunderbaren Anblick zu pulsieren begann.

Teddys Bewegungen wurden immer wilder und heftiger. Lisa schien in Ekstase zu sein. »Bitte, bitte, oh ja, bitte fick mich, fick mich, fester, fester«, stöhnte sie, bis sie schließlich einen spitzen Schrei ausstieß und erschauerte. Dann kam Teddy ebenfalls und stöhnte laut. Ich stand schweigend da und rieb mir wie wild über meine Klit, da ich dringend einen Orgasmus brauchte.

Auf einmal stand Teddy auf, und ich flitzte hinter den Vorhang an der Tür des Wintergartens. Ich zitterte. Wenn Teddy mich sah, wäre ich erledigt.

Ich hörte, dass Lisa etwas stammelte, woraufhin ihr Teddy mit schneidender Stimme zu verstehen gab, dass sie aufstehen sollte. Ich musste schnell hier raus, daher lief ich zurück in das Wohnzimmer und zur Tür. Als ich diese öffnete, hörte ich De Vignys Stimme hinter mir, und seine Hand griff nach meinem Arm. »Mariella. Was machst du denn hier?«

Ich drehte mich um, und er sah mich an. Lisa stand hinter ihm, legte den Finger an die Lippen und schüttelte den Kopf. Offenbar sollte ich nichts sagen.

»Ich ... Ich wollte nur ein wenig frische Luft schnappen und habe hier drin ein Geräusch gehört.« Das war die Wahrheit, allerdings hatte ich den Großteil ausgelassen.

Mir war klar, dass mir Teddy nicht glaubte, aber er ließ meinen Arm los, und sein übliches entwaffnendes Lächeln umspielte seine Lippen, das Herzen schmelzen lassen konnte. »Hast du etwas gesehen, das du nicht sehen solltest?«, fragte er verschmitzt und sah mir direkt in die Augen.

Ich schüttelte den Kopf. »Nein, hab ich nicht.«

»Na gut. Geh zurück zur Party und erzähl niemandem, dass du mich hier mit Lisa gesehen hast, okay?«

Er öffnete die Tür, und ich schoss hindurch, dankbar, dass ich so leicht davongekommen war. Allerdings ging ich nicht zurück auf die Party, sondern auf mein Zimmer. Ich wollte nachdenken und mir überlegen, ob ich wirklich noch länger hier bleiben sollte. Als ich mich jedoch aufs Bett warf, schlief ich sofort ein.

Am nächsten Morgen erfuhr ich die große Neuigkeit, dass Lisa fort war. Sie hatte noch vor dem Frühstück ein Taxi zum

Bahnhof genommen. Mehr sagte Teddy nicht dazu. Ich war besorgt und fragte mich, wieso sie abgereist war, wo sich die beiden doch am vergangenen Abend so gut miteinander amüsiert hatten. Aber ich beschloss, das zu vergessen.

Teddy war charmant wie immer. Er lächelte, machte Komplimente und war zu allen sehr liebevoll. Wer konnte ihm schon widerstehen, wenn er so war? Am Morgen gingen wir alle zusammen spazieren und trotteten Hügel auf und ab, bis jeder, mit Ausnahme von Edward natürlich, total erschöpft war. Er drängte uns weiter und schlug uns auf den Hintern, wenn wir zurückfielen, als wären wir unartige Kinder. Wäre es nicht so anstrengend gewesen, dann hätten wir es bestimmt sehr viel amüsanter gefunden. Für den Nachmittag hatte er ein Quiz organisiert. Wir wurden in ein altes Klassenzimmer gebracht, wo wir fünf uns an Tische setzen und unzählige Fragen zu unserem Allgemeinwissen beantworten mussten. Teddy hatte der Gewinnerin einen Preis versprochen, daher strengten wir uns alle sehr an. Als wir fertig waren, schickte er uns in die Kaffeepause, während er unsere Antworten auswertete.

Wir saßen plaudernd im Wohnzimmer und überlegten, was es wohl für einen Preis geben mochte und wer ihn gewinnen würde. Keine von uns erwähnte Lisa, obwohl wir vermutlich alle an sie dachten und uns fragten, ob uns dasselbe Schicksal erwartete. Die Haushälterin brachte uns Kaffee und selbstgebackene Kekse, die wir gierig verschlangen. Die viele körperliche und geistige Arbeit hatte uns hungrig gemacht.

Jasmin war kurz davor, in Tränen auszubrechen. »Ich weiß, dass ich nicht gewinnen werde«, sagte sie in gebrochenem Englisch. »Ich bin nicht besonders klug.«

Da mussten wir alle lachen, da keine von uns eine besonders große Leuchte war.

Eine Stunde später tauchte Teddy auf, wie immer dicht gefolgt von Lobo. »Wir haben eine Siegerin«, verkündete er und wedelte mit den Fragebögen.

Erwartungsvoll sahen wir ihn an.

»Sie ist Engländerin.«

Amy und ich blickten uns überrascht an. Da Lisa weg war, konnte nur noch eine von uns beiden gemeint sein. Colette, Anne-Marie und Jasmin grinsten uns an, aber es war klar, dass sie bitter enttäuscht waren.

Teddys Blick wanderte immer wieder zwischen mir und Amy hin und her, und er ließ uns zappeln.

»Die Siegerin ist ... Mariella«, verkündete er endlich triumphierend.

Alle jubelten. Ich war hocherfreut. Mir war gar nicht bewusst gewesen, dass ich doch so viel im Kopf hatte. Und mein Preis? War es eine Einladung in sein Bett? Ich hoffte es sehr, denn dann hätte ich zufrieden nach Hause fahren können.

»Und dein Preis ist eine Rundflug über die Dordogne in meinem Hubschrauber morgen.«

Vor Überraschung und Vorfreude keuchte ich auf. Wie wunderbar!

Teddy sah mich fragend an. »Dann freust du dich über deinen Preis?«

»Das ist super, fantastisch! Ich fliege so gern. Und ich habe noch nie in einem Hubschrauber gesessen. Vielen Dank, Teddy!«

Den Rest des Tages schwebte ich auf Wolke sieben. Ich dachte nicht mehr daran, Teddy zu verführen oder mein Buch zu schreiben. Alles, was mir durch den Kopf ging, war, dass ich bald in einem Hubschrauber sitzen würde.

Es war ein kleiner Hubschrauber mit vier Sitzen. Der Pilot saß vorn, während ich neben Teddy hinten Platz genommen hatte. Der Tag war angenehm warm, und ich trug einen kurzen Rock und ein T-Shirt ohne BH drunter. Teddy beäugte lüstern meine Brüste und gab mir einen spielerischen Klaps auf den Hintern, als wir einstiegen. Ich hatte den Piloten schon mal gesehen, daher lächelte ich ihn an und grüßte ihn freundlich, doch er ignorierte mich.

»Sprich jetzt nicht mit Jacques«, warnte mich Teddy. »Er hasst es, wenn er beim Fliegen gestört wird.«

Wir hoben ab, und ich spürte, wie mein Herz vor Freude hüpfte, wie immer, wenn ich fliegen durfte.

Teddy nahm meine Hand und lächelte mich an. Dann hielt er sie an seine Lippen und küsste sie. »Du bist eine sehr schöne Frau, Mariella.«

Ich genoss seine Schmeicheleien. Auch wenn ich nicht daran zweifelte, dass er das zu vielen Frauen sagte, gefiel mir die Aufmerksamkeit sehr. »Und du bist ein sehr attraktiver Mann, Edward De Vigny«, hörte ich mich sagen, drückte mich an ihn und sah ihm tief in die Augen. Wir flirteten miteinander und genossen es sehr. Einige Sekunden lang saßen wir schweigend da und sahen zum Fluss hinab, der sich unter uns durch das Tal schlängelte.

»Gefällt es dir hier?«, wollte Teddy schließlich wissen und hielt meine Hand weiterhin fest.

»Ja, das tut es. Es ist sehr schön hier.« Ich sehnte mich danach, von ihm berührt zu werden.

Er beugte sich vor, legte mir eine Hand unter das Kinn und küsste mich sanft auf den Mund. Meine Lippen kribbelten vor Freude. Er versuchte nicht, seine Zunge in meinen Mund zu stoßen, sondern drückte seine Lippen nur zärtlich auf meine. Als er sich zurückzog, legte er mir eine Hand in den Nacken und streichelte mich.

»Sag mal«, meinte er auf einmal, »was hast du neulich Abend wirklich im Wintergarten gesehen?«

»Dich und Lisa auf dem Boden. Alles.«

Er nickte langsam und rieb mit dem Daumen über meine Haut. »Hat es dich erregt?«

»Ja.«

»Möchtest du, dass ich dich jetzt und hier ficke?«

»Ja.«

»Ja, was?«

»Bitte.« Mir blieb das Wort fast im Hals stecken.

Seine Finger drückten fester auf meine Haut, und seine andere Hand glitt langsam an meinem Oberschenkel hoch und unter meinen Rock, wobei er kaum Druck ausübte. Dann küsste er mich erneut, dieses Mal leidenschaftlicher, drückte seine Lippen gegen meine und öffnete den Mund, brachte aber noch immer nicht seine Zunge ins Spiel. Ungeduldig wie immer stieß ich ihm meine Zunge in den Mund, worauf er sich sofort zurückzog.

»Du musst nichts überstürzen«, murmelte er mir ins Ohr und knabberte zärtlich an meinem Ohrläppchen. »Wir haben alle Zeit der Welt.«

Das war ein ganz anderer Mann als der, der Lisa im Wintergarten gevögelt hatte. Ich fühlte mich sehr geschmeichelt und war aufgeregt, dass er mit mir schlafen wollte.

Seine Hand rutschte weiter und streichelte meine Muschi durch mein Höschen. Ich spreizte die Beine und hoffte, dass er den Stoff beiseite ziehen würde, was er jedoch nicht tat. Nach einer Weile machte es mich verrückt, dass seine Finger immerzu langsam und rhythmisch über mein feuchtes Höschen strichen, und ich versuchte, den Stoff zur Seite zu schieben, doch er drückte meine Hand weg. »Wenn ich bereit bin«, sagte er ernst und zog seine Hand dann ganz weg.

Ich war enttäuscht und glaubte schon, mir alles vermasselt

zu haben, doch dann begann er, meinen Hals zu küssen, und seine Lippen bewegten sich langsam in Richtung meiner Brüste.

Im Hubschrauber war wenig Platz, und wir waren beide angeschnallt, daher konnte ich mich kaum bewegen. Als Teddy seinen Kopf gegen meine Brüste drückte, sah ich zu Jacques, dem Piloten, hinüber. Er hatte noch kein Wort gesagt und flog den Hubschrauber, als wäre er ein Roboter.

Teddy war aufgefallen, dass ich über meine Schulter geblickt hatte. »Mach dir wegen Jacques keine Gedanken. Er ist das gewöhnt.«

Das dämpfte meinen Enthusiasmus gewaltig. »Hat er das schon oft gemacht?«, fragte ich mit spitzer Stimme.

Teddy grinste. »Ich bringe meine Frauen nicht wegen der schönen Aussicht hier rauf.«

Daraufhin bekam mein Ego einen gewaltigen Dämpfer. Edward De Vigny war ein Lüstling. Ich wollte ihn hassen, aber ich konnte es nicht.

»Aber ich nehme nur die schönsten Frauen mit hier hoch. Da bin ich sehr wählerisch.«

»Bei Lisa hast du anscheinend eine Ausnahme gemacht.«

Das erzürnte Teddy ein wenig. »Lisa war ein Fehler. Ich mag Frauen nicht, die mich enttäuschen. Sie war bei dem Stück einfach furchtbar. Ich hab ihr gesagt, dass sie gehen soll, und im nächsten Moment fleht sie mich auf Händen und Knien an, sie zu ficken. Was sollte ich denn machen?«

Die arme Lisa. Die Sache war für sie nicht gut ausgegangen. Doch ich war froh, dass Teddy sie nicht so gewollt hatte, wie er mich wollte. Seine Hand rutschte erneut unter meinen Rock. Dieses Mal durfte er sich so viel Zeit nehmen, wie er wollte.

Eine halbe Stunde später, als Jacques mit dem Hubschrauber gerade zur Landung ansetzte, drang Teddy zum ersten Mal in mich ein – mit den Fingern. Ich war jetzt nackt und stand in Flammen, aber der Sicherheitsgurt war noch immer angelegt. Der Hubschrauber kam am Boden auf, und Teddy rückte von mir ab, sodass ich mit gespreizten Beinen und einer vor Verlangen lechzenden feuchten Muschi dasaß.

Ich lehnte mich mit geschlossenen Augen im Sitz zurück, und meine Hand glitt automatisch in meinen Schoß, um die Sache zu Ende zu bringen.

Wie in weiter Ferne hörte ich Teddys Stimme sagen: »Hol sie raus, Jacques, und bring sie rüber zur Sauna.« Dann wurde mein Sicherheitsgurt geöffnet, und zwei starke Arme hoben mich aus dem Hubschrauber. Als ich die Augen öffnete, fand ich mich nackt in Jacques' Armen wieder und wurde gerade über den Rasen getragen.

»Lass mich runter«, kreischte ich und schlug nach ihm.

»*Non!*« Jacques' kräftige Arme hielten mich fest. Er war ein großer Mann und zu stark für mich. Als ich sah, dass Teddy ein Stück weit vor uns ging, entspannte ich mich ein wenig.

Er drehte sich um und grinste. »Du bist ein braves Mädchen, Mariella. Ich kann dich leider nicht tragen. Aber es dauert jetzt nicht mehr lange.«

Wir gingen am Château vorbei und auf eine kleine Holzhütte zu.

Teddy öffnete die Tür. »Das ist die Sauna, Mariella. Lobo hat sie für uns vorbereitet.«

Erneut staunte ich über Teddys gute Organisation. Der ganze Ausflug war durchgeplant, und es sah so aus, als ob mich Teddy in der Sauna endlich ficken würde. Heiße Luft drang uns entgegen. Jacques setzte mich ab, und da sich Teddy gerade umgedreht hatte, strichen seine großen Hände dabei über meinen Körper. Ich sah ihn an, sagte aber nichts, und er drehte sich um und ging.

Teddy nahm meine Hand, zog mich in einen kleinen Raum und setzte mich dort auf eine Bank. Ich fing schon an zu schwitzen. Er entkleidete sich rasch und setzte sich neben mich.

Langsam begann er erneut, mich zu streicheln, und er berührte jeden Zentimeter meines Körpers, während ich zitternd dasaß und darauf wartete, dass er mit seinem riesigen Schwanz in mich eindrang. Als ich die Hand ausstreckte, um ihn zu berühren, verhinderte er es nicht. Wir waren beide nassgeschwitzt, und unser Schweiß vermischte sich, als wir uns streichelten.

Teddy beugte sich vor und leckte über meine Nippel. »Hm, lecker und salzig«, murmelte er.

Daraufhin leckte ich ihm über die empfindliche Haut am Hals direkt unter den Ohren und ließ meine Hände durch sein feuchtes Haar gleiten. Er schmeckte großartig. Wir bewegten uns im Einklang miteinander, und unsere Körper sehnten sich immer mehr nach dem des anderen. Ich konnte es nicht mehr lange aushalten. Meine Klit war geschwollen und platzte fast schon.

Endlich spreizte Edward De Vigny meine Beine, so weit er konnte, um in mich einzudringen. Seine Bewegungen blieben kontrolliert, und er sah mich die ganze Zeit an. Als er sich über mich beugte und seinen Schwanz langsam in meine pochende Muschi hineinschob, wurde ich beinahe ohnmächtig vor Wonne. Kein Mann hatte mich je so lange zappeln lassen wie er. Ich stand schon kurz vor dem Höhepunkt. Nach und nach wurde er schneller, jeder Stoß wurde heftiger und stärker ausgeführt. Als er seine Hand auf meine Klit legte, erfasste mich der Orgasmus, und ich verlor mich in den Zuckungen. Er kam ebenfalls, und ich wusste nicht mehr, wo ich war, bis ich die Augen öffnete und mich in seinen Armen wiederfand, während er mich hin und her schaukelte. Ich war unglaublich glücklich. »Ich liebe dich«, murmelte ich und sah ihm in die Augen.

Er blickte mich traurig an, und ich wünschte, ich hätte das nicht gesagt. Ich wusste schon gar nicht mehr, warum ich es überhaupt getan hatte. Ich liebte Ryan und nicht Teddy – oder?

»Entschuldige«, stammelte ich, während mir die Tränen in die Augen stiegen. »Ich hätte das nicht sagen sollen, aber es war so wunderbar.«

Teddy hielt mich fest, als hätte er Angst, mich wieder loszulassen. »Danke, meine süße Mariella. Dich werde ich so schnell nicht vergessen.«

Mit einem Knall landete ich wieder auf der Erde, und sofort befreite ich mich aus Teddys Armen. Ich liebte ihn nicht, natürlich nicht, und er liebte mich definitiv auch nicht. Ich war nur die Letzte in einer endlosen Reihe von Frauen, und auch mich würde er eine Woche später wieder vergessen haben.

Ich suchte nach meiner Kleidung, konnte sie aber nirgends finden. Sie lag bestimmt noch im Hubschrauber.

Teddy bemerkte meine Unruhe. »Draußen hängt ein Bademantel«, sagte er mit bedrückter Stimme. »Zieh ihn über und geh zurück zum Haus. Ich lasse dir deine Kleider nachher bringen.«

Ich rannte aus dem Raum, da De Vigny meine Tränen nicht sehen sollte. Der schwere Stoff des Bademantels und die kalte Luft trockneten die Feuchtigkeit auf meiner Haut, als ich über den Rasen auf das Château Blanc zurannte.

An diesem Abend packte ich meine Taschen und schlich mich aus dem Château, ohne mich von jemandem zu verabschieden. Im Wohnzimmer hinterließ ich einen kurzen Brief, in dem ich mich bei Edward entschuldigte. Ich konnte ihm nicht noch einmal unter die Augen treten. Meine Gefühle waren in völligem Aufruhr. Wenn ich noch länger blieb, wäre ich versucht, nie mehr wegzugehen, sondern ständig darauf zu warten, dass er mir ebenso wie den anderen Frauen einen Bruchteil seiner Liebe schenkt. Hatte er dasselbe mit Colette, Anne-Marie, Jasmin und Amy vor, oder hatte er sie bereits für sein Liebesnest eingespannt? Hatte sich Lisa bei ihrer Abreise genauso gefühlt?

Allein stand ich am Bahnsteig, und die Tränen liefen mir die Wangen herunter. Etwas berührte mein Bein, und als ich heruntersah, erblickte ich Lobo, der mich mit ernsten und wissenden Augen ansah. »Mister Edward hat mich gebeten, Ihnen das hier zu geben«, sagte er und reichte mir eine kleine Schachtel. Ich öffnete sie und fand darin einen kleinen herzförmigen Anhänger an einer Kette. Darauf standen die Worte JE T'AIME.

# *Kapitel 9*

## *Skorpion: Der Sexmagnat*

23. Oktober

Ich blase Trübsal. Seit zwei Wochen hocke ich in meiner Wohnung, schlafe, esse und werde fett. Ich habe keinen Mann, keinen Job, kein Geld und, was das Schlimmste ist, keinen Sex. Wäre ich doch nur in Frankreich geblieben. Als ich in England ankam, erwartete mich eine Nachricht von Ryan, in der er mit mir Schluss gemacht hat. Jetzt erscheint mir die Vorstellung gar nicht mehr so schlimm, Edward De Vigny mit vielen anderen Frauen zu teilen. Immer, wenn ich Ryan anrufe, habe ich entweder nur seinen Anrufbeantworter dran, oder er legt einfach auf. Ich war schon mehrmals bei seiner Wohnung, aber er hat nicht aufgemacht. Ich habe sogar meinen Stolz runtergeschluckt, Gemma angerufen und sie gefragt, ob er bei ihr wäre, aber sie blieb sehr unverbindlich, und als ich die Fassung verloren und sie eine egoistische Kuh genannt habe, hat sie aufgelegt. Überraschenderweise habe ich noch immer einige Freunde. Anna und Zoe rufen mich ständig an und versuchen, mich aufzuheitern. Anna hat mich eingeladen, einige Tage bei ihr zu wohnen, aber ich will Lester im Moment nicht sehen. In meinem Zustand kann ich für nichts garantieren. Ich könnte sogar auf seinen seltsamen Charme hereinfallen. Würg!

Heute ist der erste Tag im Sternzeichen Skorpion, und ich habe noch nichts unternommen, um den nächsten Kandidaten für mein Buch zu finden. Eigentlich will ich auch gar nicht mehr weitermachen. Ohne Ryans Unterstützung würde ich das Ganze am liebsten aufgeben. Was habe ich denn schon von dem Geld? Wird es mich glücklich machen? Und warum schreibe ich noch immer dieses dämliche Tagebuch? Vermutlich aus Gewohnheit. Mir reicht es. Ich habe schlimme Kopfschmerzen, also werde ich jetzt ein paar Aspirin nehmen und ins Bett gehen. Ich will nur noch schlafen und alles vergessen.

Das Telefon hat immerzu geklingelt, aber ich bin nicht rangegangen. Ich war zu sehr damit beschäftigt, Richard und Judy im Fernsehen zuzusehen. Seit meinem letzen Tagebucheintrag war eine Woche vergangen, und ich hatte die Wohnung in der Zeit nicht verlassen. Langsam gingen meine Vorräte zur Neige. Ich lebte von tiefgefrorenen Fertiggerichten. Und um meine Probleme noch zu verschlimmern, sah ich erbärmlich aus. Die vielen Pickel an meinem Kinn waren meine neueste Errungenschaft. Ich konnte mir beim besten Willen nicht vorstellen, dass mich jemand in diesem Zustand ficken wollte.

Eine Stunde später klopfte jemand an die Tür. Ich ignorierte es.

Dann hörte ich Zoes Stimme durch den Briefschlitz brüllen: »Ellie! Ellie! Geht es dir gut? Mach die Tür auf!«

Ich sprang von der Couch und schlich auf Zehenspitzen in den Flur. Warum war Zoe nicht bei der Arbeit? Sie durfte mich so nicht sehen. In Panik brüllte ich zurück, dass sie verschwinden sollte.

»Nein, das werde ich nicht tun«, rief sie zurück. »Ich bleibe so lange hier, bis du mich reinlässt.«

Schweigend stand ich im Flur und hoffte, dass sie wieder ging.

»Ellie, bitte«, flehte sie mich an. »Ich hab den ganzen Morgen versucht, dich anzurufen. Warum gehst du nicht ans Telefon? Ich mache mir Sorgen um dich. Ich hab grad Mittagspause und bin wie eine Irre hier hergerast. Mir bleiben nur noch vierzig Minuten, aber ich gehe nicht weg, bevor du nicht die Tür geöffnet hast.«

Jetzt schämte ich mich. Zoe war wirklich eine gute Freundin. Sie war bereit, sich mit ihrem Boss anzulegen, nur weil sie sich vergewissern wollte, dass es mir gut ging. Ich schlurfte zur Tür und und öffnete.

Sie kam hereingeschossen, blieb wie angewurzelt stehen und starrte mich an. Ihr standen Tränen in den Augen. »Ach, Ellie! Was machst du denn nur?«

Auf einmal lag sie in meinen Armen. Ich konnte sie nicht mehr loslassen. »Es tut mir leid, Zo, ich wollte nicht so gemein sein«, schluchzte ich an ihrer Schulter.

Zoe ließ mich weinen und tätschelte mir den Rücken, als ob ich ein Baby wäre. Schließlich konnte sie sich befreien und führte mich ins Wohnzimmer. Dort übernahm sie das Kommando und holte als Erstes ihr Handy aus der Tasche. »Ich werde meinen Boss anrufen und ihm sagen, dass ich mir heute Nachmittag freinehme.«

Ich schüttelte den Kopf. »Nein, nein. Das wird ihm nicht gefallen. Du musst zurück. Mir geht es schon viel besser.«

»Keine Chance. So lasse ich dich hier nicht alleine. Ich werde ihm sagen, dass meine Mutter krank geworden ist. Dann wirst du dich säubern, liebe Ellie. Du gehst unter die Dusche, wäschst dir die Haare und steckst diesen widerlichen Bademantel in die Waschmaschine. Der stinkt.«

Ich grinste, und sie grinste zurück. Ich war auf dem Weg der Besserung.

Zwei Stunden später blickte mich ein anderer Mensch aus dem Spiegel an. Mit Unmengen an Concealer auf dem Kinn und vollem Make-up waren meine Pickel kaum noch zu sehen. Zoe hatte mir die Haare geföhnt, die jetzt in sanften Wellen auf meine Schultern fielen, und hatte mir mein teuerstes Outfit zum Anziehen rausgelegt: eine schwarze Wildlederjacke mit dazu passender Hose und ein enges, pinkfarbenes Top. Ich sah gut aus, und zum ersten Mal seit einer Ewigkeit fühlte ich mich auch wieder so.

»Wo gehen wir hin?«, wollte ich wissen, als sie mich aus der Tür schob.

»Erst mal gehen wir einkaufen. Du hast keinen Kaffee mehr, keine Milch, eigentlich gar nichts. Danach fahren wir in die Stadt und überlegen bei einer Tasse Tee, was wir heute Abend anstellen wollen.«

Ich hielt mich nervös an Zoes Arm fest, da ich es beunruhigend fand, zum ersten Mal seit einer Woche wieder die Wohnung zu verlassen. Was für ein Glück, dass ich sie hatte! Ich liebte sie heiß und innig.

Als ich zwei Tassen Tee getrunken und mich mit Kuchen vollgestopft hatte, fühlte ich mich fast wieder wie früher, nur dass ich bestimmt vier Kilo zugenommen hatte.

»Ab morgen mache ich Diät«, verkündete ich und leckte die Sahne von dem Stück Erdbeerkuchen.

Zoe lachte. Sie aß wie üblich Unmengen, ohne auch nur ein Gramm zuzunehmen. Das Leben konnte manchmal verdammt unfair sein.

»Was möchtest du heute Abend gern machen, Ellie? Ins Kino, etwas Leckeres essen oder tanzen gehen?«

»Keine Ahnung. Entscheide du. Was ist mit Tony? Er will doch nicht mitkommen, oder?« Zoe traf sich noch immer mit diesem unmöglichen Tony vom Ibiza-Urlaub im Juni. Ich konnte nicht fassen, dass sie es schon so lange mit ihm aushielt.

»Natürlich nicht. Wir sind nicht aneinander festgewachsen. Wo wir gerade von Tony dem Zwilling reden: Hast du schon etwas unternommen, um einen Skorpion aufzureißen?«

Das brachte mich wieder auf den Boden der Tatsachen zurück, und ich war sofort deprimiert. »Nein, gar nichts. Ich hab's aufgegeben.«

»Oh, Ellie. Das darfst du nicht tun! Du hast doch schon so viel Arbeit reingesteckt. Und was ist mit dem Geld und dem Haus deines Vaters? Du wirst so viel verlieren.«

Ich zuckte mit den Achseln. »Geld ist nicht alles.«

»Ich weiß, aber es hilft einem, wenn man keinen Penny in der Tasche hat. Das liegt nur an diesem reichen Schönling mit dem Château, nicht wahr? De Vey oder wie immer er heißt?«

»Teilweise schon. Ich hab mich Hals über Kopf in ihn verliebt, Zoe. Das darf nicht noch einmal passieren. Außerdem ist da noch Ryan.«

»Ryan. Pah! Ihr trefft euch doch nicht mehr, also, was soll's? Er ist ein Arschloch, dass er dich so sitzen gelassen hat.«

»Sei fair, Zoe. Ich habe ihn auch hängen gelassen. Er dachte, ich würde nicht nach Frankreich fahren. Bis dahin hat er mich bei allem unterstützt. Außerdem gibt es da noch andere Dinge, von denen er nichts weiß.«

Zoe riss die Augen auf. »Was denn? Raus mit der Sprache!«

»Du weißt schon, mein kleiner Ausrutscher mit dem Platzanweiser im Theater, der kein Löwe war, und dass ich zu Patrick im Büro nicht Nein sagen konnte.«

»Ach so! Ich dachte, du hättest Ryan davon erzählt.«

Ich schüttelte traurig den Kopf. »Nein. Und wenn ich es ihm jetzt sage, kriege ich ihn nie wieder zurück.«

»Willst du ihn denn noch zurück, selbst wenn er vielleicht die ganze Zeit bei Gemma gewohnt hat?«

»Ja, ich weiß. Ich habe mich zwar in Edward De Vigny verliebt, aber ich denke, es lag nur an der Art, wie er mich geliebt hat, und an nichts anderem. Es war, als würde ich ihm wirklich etwas bedeuten. Bei Ryan ist es etwas anderes. Er ist nicht romantisch, aber der Sex ist großartig. Wir kennen uns in- und auswendig. Ich liebe Ryan so, wie er ist, während Edward nichts als ein Traum gewesen ist.«

Zoe nickte verständnisvoll. »Verstehe, aber rumsitzen und schmollen wird dir das Geld deines Vaters auch nicht einbringen. Du musst weitermachen, Ellie. Du hast doch schon die Hälfte geschafft. Wir gehen heute Abend aus und suchen zusammen einen Skorpion.«

Ich lachte. »Was, willst du ihn etwa auch haben?«

Sie überlegte kurz. »Das wäre gar nicht so abwegig. Wenn dir wirklich nicht danach ist, dann könnte ich mir einen willigen Skorpion suchen, mit ihm schlafen und dir hinterher alles darüber erzählen, damit du es so aufschreiben kannst, als ob du es selbst erlebt hättest.«

»Das wäre Betrug.«

»Ich weiß. Aber für dich würde ich es tun.«

»Nein, das kann ich nicht. Ich bin vielleicht ganz gut in kleinen Notlügen oder Ryan zu verschweigen, was ich getan habe, aber so etwas könnte ich nicht durchziehen. Ich möchte diesem hochnäsigen Anwalt Ende März in die Augen sehen und ihm aufrichtig sagen können, dass ich alles getan habe.«

»Schön für dich, Ellie. Aber du lässt dir von mir helfen, ja? Wo könnten wir wohl einen Skorpion finden?«, erkundigte sich Zoe. »Die sollen einen ausgeprägten Geschlechtstrieb haben, hab ich gehört.«

Ich musste lachen. »Das ist noch untertrieben. Selbst die ruhigsten sind insgeheim wilde Bestien.«

»Dann vielleicht in einem Pornokino, einem Stripklub oder einer schmierigen Oben-ohne-Bar?«

»Hmm. Da trifft man bestimmt viele Skorpione, aber ich habe im Moment keine Lust, in so einen Laden zu gehen. Außerdem weiß ich nicht, was ich machen soll, wenn ich einen aufgabele, der auf SM oder so was steht.«

»Was ist so verkehrt daran? Ich hatte dabei schon jede Menge Spaß. Habe ich dir je von dem Kerl erzählt, der mich in Frischhaltefolie eingewickelt hat, bis ich wie ein Alien aussah, damit ich ihm dann den nackten Hintern versohlen konnte, während im Fernsehen *Star Trek* lief?«

Ich lachte. »Nein, hast du nicht. Aber so etwas würde mir bestimmt nicht gefallen. Ich will schließlich auch auf meine Kosten kommen.«

»Dann lass dich von ihm auspeitschen.«

»Autsch! Dafür bin ich viel zu feige. Ein gutes Spanking ist das Äußerste, was ich mir vorstellen kann.«

»Na gut, du Weichei. Aber mir ist da gerade noch was anderes eingefallen: Es hat ein neuer Klub aufgemacht. Viele Mädels gehen dahin, weshalb er auch jede Menge Kerle anzieht, und es ist immer gerammelt voll. Ich war vor einigen Wochen mit Tony da. Immer, wenn er aufs Klo gegangen ist, war ich von Typen umringt, die mich aufreißen wollten. Ich hätte ein Dutzend davon mit nach Hause nehmen können.«

»Und, hast du?«

»Natürlich nicht. Ich war ja mit Tony da.« Sie grinste. »Aber ich bin echt in Versuchung geraten.«

»Wenn wir hingehen, musst du mir versprechen, dass du das Sternzeichen jedes Typen, den ich heiß finde, herausbekommst und ihn mir überlässt, wenn er Skorpion ist, okay?«

»Klar, kein Problem.«

»Okay, dann mal los.«

Wir gingen zurück in meine Wohnung, verstauten meine Einkäufe, aßen eine Pizza und stylten uns auf. Ich zog ein heißes kurzes Kleid an, ein halterloses rotes, unter dem ich keinen BH trug und nur ein kleines rotes Höschen. Zoe borgte sich eins meiner Kleider (ein weißes mit Goldbesatz), aber da ich Kleidergröße 42 (momentan eher 44) trug und sie 38, hing es an ihr wie ein nasser Sack.

»Das ist doch egal«, meinte sie fröhlich und wickelte einen Gürtel darum, damit es besser saß. »Ich sehe süß und unschuldig aus, wie eine Jungfrau. Wie gut, dass ich nicht vorhabe, mir einen Kerl zu angeln.«

Wir kicherten, als sie vor dem Spiegel herumstolzierte und das schüchterne kleine Mädchen spielte. Uns war beiden klar, dass sie die Männer wie Fliegen anziehen würde.

Als wir die Wohnung verließen, fiel mir auf, dass ich mich tatsächlich amüsierte. Seitdem Zoe bei mir war, hatte ich weder an Edward De Vigny noch an Ryan gedacht. Sie hatte mich wieder auf die richtige Spur gebracht. Und jetzt war ich entschlossener denn je, meine Aufgabe zu beenden.

Die Musik war unglaublich laut. Mengen schicker Menschen in Designerklamotten drängten sich um uns herum. Zoe und ich standen in der Nähe der Bar und lehnten uns an das Geländer, das die Tanzfläche abtrennte. Ich fühlte mich beschwingt und glücklich. Zwar hatte ich schon mit mehreren Männern getanzt, aber dummerweise war keiner von ihnen Skorpion gewesen. Zoe hatte in dieser Hinsicht auch noch kein Glück gehabt.

»Da drüben ist ein kleiner Nebenraum mit einer weiteren Bar.« Zoe deutete auf die andere Seite des Raums. »Da ist es dunkler, und man kann gut knutschen. Vielleicht findest du da ja einen Skorpion.«

Ich nickte, und wir bahnten uns einen Weg über die Tanzfläche zu dem Bogengang, der in den anderen Raum führte. Darin saßen lauter Paare, drängten sich aneinander, Lippen an Lippen, Hände auf nackter Haut. Zoe und ich sahen fasziniert zu.

»Wir sollten uns noch was zu trinken holen«, flüsterte sie mir zu.

Wir zwängten uns durch die Typen, die mit ihrem Bier in der Hand herumstanden und versuchten, cool auszusehen, während sie die sitzenden Paare beobachteten. Als wir an der Bar angekommen waren, hatte ich auf einmal eine Hand an der rechten Pobacke. Ich wirbelte herum und stand einem sehr attraktiven, dunkelhaarigen jungen Mann gegenüber. Er sah wie ein Italiener oder Spanier aus. Ich grinste ihn ermutigend an.

Zoe hatte es ebenfalls mitbekommen. »Welches Sternzeichen bist du?«, fragte sie ihn sofort.

»Hä? Was?«, erwiderte er, zog die Augenbrauen hoch und sah Zoe an, als ob sie verrückt wäre.

»Dein Tierkreiszeichen, du Idiot. Widder, Stier oder was?«

»Oh, äh, Löwe, glaube ich. Ich bin am 17. August geboren.«

»Ja, dann bist du ein Löwe und kannst dich verpissen.« Zoe zog mich am Arm weiter. »Du kannst nicht einfach irgendeinen Typen aufreißen«, meinte sie mit ernster Stimme. »Ich weiß, dass du es kaum erwarten kannst, aber vergiss bitte nicht, dass du nur einen Skorpion willst.«

Sie hatte natürlich recht. Ein Glück, dass sie bei mir war.

Wir holten uns noch ein unverschämt teures Glas Wein und schafften es, uns neben einem Paar, das seine Zungen anscheinend dauerhaft in der Kehle des anderen verankert hatte, hinzusetzen. Dann sahen wir uns um und checkten die Lage.

Auf einmal stieß mich Zoe an. »Sieh jetzt nicht hin, Ellie, aber da in der Ecke steht ein Typ, gegenüber vom Herrenklo, der dich die ganze Zeit anstarrt. Der könnte durchaus ein Skorpion sein. Und er ist echt sexy und hat tolle Augen.«

Ich ließ mir Zeit, da es nicht zu offensichtlich sein sollte. Aber als ich endlich in seine Richtung sah, starrte er mich direkt an. Mein Herz setzte kurz aus. Er könnte tatsächlich ein Skorpion-Mann sein. Ich drehte mich zu Zoe um. »Ja«, meinte ich leise, »der sieht ganz okay aus. Finde heraus, welches Sternzeichen er ist, Zo.«

Voller Zuversicht stand Zoe auf und ging direkt auf den Mann zu. Sie unterhielten sich kurz. Er nickte ein paar Mal und sah dann erneut zu mir rüber. Als Zoe wieder zu mir zurückkam, wirkte sie sehr aufgekratzt. »Du kannst loslegen«, verkündete sie. »Er ist Skorpion, aber du kannst ihm ja noch auf den Zahn fühlen. Und er sagt, er steht auf dich.«

Auf einmal war mir die Sache peinlich. »Was hast du ihm erzählt, Zoe?«

»Das ist unwichtig. Schwing die Hufe und geh zu ihm rüber. Er heißt übrigens Brad. Er sieht auch ein bisschen aus wie Brad Pitt, findest du nicht?«

Ich folgte Zoe zu Brad. Der verschlang mich fast mit seinen Blicken. An die Bar gelehnt hatte er viel kleiner gewirkt, als er wirklich war. Als ich neben ihm stand, reichte ich ihm gerade mal bis zur Brust.

»Das ist meine Freundin Ellie«, stellte mich Zoe vor. »Sie ist Astrologin. Darum habe ich dich nach deinem Sternzeichen gefragt.«

Ich wurde rot. Zoe war immer so direkt. Brad sah mir direkt in die Augen. »Macht mich die Tatsache, dass ich Skorpion bin, denn interessanter?«, wollte er mit seiner tiefen, sexy Stimme wissen.

Ich wusste nicht, was ich sagen sollte. Aus irgendeinem Grund hatte es mir die Sprache verschlagen.

»Aber klar«, meinte Zoe. »Skorpione sind tolle Menschen.«

»Sind sie das?«

Erneut sah er mich an, aber ich konnte nur nicken. Das war ja ein toller Anfang. Ich verlor immer mehr die Zuversicht.

»Na ja, manchmal zumindest.« Selbst Zoe schien mit ihm ihre Probleme zu haben. »Sie sind jedenfalls nett und sexy. Allerdings weiß ich nicht viel über Astrologie. Ellie ist die Expertin.«

»Ist sie das?« Seine Augen schienen mir direkt in die Seele zu blicken. Mein Magen hüpfte auf und ab, und meine Muschi wurde feucht. Wir hatten gerade mal ein paar Worte gewechselt, und schon reagierte mein Körper auf ihn.

»Warum geht ihr beide nicht tanzen?«, schlug Zoe vor.

»Ich tanze nicht. Zumindest nicht zu dieser Musik. Frag mich noch mal bei was Langsamerem. Oh, da ist mein Kumpel.«

Ein anderer Mann tauchte auf, er hatte ein attraktives farbiges Mädchen im Arm.

Brad stellte uns alle vor. Sein Freund hieß John. Die Frau, die er gerade aufgerissen hatte, nannte sich Suki. Wir fünf unterhielten uns eine Weile. Nach und nach entspannte ich mich und fand die Sprache wieder, vor allem dank John, mit dem man sich gut unterhalten konnte – wie sich herausstellte, war er Zwilling. Aber die ganze Zeit war ich mir bewusst, dass Brad neben mir stand, und seine mächtige Aura färbte auf mich ab und bewirkte, dass ich ihn berühren und mehr über ihn erfahren wollte. Ich wollte wissen, ob er das sexuelle Versprechen, das er ausstrahlte, auch einhalten konnte.

John ging mit Zoe tanzen, sodass Brad und ich Suki am Hals hatten. Sie schenkte Brad augenblicklich ihre ganze Aufmerksamkeit, plinkerte ihn mit ihren schönen braunen Augen verführerisch an und drückte ihre großen Titten gegen seine Brust, da sie sich ihrer Attraktivität offensichtlich sehr wohl bewusst war. Ich war neidisch auf sie.

Brad wirkte eher amüsiert. Er sah immer wieder zu mir herüber und lächelte mich entschuldigend an, und ich stellte erleichtert fest, dass er die heiße Suki nur bei Laune hielt. Schließlich legte er mir den Arm um die Taille, entschuldigte uns bei Suki und zog mich auf die Tanzfläche. Ich hatte keine Ahnung, was aus John und Zoe geworden war, aber ich konnte es mir beinahe denken. Zoe mochte sich einbilden, Tony zu lieben, aber Sex mochte sie noch viel lieber. Und ein offener, gesprächiger Kerl wie John war genau ihr Typ.

Endlich war die Musik langsamer geworden. Brad zog mich an sich, und wir küssten uns auf der überfüllten Tanzfläche.

Als sich Brads Hand unter mein Kleid und in Richtung meines Hinterns bewegte, hatte ich nichts dagegen. Seine Hand fühlte sich auf meiner nackten Haut gut an, und ich zitterte am ganzen Körper. Aber als er auch mit der anderen Hand nach unten griff und mir das Kleid über den halbnackten Hintern zog, ging mir das doch ein wenig zu weit. »Tu das nicht«, flüsterte ich. »Hier kann mich doch jeder sehen.«

Seine Hände hatten meine Pobacken gepackt. »Keine Sorge. Spiel einfach mit. Wenn du keinen Aufstand machst, wird es auch niemand bemerken.«

Ich hatte keine andere Wahl. Seine Hände kneteten meine Pobacken, und ab und zu zog er sie ein wenig auseinander, sodass ich einen Lufthauch am Anus spüren konnte. Sonderbarerweise schämte ich mich, während ich gleichzeitig sehr erregt war. Ich wagte es nicht, mich umzusehen, falls uns irgendjemand beobachtete, aber ich wollte auch nicht, dass er aufhörte. Schließlich schob er einen Finger in mein Höschen und streichelte die Falte zwischen meiner Muschi und meinem Anus, sodass ich ganz feucht wurde. Ich atmete immer schneller und hatte den Kopf an seiner Brust vergraben. Ab und zu gab er mir einen Kuss auf den Kopf, und danach ging er meist zur nächsten Stufe über. Doch kurz darauf endete die langsame Musik, und die Technobeats hallten erneut durch den Raum. Er schob mich zurück zum Nebenraum. Mir war vor Erregung ganz heiß.

John und Zoe waren wieder da. Sie hatten einen Sitzplatz in einer Ecke gefunden und hielten einander umschlungen. Das schöne weiße Kleid war bis zu den Oberschenkeln hochgezogen, und Johns Hand strich ihr beiläufig über das Bein.

»Rück mal ein Stück, damit Ellie und ich auch sitzen können«, forderte Brad John auf.

»Hier ist kein Platz«, erwiderte John, »es sei denn, Zoe setzt sich auf meinen Schoß.«

Zoe kicherte. Sie hielt einen doppelten Wodka in der Hand und war schon fast betrunken. Sie kletterte auf Johns Schoß und saß dann mit gespreizten Beinen da, sodass man ihr Höschen sehen konnte. Sie fingen wieder an zu knutschen, und Johns Hand wanderte in Zoes Schritt. Brad und ich sahen fasziniert dabei zu, wie John die Hand in Zoes Höschen steckte. Sie fing an zu stöhnen und schien ihre Umgebung völlig vergessen zu haben.

»Nette Show«, flüsterte Brad mir zu. »Bist du auch so hemmungslos wie deine Freundin?«

»Nein, ich bin viel schüchterner als Zoe.«

»Warum glaube ich dir das nur nicht? Aber wir sollten uns setzen.«

Er ließ sich neben John und Zoe nieder und wollte mich auf seinen Schoß ziehen, aber ich widersetzte mich. »Ich muss mal pinkeln«, erklärte ich und steuerte direkt auf die Damentoilette zu.

Die war am anderen Ende des Raums. Als ich wieder rauskam, lehnte Brad an der Tür neben der Wand und wartete auf mich. Ohne ein Wort zu sagen, nahm er meine Hand und zog mich durch den engen Gang, durch die Tür und an der Tanzfläche vorbei durch eine Doppeltür in einen anderen Korridor. Dann ging es nach rechts in einen kleinen, leeren Alkoven, wo er mich an die Wand drückte und mein Kleid hochzog.

Alles geschah so schnell, dass ich es nicht verhindern konnte, selbst wenn ich es gewollt hätte.

»Ich will dich ficken«, sagte Brad mit heiserer Stimme und riss mir das Höschen vom Leib.

Er sah auf meine nackte Muschi herab und stöhnte leise. »Wunderschön«, murmelte er, zog seinen Reißverschluss herunter und holte seinen Schwanz raus.

»Erst mal nur ein Quickie«, sagte er, packte meine Pobacken und zog mich hoch, sodass ich die Beine um seine Taille wickeln konnte. Dann stieß er seinen Schwanz in mich hinein. Ich war noch ziemlich eng und keuchte vor Schmerz auf, aber schon bald empfand ich nichts als Lust, als er immer wieder zustieß und ich feuchter wurde. Seine Hände hielten meine Pobacken fest, während er mich auf seinem steinharten Schwanz vor und zurück bewegte. Es war großartig. Ich fühlte mich wie Wachs in seinen Händen, weich, biegsam und kurz vor dem Platzen. Auf einmal kam er, bebte in mir, stöhnte laut und biss mir in den Hals.

Als er mich wieder absetzte, fühlte ich mich leer.

»Keine Sorge«, meinte er und grinste über beide Backen, während er mir die Hand unter das Kinn legte. »Da, wo das herkam, ist noch viel mehr. Lass uns von hier verschwinden. Ich weiß einen guten Ort, zu dem wir gehen können.«

»Was ist das für ein Ort?«, fragte ich ein wenig besorgt, als ich mein Höschen aufhob.

»Warte es einfach ab. Es wird dir gefallen.« Er nahm mir das Höschen aus der Hand, stopfte es in seine Hosentasche und schob mich in den Gang. Er hatte die volle Kontrolle über mich, und ich war mir nicht sicher, ob mir das wirklich so gut gefiel.

»Ich muss Zoe Bescheid sagen, wo wir hingehen«, meinte ich.

»Okay. Vielleicht wollen John und sie ja mitkommen.«

In dem anderen Raum trieben es Zoe und John schon fast miteinander. Zoe stand in der Ecke mit dem Rücken an der Wand und wurde teilweise von Johns Körper abgeschirmt. Sie streichelte seinen Schwanz mit beiden Händen, während Johns rechte Hand in ihrem Höschen verschwunden war.

»Zoe!«, zischte ich. »Pack ihn ein. Brad bringt uns noch woanders hin.«

John sah benommen und verwirrt auf. »Hi, Brad. Ich krieg's gleich so richtig besorgt.«

»Nicht hier, John. Die werden dich noch rausschmeißen. Der Typ an der Bar hat dich bereits ins Auge gefasst. Lass uns zu mir gehen.«

Johns Augen fingen an zu leuchten. »Du meinst, zu dir. Super! Okay.« Er zog seine Hand aus Zoes Höschen, roch kurz daran und steckte seinen Schwanz dann wieder in seine Hose.

Zoe war wie üblich in diesem ganz besonderen Zustand. Ich hätte mir Sorgen um sie gemacht, wenn ich das in der Vergangenheit nicht schon oft genug erlebt hätte. Aber Zoe konnte auf sich aufpassen. Am nächsten Morgen würde es ihr wieder gut gehen, sie würde ein herzhaftes Frühstück in sich hineinstopfen und Kaffee trinken, ohne einen Kater zu haben oder ihre Exzesse aus der vergangenen Nacht anderweitig zu bereuen. Sie blickte mich aus umwölkten Augen an. Ich zog ihr Kleid runter und half ihr, gerade zu stehen. Sie taumelte ein bisschen, konnte aber gehen, als sie ihr Gleichgewicht erst einmal wiedergefunden hatte. John übernahm sie und folgte mir und Brad zum Parkplatz.

Zum Glück hatte Brad noch nicht viel getrunken. Ich saß vorn auf dem Beifahrersitz, während sich Zoe hinten an John schmiegte. Als ich kurz darauf wieder nach hinten blickte, hatte sie ihren Kopf in seinem Schoß und saugte gierig an seinem Schwanz.

»Eifersüchtig?«, wollte Brad wissen und beäugte meine Oberschenkel. »Wenn du es dringend brauchst, dann mach das Handschuhfach auf. Darin liegt was, das dich glücklich machen kann.«

Als ich es öffnete, sah ich einen riesigen Vibrator, den ich staunend anstarrte.

»Nur zu«, forderte mich Brad auf, »Der wird dich eine Weile beschäftigen.« Er kicherte leise.

»Nein, danke«, erwiderte ich gekränkt. »Den brauch ich nicht.«

»Oh, doch, das tust du.« Brad hielt den Wagen auf einem kleinen Parkplatz an, holte den Vibrator aus dem Handschuhfach, drückte meine Beine auseinander und versuchte, ihn in meine Muschi zu schieben.

Zuerst wehrte ich mich. Ich war wütend auf ihn und hatte das Gefühl, mich irgendwie zu verlieren, doch als er hartnäckig blieb und den Vibrator einschaltete, damit er sanft in mir vibrierte und meine Lust weiter steigerte, lehnte ich mich in meinem Sitz zurück und gab nach.

»Nimm ihn erst raus, wenn ich es dir sage«, ordnete Brad an und startete den Motor wieder.

Vom Rücksitz rief John: »Hey, Brad, hab ich da gerade das Wort ›Vibrator‹ gehört?«

»Halt's Maul, Johnny. Kümmer du dich um deine Muschi, und ich kümmere mich um meine.«

Ich sah Brad schockiert an, aber er grinste nur, und ich entspannte mich wieder. Der Vibrator machte mich richtig geil.

Bei der nächsten Ampel zog mir Brad das Kleid bis zu den Hüften hoch, damit er den Vibrator in mir sehen konnte. Ich hielt ihn dort fest und war jetzt, wo er seine Aufgabe erfüllte, nicht mehr bereit, ihn wieder herzugeben. Als der Wagen vor einem Haus hielt, stand ich kurz vor dem Orgasmus.

Brad beobachtete mich, und seine Augen blitzten amüsiert. »Braves Mädchen. Gib alles, was du hast.«

Ich drückte den Rücken durch und reckte den Hintern in die Luft, während ich wild auf dem Vibrator ritt, da ich ihn tief in mir spüren wollte. Ich musste das Kribbeln fühlen, das sich bis zu meiner Klit fortsetzte. Dann kam ich und schrie vor Lust. Ich hatte alles um mich herum vergessen und war in meiner eigenen Welt.

Brad zog den Vibrator aus mir heraus, als mich noch die letzten Wellen erfasst hatten. »Nein«, jaulte ich und schlug nach ihm. »Ich will mehr!«

Brad achtete gar nicht auf meine Worte. Er schob mich aus dem Wagen. John und Zoe standen bereits eng umschlungen auf dem Gehweg und warteten auf uns.

Brad legte mir eine Jacke um die Schultern und führte uns eine kurze Treppe hinauf. In meinem Zustand war es mir völlig egal, wo wir uns befanden und was wir gerade für ein Gebäude betraten. Im Inneren war es angenehm warm, und ich schmiegte mich zufrieden an Brads Schulter.

Eine junge Frau hinter der Rezeption lächelte Brad an. »Hallo, Mr. Endersbeigh. Welches Zimmer möchten Sie heute?«

Auf einmal stürzte John nach vorne. »Kann ich bitte das Zimmer mit dem Brunnen haben?«

Die Rezeptionistin sah Brad an. »Ist Ihnen das recht, Mr. Endersbeigh? Es ist momentan frei.«

»Gut, dann soll er es haben. Ich hätte gern das Kerkerzimmer.«

»Tut mir sehr leid, aber das ist bis ein Uhr belegt.«

»Holen Sie sie sofort da raus. Und lassen Sie sie eines der anderen Zimmer dafür gratis benutzen.«

»Ja, Mr. Endersbeigh. Ich werde Andy Bescheid sagen, dass er das sofort in die Wege leiten soll.«

Ich stand dicht neben Brad und sah und hörte während seines Gesprächs mit der Rezeptionistin zu. Es klang irgendwie, als hätte er an diesem Ort das Sagen. Ich war fasziniert.

Zoe stand auf einmal hinter mir und stieß mir in die Rippen. »Das ist ja unglaublich. Ich hab schon viel über diesen Ort gehört, bin aber noch nie hier gewesen.« Sie klang beinahe wieder nüchtern.

»Komm schon, Zoe«, sagte John und zog sie am Arm mit sich. »Wir haben das Brunnenzimmer.«

Zoe grinste mich an und folgte John. »Bis später, Ellie. Viel Spaß.«

Dann waren Brad und ich alleine. »Wie fühlst du dich?«, erkundigte er sich auf einmal besorgt.

»Ganz gut. Was ist das hier für ein Ort, und warum bringst du mich ins Kerkerzimmer?«

»Das hier ist eine Art Vergnügungszentrum. Ich ...« Das Telefon an der Rezeption klingelte und unterbrach ihn.

Die Rezeptionistin ging dran und nickte Brad dann zu. »Andy sagt, Sie können jetzt nach unten gehen, Mr. Endersbeigh.«

Brad nahm meine Hand und lächelte mich ermutigend an. Ich war mir nicht sicher, ob ich mit ihm mitgehen sollte.

»Komm schon, Ellie. Du musst nichts tun, was du nicht tun

willst. Aber ich verspreche dir, dass du dich gut amüsieren wirst.«

Widerstrebend ließ ich mich von ihm eine Treppe hinab und in einen großen, dunklen Raum führen. Als er das Licht anschaltete, keuchte ich vor Schreck auf. Jetzt konnte ich nicht mehr länger die Unschuldige spielen. Vermutlich hatte ich die ganze Zeit schon geahnt, was er vorhatte. Das, was ich in meinem Leben bisher nie gewagt hatte, was laut Zoe aber großen Spaß machen sollte, lag jetzt in voller Pracht vor mir: alle Arten von S&M-Spielzeug, die man sich nur vorstellen konnte. Gestelle aus Holz, Peitschen, ein riesiges Bett mit Ketten und Handschellen sowie Dutzende von Apparaten, wie ich sie noch nie im Leben gesehen hatte.

»Nein!«, sagte ich und schüttelte den Kopf. »Das will ich nicht.«

Brad legte mir den Arm um die Schultern. »Ich denke doch. Wenn du es noch nie zuvor erlebt hast, wird es dir eine völlig neue Welt eröffnen.«

»Das sehe ich anders. Ich habe an so was keinen Spaß.«

»Woher willst du das wissen, wenn du es noch nie ausprobiert hast?«

»Ich weiß es einfach. Es macht mich nicht an.«

»Ich glaube, da irrst du dich. Du bist ein Naturtalent. Glaube mir, ich weiß, was Frauen mögen. Als ich dich zum ersten Mal gesehen habe, wusste ich, dass du hier reinpassen würdest.«

Ich fing an zu zittern. Tief in meinem Inneren wusste ich, dass er recht hatte, aber ich hatte zu große Angst, um es zuzugeben.

Brad führte mich zum Bett. »Zieh zuerst mal dieses dumme Kleid aus und schlüpf in etwas Angemesseneres«, forderte er mich mit sanfter Stimme auf und zog mir das Kleid über den Kopf.

Ich ließ es geschehen. Er fand einen passenden schwarzen Catsuit aus Leder für mich. Im Oberteil waren zwei kleine Löcher für die Nippel, und unten hatte man vorne und hinten Öffnungen geschaffen. Brad zog meine Nippel durch die Löcher in dem engen Material und saugte zärtlich daran, damit sie hart wurden. Ich versuchte, nicht zu reagieren, konnte aber nicht anders. Mein Körper hatte schon immer einen eigenen Willen. Er stellte mich aufrecht hin und schob mir zwei Finger in die Muschi und zwei in den Hintern. Ich bebte vor Erregung.

»Ich möchte jeden Teil deines Körpers erkunden«, sagte Brad und saugte an meinen Brüsten, während sich seine Finger tief in mich hineinbohrten. »Aber zuerst will ich dich stimulieren, damit du brennst.« Er zog seine Finger heraus und führte mich zu einem der prangerähnlichen Holzgestelle.

»Knie dich hin und steck deinen Kopf durch das Loch«, befahl er mir.

Ich zuckte zurück. »Ich will das nicht«, sagte ich leise.

»Okay, dann mach ich es.«

Erstaunt sah ich, wie er sich komplett auszog und hinkniete. »Nimm die Peitsche von der Wand«, forderte er mich auf, steckte seinen Kopf durch das Loch und hielt seinen Hintern in die Luft.

Ich nahm die Peitsche in die Hand und ließ sie an meinem Bein herabbaumeln, während ich darauf wartete, dass er mir sagte, was ich tun sollte. »Schlag mich«, brüllte er.

Ich versuchte, die Peitsche auf seinen Rücken sausen zu lassen, aber ich konnte es nicht. Als ich es erneut probierte, kam sie mit einem leisen Knallen auf seiner Haut auf.

Brad lachte. »Du musst dich schon mehr anstrengen.«

»Ich … Ich kann nicht.« Zu meiner eigenen Bestürzung fing ich an zu weinen.

Brad stand wieder auf und nahm mich in den Arm. Der

Geruch seines nackten Körpers, der sich an mich presste, bewirkte, dass ich ihn schon wieder wollte. Ich drückte mich an ihn. »Ich will dich, nur dich«, flüsterte ich.

»Okay, du kannst mich haben, wenn du die Stöcke ausprobiert hast.« Er schob mich von sich weg und sah mir tief in die Augen. Sie schienen mich zu hypnotisieren. Ich wollte ohnmächtig werden, ihm zu Füßen liegen, mich ihm vollständig hingeben.

Er schien den Wandel in mir zu spüren und drückte mich auf den Boden, sodass ich auf allen vieren hockte. Ich steckte den Kopf durch das Loch und hielt den Hintern in die Luft, genau so, wie er es zuvor getan hatte. Seine Hand streichelte mich, und seine Finger strichen durch meine Pofalte. Dann bewegten sie sich weiter zu meiner Muschi. Sie war so feucht, wie sie nur sein konnte. Danach nahm er seine Hand weg und schlug mich auf den Hintern, so fest, dass es knallte. Kein Problem. Daran war ich gewöhnt, und gegen ein gutes Spanking hatte ich nichts einzuwenden. Ich wackelte mit dem Hintern, und er schlug mich erneut, noch fester, und beim dritten Mal so hart, dass es kribbelte. Danach nahm er die Peitsche, und ich schrie vor Schmerz auf. Und wieder schlug er zu, noch fester als zuvor. Meine Pobacken taten langsam weh, und mir stiegen die Tränen in die Augen, aber meine Muschi drehte beinahe durch. Als der Schmerz nachließ, merkte ich, dass ich unglaublich erregt war. Nach dem nächsten Schlag drückte Brad meine Beine weiter auseinander und steckte vier Finger in mich hinein. Ich brannte vor Verlangen und stieß ihm meinen Hintern entgegen, damit er erneut zuschlagen konnte. Einige Minuten später, als ich vor Schmerzen und Leidenschaft weinte und dem Delirium nahe war, zog er mich aus dem Loch, hob mich hoch und trug mich zum Bett, wo er mich mit dem Gesicht nach unten ablegte. Bevor mir bewusst wurde, was er tat, hatte er meine Hände und Füße mit den Ketten an den vier Bettpfosten gefesselt. Er schob mir mehrere Kissen unter den Bauch, sodass mein Hintern hoch in der Luft hing, und dann schlug er wieder mit der Peitsche zu, die sich erneut in die zarte Haut an meinen Pobacken bohrte. Inzwischen liebte ich den Schmerz. Ich bat ihn nicht einmal, damit aufzuhören. Meine beiden Löcher standen weit offen und waren voller Verlangen. Ich wollte ihn so sehr, dass ich alles für ihn getan hätte.

Er hörte auf, mich auszupeitschen. »Willst du, dass ich dich ficke, Hure?«, flüsterte er mir ins Ohr.

»Ja. Ja, bitte.«

Er schlug erneut mit der Peitsche zu, und ich schrie laut auf. »Treib es mit mir. Jetzt.«

»Meister! Nenn mich Meister.«

»Fick mich, Meister.« Ich weinte ins Kissen, als die Peitsche mich noch einmal traf.

Dann lagen seine Hände auf meinen kribbelnden Pobacken und zogen das Leder auseinander, und sein Schwanz presste sich gegen meine Muschi. Ich reckte ihm den Hintern entgegen, und seine Finger rieben über meine Klit. Bevor ich wusste, wie mir geschah, übermannte mich auch schon ein gewaltiger Orgasmus und riss mich mit. Erneut stand die Zeit still, und ich genoss die Wellen der Lust, die durch meinen Körper tosten. Ich merkte nicht einmal, dass Brad ebenfalls kam, so sehr war ich in meinem eigenen Reich der Leidenschaft verloren.

Ich werde diese Nacht nie vergessen, in der ich meine letzten Hemmungen verlor (das dachte ich zumindest) und mich den wundersamen Vergnügungen des S&M hingab. Brad hatte recht gehabt: Ich hatte mich selbst belogen. Als ich Zoe am nächsten Tag davon erzählte, war sie nicht überrascht. Sie schlug sogar vor, dass wir das »Treasure Trove« irgendwann noch mal besuchen und andere Zimmer ausprobieren sollten. Offenbar war der Brunnenraum voll mit Wasserapparaten, darunter einem Wasserbett und einem echten Brunnen in der Mitte, in dem es John und Zoe die meiste Zeit getrieben hatten. Es gab auch noch weitere Zimmer: ein Spielzimmer, ein Naturzimmer und noch viele andere. Brad stellte sich als großes Tier in der Pornoindustrie heraus. Was für eine Überraschung! Ihm gehörte nicht nur das »Treasure Trove«, er besaß auch noch einige andere Unternehmen, darunter eine Firma, die Softpornos drehte. Als mir Zoe das erzählte, war ich ein bisschen brüskiert, dass er mich nicht gebeten hatte, in einem seiner Filme mitzuspielen, aber vermutlich war ihm klar gewesen, dass ich das abgelehnt hätte. Er schien mich nach nur wenigen Stunden völlig durchschaut zu haben. Nach diesem Erlebnis und den Freuden mit dem Skorpion befürchte ich, dass der Schütze eine echte Enttäuschung sein wird.

# *Kapitel 10*

## *Schütze: Der amouröse Abenteurer*

22. November

Ich bin überglücklich. Der Streuner ist zurückgekehrt. Letzte Woche ist aus heiterem Himmel Ryan an meiner Türschwelle aufgetaucht, mit verquollenen Augen und heftigem Bartwuchs. Er hat mir erzählt, dass er seit unserer Trennung kaum geschlafen hätte. Ich war überglücklich, ihn zu sehen. Als er endlich damit fertig war, mir zu sagen, wie leid es ihm tat, nahm ich ihn in die Arme, wo er beinahe zusammenbrach und mir seine ewige Liebe erklärte. Das war so romantisch. Wir liebten uns in dieser Nacht wie niemals zuvor. Alle Gedanken an Edward De Vigny, die noch in meinem Kopf verblieben waren, verschwanden danach für immer.

Ich kann kaum glauben, dass in sechs Wochen bereits Silvester ist und ich schon acht Monate meiner Aufgabe hinter mir habe. Heute geht die Sonne in das Sternzeichen Schütze über, und dieses Mal werde ich keine Probleme mit meiner Aufgabe haben, da mein liebster Schütze zurück ist. Über Ryan kann ich jede Menge schreiben. Er ist kompliziert, er liebt Frauen und Sex, und er ist sehr abenteuerlustig im Bett. Er hasst Routine und bindet sich nicht gern, und da ich ebenfalls Schütze bin, kann ich ihn nur zu gut verstehen. Wir sind beide aus dem gleichen Holz geschnitzt, mit der einzigen Ausnahme, dass er auf Frauen steht und ich auf Männer.

Nach meinem Abenteuer mit Brad habe ich mir wieder

einen Job gesucht. Ich brauche das Geld, um meine Schulden zu bezahlen. Dieses Mal arbeite ich in einem Büro voller Männer, mit denen ich nach Herzenslust flirten kann, aber da Ryan jetzt wieder da ist, werde ich mit keinem von ihnen schlafen – zumindest vorerst nicht. Das muss ich hinzufügen, da einer von ihnen Steinbock ist und mir sehr gut gefällt, daher werde ich ihn mir für nächsten Monat warmhalten. Ich habe herausgefunden, dass er einem Wanderverein angehört, und überlege, ob ich nicht auch beitreten soll. Aber so weit voraus sollte ich jetzt nicht denken. Der Steinbock-Mann ist noch nicht an der Reihe. Vorerst kann ich mich entspannen, da ich Ryan, meinen Schütze-Mann, habe, der mich in den nächsten Wochen beglücken wird.

Ryan verrieb den Schaum auf meinen Brüsten und zwickte hin und wieder verspielt in meine Nippel. Wir saßen zusammen in der Badewanne und reinigten uns nach einer wunderschönen langen Ficksitzung, die auf dem Küchenboden begonnen und im Badezimmer geendet hatte. Es war weit nach Mitternacht, und wir waren beide erschöpft, aber meine Nippel wurden vor Verlangen steif, und ich konnte sehen, wie Ryans Schwanz unter Wasser immer härter wurde.

»Ich finde, der sollte auch gewaschen werden«, sagte ich und griff nach seinem Penis.

»Das hast du doch heute schon zwei Mal gemacht.«

»Ich weiß, aber das reicht noch nicht.« Ich strich mit der Hand über die Eichel und stellte zufrieden fest, dass sein Schwanz noch härter wurde.

Ryan seufzte vor Wonne auf und lehnte sich zurück, sodass sein praller Schwanz jetzt aus dem Wasser ragte.

Ich beugte mich vor und nahm ihn in den Mund. Er schmeckte sauber und nach Seife. Ich saugte daran, als ob er ein Lolli wäre, machte den Mund weit auf und schob ihn hinein, so weit ich konnte. Seitdem er wieder da war, konnten wir gar nicht genug voneinander kriegen. Wir vögelten jede Nacht, manchmal sogar zwei oder drei Mal. Außerdem hatten wir neue Stellungen ausprobiert, allerdings waren die alten auch nicht ohne. Ich liebte es, oben zu liegen und meine Brüste in Ryans Gesicht zu drücken, während ich den Hintern in die Luft reckte und er mir seine Finger in den Anus schob. Ryan hat mich gern auf allen vieren – überall, nur nicht im Bett –, da er mich so hart ficken kann und ich mich wie eine Hure fühle. Da wir beide Schützen sind, können wir Stagnation nicht ertragen und suchen immer nach neuen Anregungen.

In der Badewanne schob mich Ryan von sich. »Du bist dran.«

Ich lehnte mich auf die Ellenbogen gestützt zurück und streckte ihm mein Becken entgegen. Er hielt sich mit den Händen an meinen Beinen fest und schob seine Zunge in meine Muschi. Wie er so in mich hineintauchte und sanft an meiner Klit saugte, wurde ich gleich wieder richtig geil. Ich schloss die Augen und stöhnte vor Lust. Wir waren auf dem besten Weg zur nächsten Runde.

Dann hörte Ryan auf. »Wir müssen beide morgen früh arbeiten«, meinte er halbherzig.

»Fick die Arbeit.«

»Ich ficke lieber dich.« Er drehte mich um, sodass ich vor ihm kniete, wobei das Wasser durch die Gegend spritzte, und drang von hinten in mich ein. Es war umso aufregender, da unsere Körper nass waren. Das Wasser wurde kalt und meine Muschi war langsam wund, doch das alles ignorierte ich. Ryans Schwanz in mir war das Einzige, was noch wichtig war.

Eine halbe Stunde später lagen wir eng umschlungen im Bett und schliefen fest. Ryan blieb jetzt immer öfter über

Nacht bei mir. Unsere Beziehung war nie besser gewesen. Aus diesem Grund war ich auch so erstaunt, als er mir am nächsten Tag etwas vorschlug, was ich beim besten Willen nicht tun wollte.

Wir hatten gerade Lasagne und Salat gegessen, beides von mir liebevoll zubereitet.

Ryan lehnte sich auf seinem Stuhl zurück und tätschelte sich zufrieden den Bauch. »Das war lecker, Ellie. Deine Kochkünste werden immer besser.«

Ich lächelte. »Danke. Aber ich werde jetzt nicht jeden Tag kochen.«

Er sah mir in die Augen. »Kein Problem, solange ich dich habe.«

Ich genoss den romantischen Augenblick und beugte mich vor, um ihn zu küssen, aber er rückte nach hinten und wirkte auf einmal sehr aufgeregt. »Ich habe heute bei der Arbeit einen interessanten Typen kennengelernt«, erzählte er und sah mich dabei nicht an, sondern pochte mit den Fingerspitzen auf dem Tisch.

Das kam mir sofort verdächtig vor, aber ich behielt einen neutralen Tonfall bei. »Ach ja? Wen denn?«

»Duncan Middlemass. Er ist Ingenieur.«

»Und was ist so interessant an ihm?«

»Abgesehen davon, dass er ziemlich reich und Schütze ist – er hat übrigens heute Geburtstag –, ist er seit zehn Jahren verheiratet, und seine Frau und er sind seit fünf Jahren Swinger.«

»Dann praktizieren sie Frauentausch?«

»Genau. Außerdem gehören sie einigen Swingerklubs an.«

Ich grinste Ryan an. »Hat er dir ein paar Einzelheiten erzählt?«

»Ein paar. Er sagte, es macht großen Spaß, und es hat ihn und seine Frau zusammengehalten. Außerdem schwört er, dass sie sich jetzt mehr lieben als je zuvor.«

Ryan sah mich so intensiv an, dass ich schon ahnte, was er wollte, aber ich spielte weiterhin die Unschuldige. »Ich bezweifle, dass mir das gefallen würde«, meinte ich nur.

»Das ist schade, denn ich habe ihm erzählt, dass uns das interessieren würde, daher hat er uns fürs nächste Wochenende zu sich eingeladen.«

Schockiert starrte ich Ryan an. Wir waren doch gerade erst wieder zusammengekommen! Wir waren glücklich!

»Falls du nur Ja gesagt hast, weil er Schütze ist, dann war das nicht notwendig. Ich hab doch dich.«

»Ich habe zugestimmt, weil es aufregend klingt und weil es für uns eine neue Erfahrung wäre, aber dass er auch noch Schütze ist, macht die Sache perfekt. Du könntest meiner Meinung nach ruhig rausfinden, worauf andere Schützen so stehen. Wenn du nur über mich schreibst, bist du voreingenommen.«

»Dann macht es dir also nichts aus, wenn ich mit einem anderen schlafe und du vielleicht sogar dabei zusiehst?«

Ein schiefes Lächeln umspielte seine Lippen. »Ich hab mich dran gewöhnt, Ellie. Wie viele Kerle hast du dieses Jahr abgesehen von mir schon gehabt? Acht bis zum Skorpion, und Steinbock, Wassermann und Fische kommen noch.« Er wischte meinen aufkeimenden Protest mit einer Handbewegung beiseite. »Und erzähl mir jetzt nicht, dass das deine Arbeit ist, denn mir ist durchaus klar, dass du Spaß daran hast. Und jetzt bitte ich dich, etwas für mich zu tun. Nur eine Nacht als Swinger mit einem anderen Paar. Ist das denn zu viel verlangt?«

»Und was ist mit dir? Willst du die Frau eines anderen ficken, die du noch nicht mal kennst?« Meine Stimme war eisig, und ich stand kurz davor, in Tränen auszubrechen.

Ryan zuckte mit den Achseln. »Vielleicht. Ich würde es gern mal ausprobieren – wenigstens ein Mal.«

Ich starrte Ryan mit finsterem Blick an und konnte es nicht fassen, dass er mich um so etwas bat, obwohl wir doch so gut miteinander auskamen. Auch wenn ich seinen Standpunkt verstand, so versuchte ich doch noch einmal, ihn davon abzubringen.

»Ryan, bitte. Ich will das nicht. Ich bin mit dem, was wir haben, glücklich.«

»Das weiß ich, und ich bin wirklich sehr froh, dass wir wieder zusammen sind. Wir sind füreinander geschaffen. Aber du weißt, wie wichtig für mich Veränderung und Abwechslung ist, für uns beide, und das wird das einzige Mal sein, das verspreche ich dir. Es sei denn, wir kommen auf den Geschmack.« Er grinste verschmitzt.

Was sollte ich da schon sagen? Wie konnte ich ihm das verweigern, wenn das, was er sagte, wirklich wahr war?

»Okay«, meinte ich widerstrebend, »aber rechne nicht damit, dass es mir Spaß macht.«

Mit einem spöttischen Schnauben legte mir Ryan die Arme um die Taille. »Der Tag, an dem du keinen Spaß mehr am Sex hast, wird der Tag sein, an dem du aufhörst zu leben.«

Wir rangelten ein wenig auf dem Küchenboden herum. Dann zogen wir uns aus und fielen auf dem Küchentisch lachend übereinander her.

Duncan und Sheryl Middlemass wohnten in einem großen, etwas abgelegenen Haus in Sussex und hatten einen riesigen Garten, einen Swimmingpool sowie eine ganze Menagerie an Tieren, darunter vier Pferde, die früher Rennen gelaufen waren. Offensichtlich hatte Sheryl von ihren Eltern viel Geld geerbt und musste nicht arbeiten. Sie verbrachte ihre

Zeit damit, die Ställe auszumisten, sich um die Pferde zu kümmern und auszureiten, wie mir Ryan erzählte.

Als sie am Samstagmorgen die Tür öffneten und uns begrüßten, konnte ich kaum glauben, wie normal sie aussahen. Duncan trug einen Trainingsanzug und Turnschuhe sowie eine Brille, und Sheryl sah ziemlich heruntergekommen aus. Ihr langes, dunkles Haar war zu einem zotteligen Knoten im Nacken hochgebunden, und ihr ausgeleierter Pullover und ihre Cargohose hatten schon bessere Zeiten gesehen.

Duncan streckte mir seine schmuddelige Hand entgegen und lächelte mich an. »Hi, Ellie. Bitte entschuldige unseren Aufzug. Wir haben im Garten gearbeitet.«

Ich schüttelte ihm die Hand und fühlte mich unwohl und overdressed in meiner schicken Jacke, dem Rock und den hochhackigen Schuhen. Ryan hatte nicht erwähnt, dass die Middlemasses auf Gartenarbeit standen. In diesem Augenblick kamen zwei große Deutsche Doggen um die Ecke und stupsten mich an. Weder Duncan noch Sheryl versuchten, sie zurückzuhalten.

»Wie heißen die beiden?«, wollte Ryan wissen. Er mag Hunde, wohingegen ich Katzen bevorzuge.

»Tilly und Toby«, antwortete Sheryl stolz und streichelte die beiden. »Tilly bekommt in wenigen Wochen Junge. Langsam wird sie richtig dick.«

»Oh, wie schön«, meinte ich und grinste tapfer, wünschte mir aber innerlich, der Boden würde sich auftun und mich verschlingen, als ich daran dachte, warum Ryan und ich hier waren.

»Steht doch nicht hier rum, kommt rein«, sagte Duncan und machte eine einladende Handbewegung.

Sheryl führte uns direkt in die Küche und stellte einen Wasserkessel auf den Herd. Der Raum war riesig und sehr unaufgeräumt. Offensichtlich interessierte sich Sheryl nicht besonders für die Hausarbeit. Zwei weitere Hunde, deutlich kleiner als die ersten, stürzten auf uns zu und beschnüffelten unsere Füße.

Duncan nahm einige Zeitschriften vom Tisch und warf sie auf den Boden. Dann setzte er sich und sah uns an. »Gute Fahrt gehabt, Ryan?«, erkundigte er sich.

»Ja. Hat nicht sehr lange gedauert.«

Duncan sah ihn lächelnd an und nickte einige Male. Ich fragte mich, wie in aller Welt wir die Zeit rumkriegen wollten, bis wir mit dem »Swingen« anfingen. Als ich Duncan aufmerksam musterte, ob mir etwas an ihm gefiel, sah ich nur einen gewöhnlichen, langweiligen Mann, der sich Mühe gab, freundlich zu erscheinen. Ich hätte zu gern gewusst, ob Ryan Sheryl heiß fand. Sie war eigentlich nicht sein Typ.

Wir saßen da, tranken Tee, aßen Kekse und plauderten eine Weile unverbindlich, bis Sheryl meinte: »Ich habe mir überlegt, dass wir heute Nachmittag ja einen Ausflug machen könnten, um uns besser kennenzulernen.«

»Das ist ein netter Vorschlag«, erwiderte ich schnell, »aber wir sind gerade dreißig Meilen gefahren. Könnten wir nicht etwas anderes machen?«

Duncan und Ryan fingen an zu lachen, und Sheryl sah mich schief an. »Ich meine, auf den Pferden«, meinte sie dann trocken.

Ich erschrak, aber nicht wegen meines Irrtums, sondern weil ich noch nie in meinem Leben auf einem Pferd gesessen hatte. »Ich reite nicht«, entgegnete ich.

»Du musst es auch nicht können. Wir geben dir Jasper. Der ist so brav, mit dem kommst du bestimmt klar.«

Mir sackte das Herz in die Hose. Ryan warf mir einen warnenden Blick zu, aber ich ignorierte ihn. »Ich habe keine Lust dazu«, stellte ich eingeschnappt klar. »Außerdem habe ich nichts Passendes zum Anziehen.«

Sheryl sah erst Duncan und Ryan und dann wieder mich an. »Wie du willst«, sagte sie dann trocken und verließ das Zimmer.

Ryan nahm meine Hand. »Warum versuchst du es nicht mal, Ellie? Es könnte dir gefallen.«

Duncan beugte sich vor und ergriff meine andere Hand. »Ich verspreche, dass ich dich wieder zum Haus zurückbringe, wenn es dir keinen Spaß macht.«

Daraufhin konnte ich meine ablehnende Haltung nicht länger durchziehen, weil ich mich wie eine Spielverderberin fühlte. »Na gut, ich probiere es«, meinte ich widerstrebend und entzog beiden meine Hände. In diesem Moment beschloss ich, dass es ein fürchterliches Wochenende werden würde. Ich mochte Sheryl und Duncan nicht, und ich wurde immer wütender auf Ryan, weil er mich überhaupt hier hergebracht hatte.

Die Pferde waren gesattelt und standen bereit. Sheryl hatte mir eine saubere Reiterhose geliehen, die so eng war, dass ich Angst hatte, ich könnte sie sprengen. Ryan trug eine alte Jeans, die er mitgebracht hatte. Wir beide trugen Reithelme, die uns Sheryl herausgesucht hatte. Da meiner nicht richtig saß, gab ich ihn ihr zurück. »Nein, danke«, meinte ich. »Ich brauche keinen.«

»Du musst einen aufsetzen. Es ist illegal, ohne Helm zu reiten.«

Sie stülpte ihn mir wieder auf den Kopf und befestigte den Riemen unter meinem Kinn. Ich kam mir unheimlich dumm vor und hätte beinahe losgeheult.

»Keine Sorge, du siehst toll aus«, meinte Duncan voller Zuneigung, und auf einmal fand ich ihn viel netter.

Duncan half mir in Jaspers Sattel. Ich musste zugeben, dass

es ein schönes Pferd war, fast pechschwarz mit einem weißen Fleck im Gesicht. Es bewegte sich nicht, als ich eingeschüchtert auf ihm hockte und auf den Boden starrte, der auf einmal sehr weit weg zu sein schien. Ich wollte nur noch runter und auf dem schnellsten Weg nach Hause.

Ryan schien keine solchen Gedanken zu haben. Er ritt mit seinem Pferd Whisper an meine Seite und strahlte mich an. »Das ist großartig!«

Mir wurde schmerzlich bewusst, dass ich ihn unmöglich von dieser Sache abbringen konnte.

»Okay, seid ihr alle bereit?«, rief Sheryl mit ihrer grellen Stimme. »Ryan, du reitest neben mir. Duncan, du bleibst bei Mariella.«

Sheryl nahm ihre Zügel auf und trottete auf ihrem wunderschönen Pferd davon, das größer war als die anderen drei und Canon hieß. Ryan imitierte Sheryls Bewegungen, und Whisper trottete langsam los, woraufhin Ryan zwar sehr unsicher dreinschaute, aber ein breites Grinsen im Gesicht hatte.

Duncan sah mich freundlich an. »Ist alles okay, Mariella?« Er trug seine Brille jetzt nicht mehr und sah ohne ganz anders aus, meiner Ansicht nach viel attraktiver. Seine großen braunen Augen gefielen mir sehr.

»Ja, mir geht es gut«, log ich. »Und nenn mich bitte Ellie.«

»Okay, Ellie. Dann mal los.«

Duncans Pferd, Millie, trabte los, und Jasper folgte ihm einfach. Ich hielt mich verzweifelt an den Zügeln fest und hatte Angst, runterzufallen.

»Mach nicht so ein besorgtes Gesicht«, sagte Duncan, der mich über die Schulter hinweg musterte. »Wir müssen nicht schneller reiten, solange du das nicht willst.«

Sheryl und Ryan waren bereits ein ganzes Stück weit weg.

»Ryan scheint ein Naturtalent zu sein«, bemerkte Duncan kichernd. »Das wird Sherrie gefallen.«

»Schade, dass ich nicht mehr wie Ryan bin«, meinte ich und schniefte, da mir in der kalten, feuchten Luft die Nase lief. »Ich habe den Dreh noch nicht raus.«

»Das kommt schon noch, Ellie. Jasper mag dich, das sieht man. Und er mag nur Menschen, die ihn mögen und die wissen, wie man im Sattel sitzt.«

Ich lachte. »Du nimmst mich auf den Arm.«

»Warum sollte ich das tun?« Er brachte Millie zum Stehen und wartete, bis ich neben ihm war. Jetzt blitzten seine Augen, und er hatte eine rote Nase. »Du machst das wirklich gut, Ellie.«

Auf einmal war ich stolz auf mich. Ich hatte überhaupt keine Angst mehr. Gut, ich war noch vorsichtig, aber ich entspannte mich langsam. »Allmählich gewöhne ich mich an das Gefühl«, sagte ich fröhlich.

»Super. Wenn du so weitermachst, bist du in null Komma nichts eine gute Reiterin.«

Eine Stunde später trotteten Jasper und Millie Seite an Seite dahin, und ich fühlte mich großartig. Es war aufregend, im Sattel auf und ab zu hüpfen und die Kontrolle über ein Tier zu haben, das weitaus größer war als ich. Ich hatte keine Ahnung, wohin Sheryl und Ryan verschwunden waren, und es war mir auch egal. Duncan passte sehr gut auf mich auf, und er gefiel mir immer besser.

Duncan ließ Millie anhalten, und Jasper tat es ihr nach, ohne dass ich irgendetwas tun musste. Dann deutete Duncan auf ein kleines Gebäude vor uns. »Siehst du die Hütte da vorne? Die gehört uns. Dahin reiten wir. Sherrie und Ryan müssten schon da sein. Ah ja, das sind sie auch. Aus dem Kamin kommt Rauch. Das heißt, dass sie das Feuer angezündet haben.«

Ich starrte die Hütte an und konnte erkennen, dass Canon und Whisper davor angebunden waren. »Dann hattet ihr das so geplant?«, fragte ich ungläubig.

»Ja. Wir verbringen die Nacht in der Hütte. Keine Sorge, sie ist sehr bequem. Wir haben jeglichen Komfort und zwei kleine Schlafzimmer.«

»Aber ich habe nichts zum Wechseln dabei«, erwiderte ich in weinerlichem Tonfall.

»Das macht nichts. Wir haben alles da, was du brauchst. Natürlich nur, wenn du das auch willst.«

Ich war mir zwar nicht ganz sicher, was er damit meinte, aber ich hatte eine ungefähre Ahnung. Dieses ganze Arrangement machte mich immer noch ziemlich nervös, und ich fragte mich, was Sheryl und Ryan wohl gerade trieben.

Duncan lächelte mich an. »Lass uns weiterreiten. Sherrie wird sich schon fragen, wo wir bleiben.«

Als wir bei der Hütte ankamen, mochte ich gar nicht von Jasper absteigen. Es fühlte sich so gut an, auf ihm zu sitzen, wie eine Königin auf einem Thron. Doch dann legte mir Duncan eine Hand auf den Oberschenkel und half mir mit der anderen, auf den Boden zu gelangen. Meine Beine gaben nach, und er fing mich auf und drückte mich gegen sich. Ich hatte mich in meinem ganzen Leben noch nie so erschöpft gefühlt.

»Dir geht es bald wieder besser«, meinte Duncan und stützte mich.

Im Inneren der Hütte war es herrlich warm. Ein Feuer brannte, und der köstliche Geruch von gebratenem Speck hing in der Luft. Sheryl kam aus der Küche, und ich sah sie staunend an. Sie hatte sich völlig verwandelt. Ihr langes dunkles Haar hing ihr offen und nass um das frisch gewaschene Gesicht, und sie trug nichts als ein knielanges rosa Wickelkleid, das sie an der Taille zusammengebunden hatte.

Wenn sie sich bewegte, wippten ihre Brüste verführerisch unter der dünnen Seide, und man konnte ihre Nippel und ihren Schritt deutlich erkennen.

»Wo ist Ryan?«, wollte ich wissen und starrte sie feindselig an.

»Der steht noch unter der Dusche. Du kannst mit Duncan danach duschen gehen.« Mit diesen Worten verschwand sie wieder in der Küche.

Ich sah Duncan an, doch der blickte Sheryl begehrlich hinterher. Aus einem mir unerklärlichen Grund verspürte ich einen Anfall von Eifersucht.

Dann platzte Ryan ins Zimmer. Er trug nichts weiter als einen Bademantel, und auf seiner dunklen, behaarten Brust glänzte noch Restfeuchtigkeit.

»Hi. Dann hast du's also geschafft, Ellie?« Er kam zu mir und legte den Arm um mich. Ich überlegte, ob er bereits mit Sheryl geschlafen hatte, doch mehr als ein kurzer Quickie wäre in der Zeit wohl nicht drin gewesen.

»Es hat ihr sehr gefallen«, warf Duncan ein und strahlte über beide Backen.

»Wirklich? Oh Ellie, das ist ja super. Dann müssen wir das unbedingt noch mal machen.«

Ich nickte, und sein Enthusiasmus sprang ein wenig auf mich über.

Sheryl kam mit zwei Tellern voller Eiern und Speck wieder ins Zimmer. »Setz dich hin und iss, Ryan«, ordnete sie an. »Duncan und Mariella müssen sich erst noch waschen, bevor sie was essen können.«

Gehorsam setzte sich Ryan an den kleinen Esstisch, aber ich war es langsam leid, mir von der herrischen Sheryl Middlemass vorschreiben zu lassen, was ich tun sollte. »Ich gehe später unter die Dusche«, meinte ich daher. »Kann ich mir irgendwas anderes anziehen?«

»Wir haben noch ein Wickelkleid wie meins, oder du nimmst Duncans Bademantel. Er wird ihn vermutlich nicht brauchen. Wenn wir hier sind, läuft er meist nackt herum, nicht wahr, Liebling?«

Duncan nickte und lächelte mich an. »Wenn du jetzt nicht duschen willst, Ellie, dann springe ich eben drunter.« Er eilte davon, und ich sah Sheryl und Ryan zu, die ihre Eier und ihren Speck aßen. Es roch köstlich. Erneut fühlte ich mich deplatziert: Ich war hungrig, schmutzig und unattraktiv, aber noch schlimmer war, dass ich tief im Innersten wusste, dass das meine Schuld war. Ryan versuchte, mich in seine Unterhaltung mit Sheryl mit einzubeziehen, aber ich hatte kein Interesse daran. Stattdessen saß ich in der Ecke, starrte sie an, wie sie lachten und einander neckten, und wünschte mich ganz weit weg.

Als Duncan aus der Dusche kam, trug er seinen dicken Bademantel.

Überrascht sah ihn Sheryl an. »Darin gehst du ja ein.« Sie stand auf und ging in die Küche, wobei ihre Brüste fröhlich hüpften. Einige Minuten später kam sie mit einem Teller voller Eiern und Speck wieder zurück und stellte diesen vor ihren Ehemann.

Ryan sah besorgt zu mir herüber, da ich immer noch in meiner Ecke schmollte. »Warum gehst du jetzt nicht duschen, Ellie?«

Eigentlich wäre ich liebend gern duschen gegangen, aber ich fühlte mich wie ein störrisches Schulmädchen, dem man sagt, was es zu tun hat, und ich hatte die Schnauze voll von der Schule. Daher schüttelte ich, rebellisch wie immer, den Kopf und lief in eines der Schlafzimmer, wo ich mich aufs Bett warf und mir die Augen ausweinte.

Kurz darauf kam Ryan herein und versuchte, mich zu trösten.

»Verschwinde!«, brüllte ich ihn an. »Ich wollte überhaupt nicht hier herkommen, aber du hast mich dazu gezwungen. Das ist alles deine Schuld!«

»Ellie, bitte. Red doch etwas leiser. Duncan und Sheryl können dich hören.«

»Und was ist mit mir? Sind meine Wünsche völlig egal?«

»Nein, natürlich nicht. Aber kannst du nicht versuchen, dich zu amüsieren, wo wir schon mal hier sind?«

»Nein, hier gefällt es mir nicht.«

Ryan seufzte. »Du benimmst dich wie eine verwöhnte Göre.«

»Verpiss dich.«

Da verlor Ryan die Geduld und schlug mir heftig auf den Hintern.

Ich schrie überrascht auf. »Das hat wehgetan!«

»Das sollte es auch. Und jetzt komm von dem Bett runter und geh unter die Dusche.«

»Nein.«

Dieses Mal zog er erst meine Reiterhose runter, bevor er mir auf den Hintern schlug. »Steh auf, Ellie, sonst fick ich dich auf der Stelle.«

Ich war immer noch sauer, aber meine Sinne übernahmen langsam die Oberhand. »Du hast Pferdegesicht vermutlich schon gevögelt«, schrie ich ins Kissen.

Erneut schlug Ryan mich, und dann zog er mir die Reithose herunter. Er war stinksauer. »Das war nicht nett von dir, Ellie. Manchmal bist du echt ein Miststück. Und nur zu deiner Information, ich habe Sheryl noch nicht gefickt. Sie ist mehr als einen Quickie wert. Aber da du es erwähnt hast, muss ich dir gestehen, dass ich mich sehr darauf freue, mit ihr zu schlafen.«

Seine Worte taten mir umso mehr weh. Ich wehrte mich, als mir Ryan triumphierend die Hose und das Höschen herunterzog. »Dann geh doch zu ihr«, brüllte ich. »Sie wird auch nicht besser sein als ich. Ich hasse dich! Ich hasse dich!« Jetzt weinte ich richtig laut. So laut, dass ich nicht einmal hörte, wie er aus dem Zimmer ging.

Einen Augenblick später strich eine Hand zärtlich über meinen Hintern. Zuerst glaubte ich, es wäre Ryan, und hörte auf zu weinen, um die Berührung zu genießen, aber dann wurde mir bewusst, dass sich die Hand anders anfühlte, und ich erschrak. Die Berührung war so sanft. Ich rappelte mich auf und erkannte, dass Sheryl und Duncan auf dem Bett saßen. Sheryls Hand strich über meine brennenden Pobacken.

Sofort zog ich mich angewidert zurück. »Nimm die Hand von meinem Hintern«, schrie ich sie an.

Sheryl nahm die Hand weg. »Entschuldige«, sagte sie. »Ich bin nicht sehr nett zu dir gewesen, und das tut mir sehr leid.«

Augenblicklich verpuffte meine Wut. Sie hatte zuzugeben, dass sie etwas falsch gemacht hatte. Mein Ausbruch war verziehen. »Mir tut es ebenfalls leid«, erwiderte ich. »Ich habe mich wirklich schlecht benommen.«

Sheryl lächelte. »Vielleicht sollten wir noch mal von vorn anfangen? Hättest du jetzt gern ein paar Eier und etwas Speck?«

»Das wäre wunderbar. Vielen Dank.«

Ich sah zu, wie sie cool, ruhig und völlig kontrolliert das Zimmer verließ. Genau so fühlte ich mich jetzt auch. Mir wurde bewusst, dass sich Sheryl und ich emotional nicht sehr voneinander unterschieden. Wir hatten beide Angst, unsere Männer zu verlieren. Aber das würde nicht geschehen. Duncan liebte Sheryl und Ryan mich. Ende der Geschichte. Ich drehte mich zu Duncan um.

»Du hast einen tollen Hintern«, meinte er grinsend.

»Ich weiß. Der Rest von mir ist auch nicht zu verachten.

Aber ich schätze, den wirst du später noch zu sehen bekommen. Aber jetzt suche ich mir wohl lieber das Wickelkleid und esse was. Ich bin am Verhungern. Und danach könnte ich ja mal unter die Dusche gehen.«

Duncan lachte, und ich fiel mit ein.

Später am Nachmittag saßen wir vier am Feuer und tranken Champagner. Duncan und Sheryl belegten die beiden Armsessel, und ich saß neben Ryan auf dem Sofa. Es wurde langsam dunkel, und draußen war es so kalt geworden, dass es vielleicht schneien würde, obwohl es erst Anfang Dezember war. Sheryls Wickelkleid hatte sich gelöst, und ihre Brüste waren jetzt gut zu erkennen. Ryan und ich sahen sie bewundernd an, da sie klein, aber voll waren und kecke kleine Nippel hatten. Hin und wieder hob sie den Arm über den Kopf und warf ihr Haar nach hinten, wobei sie sehr sexy aussah. Mir fiel auf, dass Ryan und Duncan von ihr sehr angetörnt waren, aber ich verspürte keine Eifersucht mehr, sondern war dankbar, dass sie sich bemühte, den Abend für alle angenehm zu gestalten.

Duncan stand auf. »Ich denke, es wird Zeit, dass ich dieses Ding ausziehe. Ich schwitze mich darin ja zu Tode.« Er entknotete den Gürtel, zog den dicken Bademantel aus und stand dann nackt vor uns. Wir drei saßen da und bewunderten seinen Körper. Für einen Dreiunddreißigjährigen war er in bemerkenswert guter Form. Anders als Ryan hatte er noch keinen Bauchansatz. Seine Muskeln waren gut ausgebildet, und seine Haut glänzte goldbraun. Ich spürte, wie meine Erregung wuchs. Sheryl starrte ihren Mann an und war jetzt offensichtlich erregt, und ihre Nippel standen steif ab. Ich fragte mich, wieso sie so geil auf das Swingen war, wo sie ihr Ehemann doch derart erregte. Dann wurde mir klar, dass es genau so war wie bei mir. Ich liebte Ryan, aber es reizte mich auch sehr, mit einem anderen Mann zu schlafen. Ich konnte meinen Blick nicht von Duncans Körper abwenden, ebenso wenig wie von seinem steifer werdenden Schwanz. Wir waren alle gefesselt und eingelullt in die sanfte Sinnlichkeit aufgrund der Wärme, des Alkohols und des Feuers. Duncan setzte sich, und Sheryl stand auf und zog ihr Wickelkleid aus. Ryan streichelte langsam mein Bein. Ich wusste, dass er erregt war, und mir ging es ebenso. Sheryl hatte einen tollen Körper, glatt und golden, mit einem dicken Haarbüschel im Schritt. Sie stand einfach nur da und berührte einladend ihre Brüste und ihre Scham. Dann erhob sich Ryan vom Sofa, und sein steifer Penis zwängte sich bereits durch eine Lücke in seinem Bademantel ins Freie. Sheryl setzte sich, und Ryan ging in die Mitte. Langsam zog er seinen Bademantel aus und präsentierte mit einer Hand stolz seinen riesigen Penis, bevor er sich wieder setzte. Dann war ich an der Reihe. Vor Nervosität und Erregung zitternd, stand ich auf und ließ mein Wickelkleid von den Schultern gleiten. Meine Haut war weißer als die von Duncan und Sheryl, und ich wog bestimmt einige Kilo mehr als sie, aber ich war stolz auf meinen Körper. Meine festen, großen Brüste mit den kirschroten Nippeln und mein großer, wohlgeformter Hintern erregten die meisten Männer. Ich drehte mich herum und beugte mich ein wenig vor, damit Duncan und Sheryl meine Schönheit bewundern konnten, bevor ich mich wieder setzte. Danach versuchten wir vier, uns weiter so normal wie zuvor zu unterhalten, aber das war nahezu unmöglich. Meine Muschi tropfte schon fast aufs Sofa, Sheryls Blick wanderte immer wieder zu Ryans Schwanz, und Duncan konnte meine Brüste nicht mehr aus den Augen lassen. Die Stimmung war sehr erotisch.

Als Erste beschloss Sheryl zu handeln, die schon den ganzen Tag das Ruder in der Hand gehabt hatte. Sie stand auf, kam zu Ryan herüber, nahm seine Hand und zog ihn vor dem Feuer zärtlich auf den Boden. »Ist es hier okay für dich, oder möchtest du lieber ins Schlafzimmer gehen?«, murmelte sie.

Ryan sah mich an. Ich nickte ihm aufmunternd zu. Meine Hemmungen und Ängste waren verschwunden. Wir saßen alle im selben Boot.

Daraufhin entspannte sich Ryan und erkundete Sheryls geschmeidigen Körper mit den Händen. Er berührte sie überall. Als er ihre Schamlippen spreizte, um ihre Klit zu erreichen, hielt ich den Atem an. Ich wusste, wie sich das anfühlt, wie gut Ryan darin war, einer Frau Vergnügen zu bereiten. Sheryl stöhnte laut. Ich sah Duncan an, doch dessen Blick blieb auf Sheryl gerichtet. Offenbar war ihr Vergnügen gleichzeitig das seine.

Schließlich streckte Sheryl die Hand aus und ergriff Ryans Schwanz. Ich konnte ihn beinahe selbst spüren. In diesem Moment wollte ich Ryan mehr, als ich ihn jemals zuvor gewollt hatte. Sheryl wechselte die Position, sodass sich ihre Muschi direkt unter Ryans Gesicht befand. Er beugte sich vor und schob seine Zunge in ihr offenes, feuchtes Loch. Ich konnte genau erkennen, wie er in sie hineintauchte und ihren Saft aufsaugte. Meine Muschi begann, vor Verlangen zu pochen. Duncan hatte sich auf seinem Sessel vorgebeugt und streichelte seinen Penis.

Als Sheryl Ryans Schwanz in den Mund nahm und die beiden sich gegenseitig leckten, konnte ich mich kaum noch zurückhalten. Ich wollte mitmachen, ich wollte zu ihm gehen, ihn berühren, ihn lecken, ihn küssen. Ich wollte ihn wissen lassen, dass ich ihn so sehr liebte, dass ich es ihm gönnte, eine andere Frau zu erkunden. Als Sheryl laut zu stöhnen begann, drückte Ryan sie rücklings zu Boden und nahm sie endlich in Missionarsstellung. Sie drückte den Rücken durch und verschränkte die Beine hinter seinem Rücken, während er seinen

Schwanz in sie hineinstieß. Jetzt hatte Ryan die Kontrolle übernommen, was Sheryl sehr zu gefallen schien. Er ließ sich Zeit, und als sie nach mehr schrie, wurde er schneller und pumpte gnadenlos in sie hinein. Ich begann zu masturbieren, aber als ich zu Duncan hinübersah, schüttelte er den Kopf und bedeutete mir, die Hand wegzunehmen. Das tat ich daraufhin, da ich wusste, dass wir danach an der Reihe waren, und ich freute mich schon sehr darauf.

Sheryl kam lange und explosiv. Kurz darauf erreichte auch Ryan den Höhepunkt. Er legte sich auf sie, und so lagen sie heiß, verschwitzt und ermattet da, während sich ihre Körpersäfte vermischten. Sie schienen ihr Publikum völlig vergessen zu haben.

Ich war in einem Zustand höchster Erregung und hätte nie gedacht, dass es so wunderbar sein könnte, zwei Menschen beim Sex zuzusehen, insbesondere dann nicht, wenn einer davon mein Freund war. Doch ich konnte anscheinend noch immer etwas Neues über mich lernen.

Nach und nach kamen Ryan und Sheryl wieder zu sich. Sie standen schweigend auf, und Ryan setzte sich in Sheryls Armsessel und zog sie auf seinen Schoß. Sie wehrte sich nicht dagegen.

Wie in Trance kam Duncan zu mir und zog mich auf die Beine. Dann lagen wir nebeneinander auf dem Boden, und Duncans Hände waren überall auf meinem Körper. Er streichelte mein Gesicht, meinen Hals, knetete meine Brüste und meine Pobacken, schob seine Finger in meine Muschi. Er war so erregt, dass er es nicht mehr abwarten konnte. Bevor ich völlig bereit war, drückte er mich auf den Rücken und schob seinen Schwanz in mich hinein. Ich nahm ihn freudig in mir auf, stöhnte und drückte den Rücken durch, aber er kam zu schnell. Ich wand mich unter ihm und sehnte mich nach mehr. Meine Enttäuschung war grenzenlos. Als ich die Augen öffnete, sah ich, wie Ryan Duncan von mir runterzog, um sich dann auf mich zu legen und seinen halb erigierten Penis in mich zu schieben, meine Klit zu streicheln und zärtlich an meinen Brüsten zu saugen. Mir war kaum bewusst, was um mich herum geschah, da ich unglaublich geil war. Meine hungrige Muschi nahm Ryans Schwanz tief in sich auf, ließ ihn steif werden und bewirkte, dass er mich umso mehr wollte. Ich drückte meine Fingernägel in seinen Rücken und stieß meine Zunge in seinen Mund. Einige Minuten später explodierte ich rings um seinen Penis. Als ich kam, setzte sich Ryan auf und blickte mich liebevoll an, während Sheryl und Duncan aus ihren Armsesseln zusahen.

Erstaunlicherweise wirkte Duncan peinlich berührt. »Entschuldige bitte, Ellie. Ich konnte mich nicht mehr zurückhalten. Du bist so sexy.«

»Schon okay. Mach dir deswegen keine Sorgen.«

Sheryl sprang auf und zog sich ihr Wickelkleid wieder über. »Hat jemand Hunger?«

In dieser Nacht schliefen wir mit unseren eigenen Partnern in unseren Betten.

»Ich fand dich heute Abend einfach großartig«, flüsterte Ryan mir zu und umarmte mich. »Danke für dein Verständnis.«

»Danke, dass du mir ausgeholfen hast«, erwiderte ich und kicherte. »Du hast Großes geleistet und erst Sheryl und dann mich befriedigt. Der arme Duncan. Er sieht so männlich aus. Glaubst du, dass er immer so schnell kommt und das der Grund dafür ist, warum Sheryl so begeistert vom Swingen ist?«

»Könnte sein. Oder es war einfach so, wie er gesagt hat: Du bist viel zu sexy.«

»Du hast es noch immer geschafft, mich zu befriedigen.«

»Ja, aber ich habe auch schon über ein Jahr Erfahrung. Am Anfang war es gar nicht so einfach. Du hast mich fast um den Verstand gebracht.«

»Tue ich das nicht noch immer? Außerdem war es auch das erste Mal, dass du mit Sheryl geschlafen hast, und bei ihr bist du auch nicht zu früh gekommen.«

Ryan knuffte mich spielerisch unters Kinn. »Stimmt, aber sie ist auch nicht so sexy wie du. Mit deinen Titten und deinem Hintern kann so schnell keine mithalten.«

Glücklich kuschelte ich mich an ihn. »Was machen wir morgen? Weißt du das schon?«

»Keine Ahnung, aber Sheryl hat sich bestimmt was Interessantes ausgedacht.«

Wie sich herausstellte, wurden wir in dieser Hinsicht enttäuscht. Nach dem Frühstück zogen wir alle unsere Reitklamotten an und machten uns auf den Rückweg zum Haus. Duncan und Sheryl waren sehr still. Ich vermutete, dass sie sich gestritten hatten.

Duncan ritt wieder neben mir, und ich verspürte dasselbe Gefühl von Freiheit und Macht wie am vorherigen Tag.

»Ist zwischen dir und Sheryl alles in Ordnung?«, fragte ich ihn, als er auf Millie neben mir ritt.

»Kann man so nicht sagen.«

»Möchtest du darüber reden?«

»Nein. Ja. Es geht um das Swingen. Ich mache das nur, damit Sheryl glücklich ist. Wie du dir vermutlich schon gedacht hast, bin ich in sexueller Hinsicht nicht besonders gut, und sie ist schnell frustriert. Sie liebt mich, das weiß ich, sonst würde sie nicht bei mir bleiben, aber nach der letzten Nacht mit Ryan ist sie umso enttäuschter von mir.«

Er tat mir leid. »Du bist nicht so schlecht. Es gibt weitaus schlimmere Männer.«

»Danke«, erwiderte er sarkastisch, und mir wurde klar, dass ich ihn eher beleidigt als beruhigt hatte. Ihm wäre es vermutlich lieber gewesen, wenn ich gelogen und ihn als guten Liebhaber bezeichnet hätte.

Schweigend ritten wir den restlichen Weg nebeneinander her.

Als wir am Haus ankamen, stürmte Ryan gerade aus der Haustür, hatte meine Tasche in der Hand und sagte mir, dass wir auf der Stelle abfahren würden. Von Sheryl war nichts zu sehen.

Duncan sah uns fragend an. »Wo wollt ihr hin? Sheryl hat für heute Nachmittag eine kleine Party mit anderen Swingern arrangiert.«

»Ich weiß. Sie hat es mir erzählt. Aber daran haben wir kein Interesse, nicht wahr, Ellie?«

Warnend blickte mich Ryan an, und aus irgendeinem Grund war mir klar, dass ich ihm zustimmen musste. Ich nickte. »Ich denke, wir haben genug, Duncan.«

»Vermutlich eher genug von mir«, knurrte Duncan. »Okay. Dann fahrt eben. Trotzdem danke für gestern.«

Ryan konnte mich gar nicht schnell genug wegbringen. Fünf Minuten später hielt er den Wagen auf einem kleinen Parkplatz an und nahm mich in die Arme.

»Was ist los, Liebling?« Ich war verwirrt.

»Oh, Ellie, es tut mir so leid. Ich wollte nicht, dass das passiert.«

»Was?«

»Es ist wegen Sheryl, sie ist durchgedreht. Sie steht auf mich. Als wir zurückgeritten sind, hat sie mir erzählt, dass sie genug von Duncan hat und dass sie sich in mich verliebt hätte. Nach einer Nacht! Sie hat mich gebeten, zusammen mit ihr wegzugehen. Ich habe mich natürlich geweigert, und als wir wieder im Haus waren, hat sie versucht, mich in der Küche zu verführen.«

»Und, hast du sie noch einmal gefickt?«

»Nein. Natürlich nicht. Ich habe mich losgerissen und bin abgehauen. Darauf hatte ich es wirklich nicht angelegt, das kannst du mir glauben.«

Ich lachte. »Das wird dir hoffentlich eine Lehre sein, was das Swingen betrifft. Das Problem ist, dass du zu gut darin bist. Dein umtriebiger Schwanz kann jede Frau vor Leidenschaft um den Verstand bringen.«

Erleichtert grinste Ryan mich an. »Ich hatte schon befürchtet, du wärst sauer auf mich und würdest behaupten, dass das alles meine Schuld ist. Dabei schien es dir gestern Abend ganz gut zu gefallen.«

»Das hat es auch. Aber wie schon gesagt, du reichst mir völlig.« Ich zog seinen Kopf an meine Brüste und strich ihm mit den Fingern durchs Haar.

Ryan sah mich an. »Du bist toll, Ellie, weißt du das?«

»Natürlich weiß ich das. Und jetzt hör auf zu reden und küss mich.«

»Wenn das alles vorbei ist – deine Aufgabe, meine ich –, wie wäre es, wenn wir beide dann zusammenziehen und einen kleinen Ryan oder eine kleine Ellie machen?«

Mir stiegen die Tränen in die Augen. »Oh ja, das würde mir gefallen.«

»Lass uns doch schon mal ein wenig üben«, meinte Ryan und schob mir die Hand unter den Pulli. »Zieh diese scheußlichen Klamotten aus. Es ist ewig her, dass wir es im Auto getrieben haben.«

Ich hatte mich nach unserem Ausritt noch gar nicht umgezogen. Lachend half mir Ryan aus der Reithose und zog mir den Pullover aus. Obwohl die Heizung im Wagen eingeschaltet war, war es recht kühl. Ich zitterte in seinen Armen.

»Ich sorge dafür, dass dir wärmer wird, Ellie.« Er begann, mich überall zu lecken und zu küssen. Nach einer Weile schien mein Körper zu brennen. Seine Zunge erkundete all meine geheimsten Stellen: meinen Mund, meinen Bauchnabel, meine Muschi, meinen Hintern. Ich war unglaublich glücklich. Die Fenster beschlugen, und andere Autos fuhren an uns vorbei, aber das war uns egal. Wir gehörten zueinander. Als er mich auf den Rücksitz hob, mich auf den Bauch legte und meinen Hintern nach oben zog, spürte ich dieses vertraute Beben in mir, wusste, dass ich etwas Besonderes bin und dass dies unsere Lieblingsstellung war. Dann stieß er seinen Schwanz in mich hinein, und es war wie das erste Mal. Ich verlor fast die Besinnung und verliebte mich aufs Neue in ihn.

# Kapitel 11

## Steinbock: Der Unerschöpfliche

22. Dezember

Ich muss mich beeilen. Morgen fahren Ryan und ich nach Shere, um Weihnachten bei Anna und Lester zu feiern, und ich habe vor unserer Abreise noch sehr viel zu erledigen.

Anna ist schwanger. Das Baby soll Anfang August zur Welt kommen. Sie hat letzte Woche einen Schwangerschaftstest gemacht und mich sofort angerufen, um mir die gute Nachricht mitzuteilen. Ich freue mich für sie, weil sie sehr glücklich darüber ist, aber ich bin noch immer ein wenig besorgt wegen Lester. Hoffentlich benimmt er sich über Weihnachten. Da Ryan mitkommt, wird er bei mir wohl keine Annäherungsversuche machen.

Das einzige Problem am Wegfahren ist, dass mir eine Woche meiner kostbaren Zeit flöten geht und ich mir noch keinen Steinbock-Mann gesichert habe. Andererseits komme ich momentan so gut mit Ryan aus, dass ich gar keine Lust habe, einen anderen Mann zu umgarnen. Kurioserweise ist selbst Ryan der Ansicht, dass es dumm wäre, jetzt aufzugeben und auf das Geld meines Vaters zu verzichten. Zum Glück habe ich schon einen idealen Steinbock gefunden und den ersten Schritt gemacht, aber das wird nicht einfach. Wie die Jungfrau kriegt man auch diesen Mann nur schwer zu fassen. Es geht um den Typen aus meinem Büro, den ich letzten Monat bereits erwähnt habe, den Wanderfreund. Er heißt

Arthur. Ein furchtbarer Name, ich weiß: Er passt eher zu einem alten Mann. Aber er ist erst 24 und für einen Steinbock ziemlich gutaussehend. Er ist groß und schlank – eigentlich sogar ein bisschen zu dünn – und hat dünnes braunes Haar, ein schmales, gleichmäßiges Gesicht und ein nettes Lächeln, wenn er sich dazu herablässt, was leider nicht allzu oft vorkommt. Ich hatte das Glück, bei der Arbeit mit ihm plaudern zu können, wobei er ein wenig aus sich herausgekommen ist. Sobald ich von dem Wanderverein erfahren hatte, habe ich ihm erzählt, wie gerne ich spazieren gehe (mal wieder eine Notlüge) und dass ich ihn gern mal bei einer Tour begleiten würde. Das hat ihm sehr geschmeichelt, und er hat mich für ein Wochenende zum Wandern in der Nähe von Woking am Rand von London eingeladen. Das war vor zwei Wochen, nicht lange nach unserem Swingerwochenende in Sussex. Das Wetter ist zwar nicht umgeschlagen, aber die Wandertour war ein Albtraum. Ich habe mich stundenlang angestrengt, bin in Turnschuhen, Jeans und Lederjacke durch den Schlamm gestiefelt und habe versucht, mit einer Gruppe begeisterter Wanderer mitzuhalten, die sich insgeheim über meine unpassende Kleidung lustig gemacht haben. Sie trugen Wanderstiefel, warme, aber leichte Wanderhosen und Anorak-ähnliche Jacken. Als er mich sah, starrte mich Arthur entsetzt an, aber ich muss ihm zugutehalten, dass er den Mund hielt und erst nach dem Spaziergang sehr leise zu mir meinte, wenn ich noch einmal mit der Gruppe wandern wolle, dann müsse ich mir bessere Wanderstiefel und bequemere Kleidung besorgen. Ich stimmte ihm zu und gab prompt einen Teil meines schwer verdienten Geldes für ein Paar teure Damenwanderstiefel und wasserdichte Kleidung aus.

Am letzten Wochenende war ich erneut mit Arthurs Gruppe unterwegs, diesmal komplett in meinem neuen Outfit eingekleidet. Ich wurde mit deutlich größerem Respekt behandelt – einige gingen sogar neben mir und unterhielten sich mit mir – und das Wandern schien mir viel einfacher zu sein. Dummerweise war es ziemlich schwer, Arthur zu bezirzen, während wir in halsbrecherischem Tempo durch das sumpfige Unterholz marschierten. Selbst die Mittagspause war nur kurz, und wir schlangen einige Brote und einen Schokoriegel herunter. Dabei saßen wir zwanzig Wanderer eingezwängt wie Sardinen eng aneinandergedrängt auf einigen Bänken und plauderten – worüber schon? – über die Freuden des Wanderns. Später legte Arthur einmal den Arm um mich, aber nur, weil ich beinahe hingefallen wäre. Also muss ich mir eingestehen, dass meine Verführungsversuche bisher gescheitert sind und ich bei meiner Aufgabe nicht weiter bin als vor einigen Wochen. Arthur scheint mich nicht als begehrenswerte Frau zu betrachten. Ich habe ihm mehrmals zu verstehen gegeben, dass ich einer Verabredung nicht abgeneigt wäre. Ich habe ihm gesagt, dass ich gern ins Kino, ins Theater, zum Bowling, in Nachtklubs und in Restaurants essen gehe, aber er scheint nicht interessiert zu sein. Die einzigen Dinge, die er mag, sind das Wandern und Züge. Er hat mir erzählt, dass er in seinem Schlafzimmer auf dem ausgebauten Speicher in der kleinen Dreizimmer-Reihenhauswohnung eine riesige Modelleisenbahn stehen hat, die mehrere Tausend Pfund wert ist. Wenn er nicht gerade wandern geht, spielt er stundenlang damit. Hurra! Er wohnt noch immer bei seinen Eltern, ebenso wie seine beiden Brüder, sonst hätte ich längst vorgeschlagen, dass er mir dieses achte Weltwunder mal vorführen soll. Möglicherweise muss ich darauf zurückkommen, wenn mir nicht bald etwas Besseres einfällt. Wer weiß, vielleicht macht es ihn ja an, wenn ich auf seine Züge stehe. Wir treffen uns vor Silvester noch mal zum Wandern, und ich hoffe, dass es mir dabei irgendwie gelingt, ihm näher zu kommen. Ich bezweifle, dass er noch Jungfrau ist, da er mehrere Ex-Freundinnen erwähnt hat, daher muss ich ihn vermutlich nur mehr für meinen Körper als für seine blöde Modelleisenbahn und das Herumlaufen im Schlamm interessieren. Das wird nicht leicht, aber da muss ich durch. Ich habe weder Zeit noch Lust, mir einen anderen Steinbock-Mann zu suchen. Wenn er erst mal losgelegt hat, geht er bestimmt gut ab – wie die meisten Steinbock-Männer –, aber vorerst werde ich nicht mehr an ihn denken, sondern meinen Weihnachtsurlaub zusammen mit Ryan, Anna und Lester genießen.

Es war ein kalter, heller Tag, und der Boden war ein wenig fester geworden und somit ideal zum Wandern. Dieses Mal waren wir nur zu acht. Die anderen mussten noch ihren Weihnachtsspeck abtrainieren oder sich auf die Silvesterfeier am nächsten Tag vorbereiten. Aber Arthurs Enthusiasmus war ungebrochen. Er ging die Karte lesend voraus, und wir folgten seinem schlaksigen Körper.

Währenddessen dachte ich zurück an die schöne Zeit, die Ryan und ich in Shere verbracht hatten. Abgesehen von einem Zwischenfall, bei dem Lester versucht hatte, mich unter dem Esstisch zu begrabschen, hatte er sich benommen. Ryan war sowohl im als auch außerhalb des Bettes in Topform gewesen. Wir hatten versucht, beim Sex nicht zu viel Lärm zu machen, aber nach Annas trockenem Kommentar am dritten Tag zu urteilen, dass Ryan die Ausdauer eines Pferdes haben musste, wenn sie die Geräusche richtig interpretierte, die jede Nacht aus unserem Schlafzimmer kamen, waren wir dabei nicht sehr erfolgreich. Ich glaube, sie war ein wenig eifersüchtig, da Lester sie wie eine Porzellanpuppe behandelte, seitdem ihre Schwangerschaft bestätigt worden war.

Ich trottete hinter der Gruppe her und fühlte mich, als

würde ich nicht dazugehören. Die ständigen Versuche, Arthur dazu zu bringen, mich als sexuell interessantes Wesen zu sehen, gingen mir langsam ziemlich auf die Nerven.

Hinterher verabschiedete sich Arthur sofort und ging zu seinem Wagen.

Ich lief ihm nach. »Warte kurz, Arthur. Hast du Zeit, mit mir einen Kaffee trinken zu gehen?«

Er drehte sich überrascht um und hatte den Schlüssel schon in der Tür stecken. »Eigentlich nicht. Ich will nach Hause und noch ein bisschen an meiner Eisenbahn rumschrauben.«

»Oh, das ist aber schön. Die würde ich mir wirklich gerne mal ansehen.« Ich blickte ihn hoffnungsvoll an. Jetzt oder nie, war die Devise. Ich musste ihm eine Einladung aus den Rippen leiern, damit ich mir diese verdammte Modelleisenbahn ansehen durfte.

Er schien den Hinweis nicht zu bemerken. »Wir sehen uns dann Montag im Büro«, sagte er schnell und stieg in seinen Wagen.

Ich hätte vor Frustration beinahe laut aufgeschrien. Was in aller Welt sollte ich bloß machen? Ich stieg in mein Auto und fuhr nach Hause. Silvester wollten Ryan und ich mit Zoe und Tony auf eine Party gehen. Vielleicht fand ich ja da meinen Steinbock-Mann.

Die Party war in vollem Gang. Nachdem wir das neue Jahr mit den üblichen Umarmungen und Gesängen eingeläutet hatten, machten sich alle daran, große Mengen an Alkohol zu vernichten und zu feiern.

Ryan war nirgendwo zu sehen. Ich fand Zoe in einer Ecke der Küche um einen Typen gewickelt, der definitiv nicht Tony war.

Ich tippte ihr auf die Schulter. »Zoe, hast du Ryan gesehen?«

»Nein.« Sie schüttelte wild den Kopf und grinste den Mann an, den sie umklammerte. Wie üblich war sie ziemlich betrunken.

»Wo ist Tony?«, erkundigte ich mich mit spitzer Stimme.

»Keine Ahnung. Ist mir auch egal. Das ist Ross. Es ist seine Party.« Sie drehte sich zur Seite und deutete auf den Mann neben sich. Er hielt ihren Arm fest, damit sie nicht umfiel. »Im Moment kannst du ihn nicht gebrauchen, Ellie. Er ist Wassermann. Aber nächsten Monat käme er dir ganz gelegen, was?« Sie fing an zu lachen.

Ich sah Ross an. Er war sehr groß und sehr sexy. Als er mir zuzwinkerte, fühlte ich mich sofort zu ihm hingezogen. Zu dumm, dass ich nach einem Steinbock suchte.

Ich ging weiter, um Ryan zu suchen. Zu guter Letzt fand ich ihn in einer Ecke des Esszimmers auf dem Boden. Er hatte zu viel getrunken. Ich fluchte lautstark. Es sah ganz danach aus, dass ich den Rest der Party alleine gestalten musste.

Als ich wieder in die Küche kam, waren Zoe und Ross verschwunden. Seufzend goss ich mir noch etwas zu trinken ein. Da griff auf einmal eine Hand nach meiner rechten Brust. Als ich mich umdrehte, stand ich Tony gegenüber, der mich lüstern angrinste. Das hatte mir gerade noch gefehlt.

»Lass deine Hände von mir«, schimpfte ich und zog seine Hand weg.

»Gefällt dir das etwa nicht?«

»Nein, Tony, das gefällt mir nicht. Zumindest nicht, wenn du das machst. Warum benimmst du dich nicht langsam mal? Geh und such Zoe.«

»Die habe ich eben erst gesehen, als sie mit Ross auf dem Weg ins Schlafzimmer war.«

»Oh, das tut mir leid. Aber du weißt ja, wie sie ist. Doch du bist ja auch nicht gerade so rein wie frisch gefallener Schnee, was?«

Er grinste erneut. »Erinnerst du dich an Ibiza? Damals habe ich dir gefallen.«

»Das lag nur daran, dass du Zwilling bist. Jetzt suche ich aber einen Steinbock.«

»Und, wer ist der Glückliche, der dich ficken darf? Jemand, den ich kenne?«

Seine Einstellung gefiel mir gar nicht, und sein Grinsen ging mir langsam auf den Geist. »Verpiss dich, Tony.« Ich ging wieder in das überfüllte Wohnzimmer zurück und setzte mich vor dem Fenster auf einen Sessel. Da ich noch keinen anderen Steinbock-Mann gefunden hatte, musste ich bei Arthur wohl schwerere Geschütze auffahren, damit er mich zu sich einlud, um mir seine Eisenbahn zu zeigen, und ich ihn verführen konnte. Ohne die wasserdichte Kleidung und die Wanderstiefel wäre das bestimmt auch sehr viel einfacher!

Einige Zeit später wurde ich dadurch geweckt, dass mich jemand am Arm berührte. »Wach auf, Dornröschen.«

Es war Ross. Ich schüttelte mich und lächelte ihn an. »Wie spät ist es?« Im Zimmer war es auf einmal sehr leise geworden.

»Fünf Uhr. Alle anderen sind schon weg.«

»Was? Selbst Zoe?«

»Die ist eben mit Tony gegangen. Sie wollte dich wohl nicht wecken.«

»Und Ryan?«

Ross verzog das Gesicht. »Wenn du den Kerl meinst, der im Esszimmer auf den Boden gekotzt hat und dann darüber eingeschlafen ist, den habe ich eben dazu gezwungen, das aufzuwischen.«

Ich wurde rot. »Das tut mir leid. Normalerweise tut er so was nicht.«

»Das ist mir klar. Ihm ist das Ganze auch furchtbar peinlich. Was ist mit dir? Geht es dir gut?«

»Mit mir ist alles okay.« Er starrte mich an, und mir wurde ganz heiß.

Seine Hand lag auf meinem Arm, und seine Finger streichelten mich sanft. Ich erschauerte. Dann berührte er kurz meine Brust.

Überrascht machte ich den Mund auf und wollte schon protestieren, aber die Worte blieben mir in der Kehle stecken. Sein Daumen und sein Zeigefinger fanden meinen Nippel und liebkosten ihn zärtlich. Dann machte er dasselbe auf der anderen Seite. Meine Nippel wurden sofort hart und drückten sich gegen den dünnen Stoff meines Kleides. Ross sah mir dir ganze Zeit direkt in die Augen. Er war unglaublich attraktiv. Seine Hand wanderte von meinen Brüsten hinunter zum Saum meines Kleides. Ich hatte kein Höschen an. Ryan hatte darauf bestanden, weil er mir auf dem Rückweg im Wagen einen Neujahrsfick versprochen hatte. Als Ross' Hand meine Muschi berührte, keuchte ich auf.

»Wie wär's mit einem Quickie?«, meinte er mit rauer Stimme und tauchte seine Finger in meine feuchte Spalte.

Ich kam wieder zur Besinnung und erinnerte mich daran, dass er noch vor wenigen Stunden mit Zoe geschlafen hatte und dass sich Ryan hier irgendwo im Haus aufhielt. »Nein, ich kann nicht«, erwiderte ich und schob seine Hand weg. »Ryan ist hier.«

»Er hat mir erzählt, ihr führt eine offene Beziehung«, entgegnete Ross ruhig, drückte mich zurück in den Sessel und streichelte meinen Oberschenkel.

Ich war überrascht und auch ein wenig verletzt, dass Ryan das gesagt hatte. »Das stimmt nicht!«

Ross' Hand lag erneut an meiner Muschi, streichelnd, testend, und ich fühlte mich sinnlich und begehrt. »Warum hat er es dann behauptet? Ich habe mich vor Mitternacht mit ihm unterhalten, und er hat mir erzählt, dass du ein Buch über Männer und Sex schreibst und dass du dafür mit verschiedenen Männern schlafen musst, was ihn jedoch nicht weiter stören würde, da ihr eine offene Beziehung habt und er auch tun kann, was er will.«

Ich fühlte mich verraten, weil Ryan im betrunkenen Zustand so viel verraten hatte, und spürte einen schmerzhaften Stich in der Brust. Gleichzeitig war ich mir überaus bewusst, welche Erregung Ross in mir heraufbeschwor. Ich schloss die Augen und lehnte mich zurück, um mich Ross' zärtlichen Fingern hinzugeben, die meine Muschi erkundeten.

»Zoe hat gesagt, dass du mich vielleicht nächsten Monat für deine Experimente gebrauchen kannst«, meinte er grinsend.

Ich sah ihm in seine klaren, kalten blauen Augen. Er sah umwerfend aus und hätte direkt einer Boyband entsprungen sein können mit seinem gestylten blonden Haar, dem eckigen Gesicht, dem großen, sinnlichen Mund und dem durchtrainierten Körper.

»Das stimmt«, murmelte ich, als sein Daumen meine Klit massierte und ich vor Wonne zusammenzuckte. »Das könnte passieren. Vorausgesetzt, dass du wirklich ein Wassermann bist.«

»Der bin ich definitiv, Ma'am.«

Er salutierte und lachte.

»Geboren am 15. Februar 1973. Reicht dir das?«

Bei dem Wort »das« stieß er mehrere Finger tief in mich hinein, und ich keuchte. Doch dann hörte ich Ryans Stimme im Flur.

Gelassen zog Ross die Hand weg und stand auf, sodass ich alleine auf dem Sessel saß, als Ryan ins Zimmer kam.

»Hi, Ryan. Alles wieder sauber?«

Ryan grinste schief. »Ja. Tut mir echt leid, Mann. Ich hab den Boden im Esszimmer geschrubbt.«

Er sah mich an, und auf einmal fühlte ich mich wegen der Szene mit Ross schuldig. Doch dann rief ich mir ins Gedächtnis, was Ryan gesagt hatte, und die Schuldgefühle verschwanden. Ryan hatte sich umgezogen – die Klamotten gehörten vermutlich Ross – und sah jetzt wenigstens sauber aus.

»Mariella war im Sessel eingeschlafen«, berichtete Ross amüsiert.

Ryan kam zu mir, beugte sich herab und gab mir einen Kuss. »Tut mir leid, Süße. Ich bin kurz nach Mitternacht abgestürzt. Ich erinnere mich an gar nichts mehr.«

Ich lächelte ihn an. »Schon okay. Hauptsache, du bist jetzt wieder fit.«

Liebevoll zerzauste mir Ryan das Haar. Ross beobachtete uns genau und ließ uns nicht aus den Augen. Auf einmal wollte ich so schnell wie möglich gehen.

Ich stand auf. »Lass uns nach Hause gehen«, sagte ich und nahm Ryans Hand. »Danke für die tolle Party, Ross.«

»Schön, dass ihr kommen konntet. Ich werde euch beim nächsten Mal wieder einladen.«

Als wir zur Wohnungstür kamen, ließ mich Ryan los. »Warte kurz, Ellie. Ich hab meine dreckigen Klamotten in der Küche liegen lassen. Die hol ich schnell.«

Er lief davon. Ross lächelte mich vielsagend an. »Ruf mich an, wenn du bereit bist«, meinte er und steckte mir einen Zettel mit seiner Telefonnummer in die Handtasche.

Ich nickte und machte ein betretenes Gesicht. Das war irgendwie merkwürdig, dabei traf ich doch eigentlich nur Vorbereitungen für die nächste Aufgabe. Deswegen musste ich mich doch nicht schuldig fühlen, oder? Ich war nicht ganz überzeugt.

Ross stupste mein Kinn an. »Jetzt zieh nicht so eine Schnute. Du wirst dich mit mir schon amüsieren.«

»Davon bin ich überzeugt«, antwortete ich verträumt. Genau das war es ja, was mir Sorgen machte. Ich wollte die Gefühle, die Edward De Vigny in mir hervorgerufen hatte, nicht noch einmal mit einem anderen Mann als Ryan erleben, aber ich fand Ross wirklich heiß und spürte bereits, wie mein Widerstand ins Wanken geriet. Das konnte noch zu einem Problem werden.

Dann kam Ryan wieder und nahm meine Hand. Das war der Mann, den ich liebte.

Auf dem Heimweg stritten wir uns im Wagen. Ich warf Ryan die Dinge vor, die er Ross erzählt hatte. Ryan redete sich damit heraus, er wäre betrunken gewesen und könne sich nicht mehr daran erinnern, das gesagt zu haben, und dass er sich definitiv nicht als freien Mann ansah. Ich akzeptierte seine Rechtfertigung, aber tief in meinem Inneren war ich dennoch ein wenig gekränkt. Wo Rauch war, da war schließlich auch immer ein Feuer, oder nicht?

Erst zehn Tage später gelang es mir, Arthur eine Einladung zur Vorführung seiner Modelleisenbahn abzuringen. Er verstand die Botschaft erst, als ich sagte, dass ich mir seine Eisenbahn wirklich sehr gerne ansehen würde, und fragte, wann das wohl möglich wäre. Und dann zwang ich ihn, einen Termin zu nennen. Ich hoffte und betete, dass er etwas schneller zur Sache kommen würde, wenn es darum ging, mit mir zu schlafen.

Ich hatte das Glück, dass seine Eltern ein paar Tage weggefahren waren und nur einer seiner jüngeren Brüder, ein 18-jähriger Bursche namens Jack, zu Hause war. Arthur stellte uns kurz vor, bevor er mich rasch mit nach oben in sein geliebtes Zimmer führte. Die Modelleisenbahn nahm den Großteil des Raums ein. In einer Ecke standen ein Einzelbett und ein schmaler Schrank, und das war's. Ohne die Eisenbahn wäre das Zimmer sehr spartanisch gewesen.

Arthur sah seine Eisenbahn liebevoll an und begann, jede Menge Geräte in Gang zu setzen. Nach und nach erwachte alles zum Leben. Züge bewegten sich, Bahnübergänge wurden aktiviert und Lampen leuchteten. Es war wirklich faszinierend. Nichts fehlte. Kleine Menschen, einige mit Kinderwagen, Hunden oder sogar Einkaufstüten, gingen die Straßen entlang oder warteten am Bahnhof, und in einer Ecke war eine kleine Wohnsiedlung aufgebaut. Ziemlich lange sah ich dem Ganzen staunend zu, war völlig gefesselt und hatte aufgrund der Magie, die sich vor mir ausbreitete, vorübergehend vergessen, warum ich eigentlich hier war.

Arthur lächelte stolz. Irgendwann wurde ich unruhig, und mir fiel wieder ein, was ich eigentlich vorgehabt hatte. Ich rückte näher an Arthur heran und legte den Arm um ihn. Er schien es nicht mal zu bemerken. Als er sich vorbeugte, um einen Zug zu versetzen, fiel mein Arm einfach runter.

Ich versuchte es noch einmal, aber er schien meine Anwesenheit nicht einmal zu registrieren. Ich trug einen kurzen Rock und hatte ein tief ausgeschnittenes Oberteil an – was meiner Ansicht nach eine nette Abwechslung zu dem darstellte, was ich normalerweise beim Wandern anhatte – doch was ihn anging, hätte ich genauso gut einen Kartoffelsack anhaben können. So langsam verlor ich die Geduld. Ich musste drastischere Maßnahmen ergreifen.

Also stöhnte ich und legte mir die Hand direkt unter dem Busen auf den Bauch.

Endlich sah er mich an. »Was ist los?«, fragte er grimmig.

»Ich habe Schmerzen«, sagte ich und drückte von unten gegen meine Brüste.

Er starrte mich an, und sein Blick wanderte endlich zu meinen Titten, woraufhin sein ganzes Gesicht auf einmal knallrot wurde.

Endlich hat er bemerkt, dass ich eine Frau bin, dachte ich erfreut. Ich lächelte ihn verführerisch an, aber er wandte sich peinlich berührt ab.

Ich rückte näher an ihn heran. »Hast du vielleicht ein paar Alka Seltzer oder Rennie da? Ich befürchte, ich hab mir den Magen verdorben.«

Er schien wütend zu sein. »Im Bad müssten welche sein. Sieh doch mal nach. Es ist die letzte Tür auf der rechten Seite.«

Ich hatte gehofft, dass er etwas mitfühlender sein würde, doch in dieser Hinsicht wurde ich enttäuscht. Er war eine harte Nuss, die ich knacken musste. Im Badezimmer entdeckte ich einige Rennies in einem kleinen Schränkchen.

»Ah, erwischt!«, sagte eine Stimme hinter mir.

Ich drehte mich um und stand Jack gegenüber. »Ich hab Magenschmerzen«, erklärte ich ihm und hielt als Beweis die Rennies hoch.

Er lachte. »Ach ja? Ich würde eher auf sexuelle Frustration tippen.« Er musterte mich von oben bis unten, um seinen Blick dann auf meinen Brüsten ruhen zu lassen.

Ich war überrascht, gelinde gesagt. Er war noch sehr jung, schien aber deutlich mehr über die Welt zu wissen als sein großer Bruder. »Hast du vielleicht ein Glas Wasser für mich?«, fragte ich mit verlegenem Grinsen.

»Klar. Ich werde dir eins holen. Aber du musst die nicht wirklich nehmen, das wissen wir beide. Ich habe euch in seinem Zimmer beobachtet. Der arme alte Arthur. Du hast ihn in Verlegenheit gebracht. Er kann ein Ende einer Frau nicht vom anderen unterscheiden, im Gegensatz zu mir, möchte ich hinzufügen.«

Das war das Letzte, was ich hören wollte. »Aber er hatte doch schon Freundinnen«, meinte ich ungläubig.

»Oh ja, mehrere sogar. Sie wollten alle wissen, was in seiner Hose ist, aber er zeigt ihnen nie mehr als seine Modelleisenbahn.« Er lachte laut auf.

Arthur tat mir leid, und ich wollte ihn unterstützen. »Aber die Eisenbahn ist faszinierend. Ich bin froh, dass ich sie sehen durfte.«

»Hmm. Ich hab dein Gesicht gesehen und muss zugeben, dass du ihr mehr Anerkennung gezollt hast als seine anderen Täubchen.«

Ich lächelte und fühlte mich geschmeichelt, als Arthurs »Täubchen« bezeichnet zu werden.

»Großer Gott!«, meinte Jack staunend. »Du bist wunderschön, wenn du lächelst. Arthur weiß wirklich nicht, was er verpasst. Du wirst ewig brauchen, bis du ihn ins Bett bekommst. Warum nimmst du nicht stattdessen mich?«

Seine Worte klangen ziemlich entmutigend. »Nur wenn du Steinbock bist«, knurrte ich ihn an.

Er öffnete in gespieltem Erstaunen die Augen. »Komisch, dass du das sagst. Ich bin Steinbock.«

Ich starrte ihn an und war überzeugt davon, dass er mich anlog. »Nein, bist du nicht. Du willst nur mit mir schlafen. Aber darauf fall ich nicht rein, tut mir leid. Hol mir jetzt bitte ein Glas Wasser. Arthur wird sich schon fragen, wo ich bleibe.«

Jack verzog enttäuscht das Gesicht. »Ich bin Steinbock, ganz im Ernst. Ich habe Heiligabend Geburtstag.«

»Lügner.« Ich versuchte, ihn zur Seite zu schieben und an ihm vorbeizugehen.

Er hielt meinen Arm fest und schüttelte ihn. »Nenn mich nicht Lügner. Soll ich dir meine Geburtsurkunde holen, um es zu beweisen?«

Seine Stimme war nicht länger freundlich oder spöttisch, und mir wurde klar, dass er die Wahrheit sagte. Wir sahen uns in die Augen. Seine waren kalt und wütend. Ich senkte den Blick. »Tut mir leid«, sagte ich leise. »Könntest du mich jetzt bitte loslassen? Du tust mir weh.«

Er ließ meinen Arm fallen, nur um mich im nächsten Moment zu schubsen. Ich taumelte und stürzte dann in die Badewanne, wo ich auf dem Rücken landete. Meine Beine zappelten in der Luft, und mein Kopf schlug auf der anderen Seite gegen die Wand. Einen Moment lang war ich benommen, aber als ich Jacks erschrockenes, bestürztes Gesicht sah, musste ich lachen.

Dann lag er neben mir in der Badewanne, zog meinen Rock hoch und schob seine Hand in mein Höschen. Wie immer spürte ich die Lust in mir aufwallen, als er meine Muschi berührte, aber ich wehrte mich instinktiv. Jack war kräftig und drahtig. Er drückte mich nach hinten und hielt mich mit einer Hand fest, während er mit der anderen mein Höschen zerfetzte. Dann drückte er meine Beine auseinander und fummelte an seiner Hose herum.

In dieser Sekunde war mir klar, dass ich es geschehen lassen würde. Ich war es leid, auf Arthur zu warten. Jack war auch ein Steinbock-Mann. Ich würde meine Aufgabe erfüllen und so schnell wie möglich wieder von hier verschwinden.

Jack holte seinen Schwanz hervor. Er war groß und hart. Ich hatte kaum Zeit, ihn zu bewundern, als er ihn auch schon in mich hineinstieß. Ich war nicht bereit, und als er aggressiv in meine enge Muschi eindrang, schrie ich vor Schmerz auf. Er drückte fester zu, und ich merkte, dass ich feucht wurde und das Unbehagen verschwand. Langsam fand er seinen Rhythmus. Fast schon aus Gewohnheit legte ich ihm die Beine um die Taille und zog ihn an mich heran.

»Jack! Was in aller Welt machst du da?«

Ich sah an Jack vorbei in Arthurs schockierte Augen. Am liebsten wäre ich im Erdboden versunken. Jegliches Verlangen nach Jack war mit einem Mal verschwunden.

Doch Jack pumpte weiter in mich hinein, seine Miene wild entschlossen. Kurz darauf kam er heftig, erschauderte und brach auf meiner Brust zusammen. Ich schob ihn runter, wobei mir Arthur half, der von hinten an ihm zerrte.

»Du dummes Arschloch, Jack! Was hast du gemacht?«, rief Arthur.

Als er endlich aus der Badewanne gekrabbelt war, besaß Jack wenigstens den Anstand, so auszusehen, als würde er sich schämen. Er sah auf mich herab, während ich versuchte, meine Kleidung in Ordnung zu bringen. »Tut mir leid«, murmelte er. Dann fügte er an seinen Bruder gewandt hinzu: »Sie wollte dich, aber sie hat stattdessen mich gekriegt.«

Arthur starrte ihn an. »Wenn du ihr wehgetan hast, rufe ich die Polizei.«

Ich versuchte, mich aus der Badewanne aufzurappeln, und war überrascht von Arthurs heftiger Reaktion.

Jack sah seinen Bruder ängstlich an. »Bleib ganz cool, Bruderherz. Es war keine Vergewaltigung. Sie wollte es auch, nicht wahr?« Er sah mich an und wollte seine Aussage von mir bestätigt haben.

Ich nickte ihm geknickt zu und sammelte mein zerrissenes Höschen vom Boden auf.

Arthur sah es und schrie Jack an: »Von hier sah es nach einer Vergewaltigung aus. Verschwinde! Verlass dieses Haus, Jack! Ich will dich nicht mehr sehen!«

Mit einem heftigen Schlag auf den Rücken schleuderte Arthur Jack aus dem Badezimmer. Dann drehte er sich zu mir um und legte mir den Arm um die Schultern. »Ist alles in Ordnung, Mariella?«

Ich brach in Tränen aus. Arthurs unerwartete Fürsorglichkeit war einfach zu viel für mich. Schließlich hatte ich Jack ermutigt und hätte vielleicht sogar meinen Spaß gehabt, wenn Arthur uns nicht unterbrochen hätte.

Arthur zog mich an seine Brust und strich mir über die Haare. »Alles ist gut, Mariella. Jetzt bist du in Sicherheit.«

Beschämt ließ ich mich von ihm trösten und genoss seine Aufmerksamkeit.

Als ich endlich aufgehört hatte zu weinen, führte mich Arthur aus dem Bad nach unten ins Wohnzimmer. Er setzte mich aufs Sofa und legte meine Beine hoch. »Leg dich erst mal hin und entspann dich, während ich dir eine Tasse Tee mache.«

Einige Minuten später kam er zurück. Der Tee schmeckte scheußlich – er war viel zu dünn, und er hatte zu viel Milch hineingetan –, aber ich trank ihn ihm zuliebe aus.

»Willst du Jack anzeigen?«, fragte er schließlich.

Ich sah überrascht auf. »Natürlich nicht. Er ist jung und geil, das ist alles.«

»Vielen Dank, Mariella.« Er hustete einmal peinlich berührt. »Ähm, hast du mich wirklich begehrt?«

Ich nahm seine Hand. »Ja«, sagte ich sanft, »aber du warst zu sehr ins Wandern oder in deine Modelleisenbahn vertieft, um es zu bemerken.«

»Das stimmt nicht. Ich habe dich seit dem ersten Moment, in dem du unser Büro betreten hast, gemocht. Allerdings hätte ich nicht im Traum gewagt, dich anzufassen, solange du nicht zugestimmt hattest, meine Freundin zu sein.«

Ich fühlte mich schrecklich. Er war so ehrlich. Alles, was er brauchte, war Zeit, doch die hatte ich nicht. »Ich dachte, ich wäre deine Freundin«, log ich und streichelte seine Wange.

Seine Augen strahlten. »Wirklich? Ich bin so ein Idiot, was? Und ich mache so einen Aufstand wegen meiner Eisenbahn, weil ich geglaubt habe, das würde dich beeindrucken.«

Ich lächelte ihn an. »Deine Eisenbahn ist fantastisch. Aber ich denke, es wird Zeit, dass du sie mal für eine Weile vergisst, meinst du nicht?«

Er sah mich erstaunt an. »Willst du damit sagen, dass du mich trotz allem, was mit Jack passiert ist, noch willst?«

»Natürlich will ich dich.« Ich knöpfte langsam sein Hemd auf.

Vorsichtig streckte er die Hand aus und berührte erst meine linke und dann meine rechte Brust.

»Hab keine Angst, sie sind echt«, meinte ich lachend.

Er wurde ein wenig mutiger und zog mir den Pullover aus. Ich half ihm dabei. Dann öffnete ich meinen BH, und meine Brüste fielen heraus.

Erfreut keuchte Arthur auf. »Sie sind wunderschön«, sagte er und umfing sie mit seinen Händen.

»Nimm die Nippel zwischen Daumen und Zeigefinger und streichel sie ein wenig«, forderte ich ihn auf.

Arthur tat, worum ich ihn gebeten hatte, und er war sehr schnell sehr gut darin. Meine Nippel wurden hart. Nach einer Weile nahm ich eine seiner Hände und legte sie mir auf die nackte Muschi.

Er seufzte vor Wonne. »Das fühlt sich gut an.«

Ermutigt durch seine Reaktion zog ich den Reißverschluss seiner Hose herunter. »Steh auf und zieh dich aus«, bat ich ihn mit heiserer Stimme.

Er tat es. Sein nackter Körper war schlank und haarlos und damit eigentlich gar nicht mein Fall. Aber ich wollte ihn. Ich konnte Jacks Quickie nicht wirklich als wahre Erkenntnis über einen Steinbock-Mann bezeichnen. Ich hatte mir vorgenommen, Arthur zu verführen, und es sah ganz so aus, als ob mir das letztendlich gelingen sollte. Ich stand auf und zog mir die restliche Kleidung aus, während er mich beobachtete und seine Erregung weiter zunahm.

Staunend sah er mich an. »Du bist so wunderschön. Ich war blind. Ich will dich wirklich, Mariella.« Er zog mich in seine Arme und küsste mich.

Ich war angenehm überrascht. Seine Zunge tauchte in meinen Mund, und seine Lippen waren fest und stark. Er presste seinen nackten Körper gegen meinen, und als wir uns bewegten, drückte sein erigierter Penis gegen meinen Bauch. Auf einmal griff er nach unten und legte mir eine Hand unter die Pobacke, die er leicht drückte und mich dann anhob, damit wir uns besser küssen konnten.

Nach und nach übernahm er die Kontrolle. Ich sagte ihm nicht länger, was er tun sollte. Er stellte jetzt selbst Forderungen. »Nimm meinen Schwanz in den Mund«, bat er mich. Das tat ich nur zu gern, und dabei beugte ich mich vor, sodass meine Brüste über sein Bein streiften. Während ich gierig an ihm saugte, nahm ich seine Hoden zärtlich in die Hände. Alles schien in Zeitlupe zu geschehen. Arthur hatte es bei Weitem nicht so eilig wie Jack vor ihm. Er ließ mich warten, und ich genoss es über alle Maßen.

Nach einer Weile drückte mich Arthur sanft auf den Teppich hinunter und begann, meinen Körper überall zu streicheln. Als seine Hände bei meiner Muschi ankamen und meine geschwollene Klit fanden, verlor ich die Kontrolle. »Fick mich, Arthur«, schrie ich.

Er lächelte auf seltsame Weise und rieb weiter zärtlich über meine Klit. Ich stand so kurz vor dem Höhepunkt und wollte nichts mehr, als ihn in mir zu spüren.

»Bitte«, stöhnte ich, griff nach seinem Schwanz und versuchte, ihn in meine triefend nasse Muschi zu schieben.

Er widersetzte sich, und ich konnte mich nicht mehr zurückhalten. Meine Muschi zuckte in seiner Hand.

Sekunden später zog Arthur seine Hand weg und stieß seinen Schwanz tief in mich hinein. Ich war im siebten Himmel.

Die letzen Wellen des abebbenden Orgasmus fegten durch meinen Körper, und ich sank befriedigt auf den Teppich. Zumindest dachte ich das.

Arthur hielt meinen Hintern mit beiden Händen fest und glitt immer wieder mit einem gleichmäßigen Rhythmus in meine Muschi hinein. Ich öffnete die Augen und sah ihn an. Er grinste auf sehr erotische Weise. »Du wolltest doch gefickt werden, oder nicht?«

Ich nickte. Ich war wie im Dämmerzustand und erstaunt über das unerwartete Vergnügen, das mir Arthur bereitete. Wieder und wieder stieß er zu, schien sich ewig in mich hineinzupumpen, und erregte mich immer mehr. Ich spürte, wie sich der nächste Orgasmus in mir aufbaute. Nur Ryan hatte es bisher geschafft, dass ich zweimal innerhalb so kurzer Zeit gekommen war.

Als ich zu stöhnen begann, streichelte Arthur zusätzlich meine Klit. Kurz darauf explodierte ich erneut, und dieses Mal kam Arthur ebenfalls. Einige kurze, kostbare Augenblicke lang befanden wir uns in unserer eigenen Welt, und unsere Körper waren in vollkommener Harmonie miteinander. In Augenblicken wie diesen hatte ich immer das Gefühl, dass Sex das Wichtigste in meinem Leben war. Ich war erstaunt, dass ich mit so vielen verschiedenen Männern zum Orgasmus kommen konnte. Das Vergnügen, das sie mir bereiteten, war es alleine schon wert, die Aufgabe meines Vaters zu erfüllen. Im Vergleich zu dem, was ich erlebt hatte, würde das Geld, das ich Ende März erhalten würde, eher nebensächlich sein. Ryan hatte mit seinen Worten mal wieder recht gehabt: An dem Tag, an dem ich keinen Spaß mehr am Sex hatte, würde ich aufhören zu leben.

# *Kapitel 12*

## *Wassermann: Der intellektuelle Erforscher*

20. Januar

Heute ist der große Tag. Ich werde Ross anrufen und ihm sagen, dass ich bereit bin. Keine Ahnung, was sich daraus entwickeln wird, aber eines steht fest: Mit ihm werde ich keine derartigen Anlaufprobleme haben wir mit Arthur. Armer Arthur! Ich habe mich richtig gemein gefühlt, als ich ihm gesagt habe, dass ich nicht mit ihm ausgehen will. Er hat sich so darüber aufgeregt, dass er erst einmal zwei Tage nicht zur Arbeit gekommen ist. Als er wieder da war, sah er scheußlich aus. Er kam entschlossen direkt auf meinen Schreibtisch zu und hat mich gefragt, was er falsch gemacht hätte. Ich habe versucht, ihn zu beruhigen und ihm zu vermitteln, dass alles meine Schuld sei, aber es hat nicht funktioniert. Letzten Endes habe ich ihm dann von Ryan erzählt. Seine Reaktion sprach Bände und hätte mir beinahe das Herz zerrissen. Seitdem spricht er nicht mehr mit mir. Ich fühle mich bei der Arbeit so unwohl, dass ich kündigen werde. Das wird dem Arbeitsamt nicht gefallen. Ständig bieten sie mir so tolle Jobs an, nur damit ich immer wieder beschließe, dass ich doch was anderes machen möchte. Aber ich kann es wirklich nicht länger ertragen, Arthur jeden Tag unter die Augen zu treten.

Ich freue mich auf das Wiedersehen mit Ross, aber ich bin auch ein wenig besorgt deswegen. Ryan und ich kommen derzeit großartig miteinander aus, und ich würde diesen

Zustand nur ungern ändern. Ryan weiß, dass Ross mein Wassermann sein wird, und hat es auch sofort akzeptiert, aber mir sind sein kurzer besorgter Blick und sein Stirnrunzeln nicht entgangen, als ich ihm davon erzählt habe. Ich bezweifle, dass Ryan das noch lange mitmacht, und ich weiß auch nicht, wie lange ich das noch durchhalte. Damit meine ich nicht den Sex, denn der ist super, sondern den emotionalen Druck, Ryan bei Laune zu halten, was immer schwieriger wird. Doch darüber denke ich jetzt nicht weiter nach. Meine Aufgabe ist bald geschafft, und vielleicht können Ryan und ich dann unser gemeinsames Leben einfach fortsetzen. Tatsächlich schwanke ich ein wenig, ob ich mich freuen oder es bedauern soll, wenn ich mein Buch Ende März abgebe, aber zumindest steht fest, dass ich in dieser Zeit eine Menge über die Männer und über mich selbst gelernt habe.

Ross ging sofort ans Telefon.

»Hi, Mariella. Schön, von dir zu hören.«

Seine tiefe Stimme ließ mein Herz sofort schneller schlagen. »Ich würde dein Angebot gern annehmen, falls es noch immer gilt.« Ich versuchte, ganz sachlich zu klingen, hatte jedoch jede Menge Schmetterlinge im Bauch. Was sollte ich machen, wenn er seine Meinung geändert hatte?

Ich hörte, wie er tief einatmete, bevor er antwortete. »Ja. Natürlich. Wann? Ich hätte heute Abend Zeit, wenn dir das recht ist.«

Das ging aber schnell, dachte ich. Aber warum nicht? Ein guter, schneller Fick, und ich hatte die Sache hinter mir. »Okay. Wann soll ich bei dir sein?«

»Gegen halb acht. Ich bestell uns was zu essen, wenn du magst. Ich kann dir sonst nichts anbieten, weil ich nicht selber koche. Das ist gegen meine Prinzipien.«

»Das ist völlig in Ordnung. Was Chinesisches wäre toll.«

»Okay, dann bis später.«

Ich legte auf und machte einen kleinen Freudensprung. Anscheinend würde es diesen Monat ein Kinderspiel.

Ich überlegte mir gut, was ich für Ross anziehen sollte. Er war ein intelligenter Mann, daher wollte ich lieber nichts zu Freizügiges anziehen. Ich entschied mich für ein einfaches schwarzes Cocktailkleid mit dezentem Ausschnitt, das meine langen Beine jedoch gut zur Geltung brachte. Außerdem steckte ich mein Haar hoch und legte nur wenig Make-up auf. Als ich in den Spiegel sah, gefiel mir mein neues, raffiniertes Image sehr gut.

Ross sah mich bewundernd an. »Du siehst echt toll aus, Mariella.« Er trug ein schwarzes Hemd und eine weiße Hose. Sehr sexy.

Ich reichte ihm eine Flasche Wein. »Damit können wir das chinesische Essen runterspülen.«

Er führte mich in die Küche, wo unser Essen bereits auf dem Tisch stand. Ich kam mir bei dem Anblick komisch vor und stand unsicher da. Aus irgendeinem Grund war ich nervös und bei Weitem nicht so selbstsicher wie sonst.

»Sei nicht schüchtern, Mariella«, meinte Ross und lächelte mich freundlich an. »Das steht dir nicht. Setz dich und lass es dir schmecken.«

Im Verlauf des Abends entspannte ich mich. Ross und ich kamen gut miteinander aus. Er schien eher an einer Unterhaltung als am Sex interessiert zu sein und konnte zu fast jedem Thema etwas sagen.

»Du bist ziemlich klug«, meinte ich und sah ihn bewundernd an, während ich an meinem Wein nippte.

Er grinste. »Ich weiß. Ich habe einen Abschluss in Chemie.«

Bescheiden war er nicht gerade! »Und, womit verdienst du deinen Lebensunterhalt?«

»Ich bin Labortechniker, aber ich will mich hocharbeiten. Hoffentlich …« Er wurde vom Klingeln des Telefons unterbrochen und ging ran. »Oh, hi. Schön, von dir zu hören.« Er legte die Hand auf den Hörer und machte an mich gerichtet eine Geste. »Entschuldige bitte, Mariella. Willst du nicht schon mal ins Wohnzimmer gehen und da auf mich warten? Es dauert nicht lange.«

Widerstrebend verließ ich die Küche. Ich hätte zu gern gehört, was er der Person am Telefon zu sagen hatte. War es seine Freundin?

Das Wohnzimmer war ziemlich groß und geschmackvoll eingerichtet. Die Wand auf der rechten Seite wurde komplett von Bücherregalen eingenommen, die aus allen Nähten quollen. Ich überflog einige Titel. Der Großteil waren wissenschaftliche oder technische Bücher, aber in der Mitte waren einige Fächer voller erotischer Titel. Die ganzen berühmten Namen und Titel standen da: unter anderem das *Kamasutra*, Henry Miller, D. H. Lawrence, Anaïs Nin, außerdem mehrere Reihen moderner erotischer Taschenbücher. Ich zog eines heraus, schlug es auf und begann zu lesen. Augenblicklich wurde ich in eine bizarre Sexszene hineingezogen, an der vier Männer und eine Frau beteiligt waren. Die Frau war auf allen vieren und wurde von drei Männern gefickt (ein Schwanz in jeder Körperöffnung), während der vierte unter ihr lag und an ihren Brüsten saugte. Meine Erregung wuchs. Als ich einige Kapitel weiterblätterte, wurde dort sehr detailreich eine andere Szene beschrieben, in der zwei Männer und zwei Frauen in einer Art Quadrat auf dem Boden lagen und einander die Ärsche leckten. So langsam wurde mir heiß. Stand Ross etwa auf so etwas? Meine Muschi war feucht und pulsierte vor Verlangen, während ich begeistert noch weitere

Szenen las. Einige der beschriebenen Stellungen und Positionen waren nur schwer vorstellbar. Als ich mir überlegte, wie sich das realisieren ließ, musste ich mich fragen, ob man den Körper überhaupt so verdrehen konnte.

Ich war so ins Lesen vertieft, dass ich gar nicht mitbekam, dass Ross das Zimmer betrat.

»Gefällt dir das Buch?«, fragte er und sah mir über die Schulter.

Ich sprang vor Schreck auf und ließ das Buch auf den Boden fallen.

Ross hob es auf und sah sich den Titel an. »Ah ja. Daran erinnere ich mich. Ich habe es ein paar Mal gelesen. Das ist aber schon eine Ewigkeit her. Heutzutage habe ich deutlich mehr Übung in diesen Dingen.« Er reichte mir das Buch. »Du kannst es dir gern ausleihen, wenn du möchtest.«

Also stand er durchaus auf Gruppensex. Ich wusste nicht, was ich davon halten sollte. Beim Lesen fand ich das ja sehr aufregend, aber wollte ich an so etwas wirklich teilnehmen? Ich war mir nicht sicher.

»Guck nicht so empört, Mariella. Nimm das Buch. Du kannst auch gern noch ein paar andere ausborgen. Schließlich hast du ja gesagt, dass du mit Sex experimentieren würdest.«

»Das waren Zoes Worte, nicht meine«, erwiderte ich steif. »Und ich weiß nicht so recht, was ich davon halten soll.« Ich schob das Buch zurück ins Regal und setzte mich aufs Sofa. Dabei musste ich ein leichtes Zittern unterdrücken.

Ross setzte sich neben mich. Ich rückte ein Stückchen von ihm ab, und er wirkte auf einmal ein wenig angespannt.

»Ich glaube, wir sollten hier erst mal was richtigstellen, meinst du nicht auch, Mariella?«

Ich drehte mich zu ihm um. »Mein Name ist Ellie. Warum wollen mich alle unbedingt Mariella nennen?«

»Weil das ein wunderschöner Name ist. Italienisch, nicht wahr?«

Ich spielte nervös an meinen Fingern herum. »Ja. Meine Mutter war Italienerin.«

Seine Nähe war mir auf einmal überdeutlich bewusst. Er strömte einen starken, maskulinen Geruch aus, der mich sehr antörnte. Meine Muschi pochte noch immer ein wenig, und mein String war feucht. Ich wollte ihn so sehr, und er hatte mich noch nicht mal angefasst. Noch irritierender war, dass meine üblichen Verführungstechniken irgendwie nicht so recht zünden wollten.

»Okay, Ellie«, fuhr er fort. »Du bist hergekommen, weil du Sex mit mir haben willst als eine Art Experiment für ein Buch, das du schreibst, ist das richtig? Was ist das für ein Buch?«

»Es geht um Astrologie«, antwortete ich mit leiser Stimme. »Wie sich das Sternzeichen eines Mannes beim Sex auswirkt.«

»Ah, interessant. Du brauchst einen Wassermann, und schon sitzt du bei mir.«

Ich nickte. »Das ist alles. Bist du jetzt enttäuscht?«

»Ganz und gar nicht. Ich bin beeindruckt und stolz, dass du mich ausgesucht hast, Teil deines Buches zu werden, aber ich sollte dich warnen. Ich stehe nicht so auf schnelle, stinknormale Ficks. Die machen mich nur selten an. In letzter Zeit bevorzuge ich andere Dinge ...«

»Wie Gruppensex«, fiel ich ihm ins Wort.

»Ja, das auch, aber nicht immer. Alles, was ungewöhnlich, exotisch oder aufregend ist, macht mich an. Und ich hatte gehofft, dass du auch so etwas im Sinn hättest.«

»Ich? Im Leben nicht.«

Ross seufzte enttäuscht. »Du wärst zufrieden damit, mich für einen schnellen Fick auf dem Sofa zu benutzen, was?«

»Nein, natürlich nicht«, protestierte ich.

Spontan wechselte er das Thema. »Bist du noch mit Ryan zusammen?«

»Ja. Wir sind sehr glücklich«, antwortete ich und war gleich in Abwehrhaltung.

»Tja, dann solltest du vielleicht lieber zu ihm nach Hause gehen.«

Ich war verblüfft, und das nicht nur über die Kälte in Ross' Stimme, sondern auch über die Tatsache, dass er gar nicht mit mir schlafen wollte. Wie erstarrt saß ich da, starrte ihn an, und mir stiegen die Tränen in die Augen.

Das schien Ross nicht zu beeindrucken. »Tränen ziehen bei mir nicht, Mariella. Ich mag Frauen, die keine Hemmungen haben und offen sind. So hatte ich dich eigentlich auch eingeschätzt.«

»So bin ich auch«, erwiderte ich, aber meine Stimme klang selbst in meinen eigenen Ohren furchtbar weinerlich. All meine Courage schien mich verlassen zu haben.

Er wurde langsam wütend. »Ich lasse mich nicht für einen schnellen Fick in meiner eigenen Wohnung benutzen, nur damit du dein Buch schreiben kannst. Du solltest jetzt lieber gehen.« Bei diesen Worten stand er auf, ging aus dem Zimmer und ließ mich wie ein dummes kleines Schulmädchen sitzen, das unartig gewesen ist und bestraft werden musste. Ich saß niedergeschlagen da, doch dann stieg die Wut in mir auf, als ich mich an meine Schulzeit erinnerte und daran, von den Lehrern auf dieselbe Weise ignoriert und sitzen gelassen zu werden.

Ich stand auf, rückte mein Kleid zurecht und stampfte in die Küche, wo sich Ross gerade eine Tasse Kaffee eingoss.

»Du egoistisches Schwein!«, schrie ich und stürzte mich mit erhobenen Fäusten auf ihn.

Er war völlig überrascht. »Was in aller ...« Ich schlug ihm ins Gesicht. Er packte meine Arme, doch ich ließ mich jetzt nicht mehr aufhalten. Mit all meiner Kraft riss ich mich los und schlug ihn erneut, dieses Mal in den Magen. Er krümmte sich und fluchte. Aber er hatte sich schnell wieder erholt, streckte sich und packte mich um die Taille. Dann wirbelte er mich herum, packte einen meiner Arme und presste mich so an sich. Ich wehrte mich und beschimpfte ihn, aber er war stärker als ich.

»Hey! Ich bin überrascht, Ellie«, raunte er mir ins Ohr, als ich mich ein wenig beruhigt hatte. »Ich dachte schon, ich hätte mich in dir geirrt. Aber das habe ich dann wohl doch nicht. Normalerweise kann ich andere ziemlich gut einschätzen.«

»Arrogantes Schwein!«, zischte ich ihn an. »Ich verabscheue dich.«

Er lachte. »Nein, das tust du nicht.« Dann zog er noch fester an meinem Arm, sodass ich zusammenzuckte. »Du willst mich immer noch.«

»Bild dir ja nichts ein.« Ich drehte den Kopf und spuckte ihn an. Ein dicker Klumpen Spucke landete auf seiner Brust. Erschrocken starrte ich darauf, nur um dann aus irgendeinem Grund zu lachen.

Erbost zog er meinen Arm noch fester an sich, und mein Lachen ging in Schmerzensschreie über. Dann zog er mit der freien Hand mein Kleid hinten hoch, schob meinen String beiseite und steckte seine Hand in meine Pofalte. »Ist es das, was du willst? Würde dir ein schneller Fick auf dem Küchentisch reichen?«

In diesem Augenblick hasste ich ihn wirklich. Ich wusste nicht, was ich tun sollte. Zorn würde bei ihm nur Gewalt hervorrufen, und Schwäche hätte bewirkt, dass er mich noch mehr verabscheut hätte. Was mich wirklich verunsicherte, war, dass ich aus irgendeinem kranken, unbekannten Grund noch immer wollte, dass er mich fickte. Aber nicht jetzt, und nicht so. Schweigend standen wir einige Augenblicke so da. Auf einmal entspannte sich mein gesamter Körper.

»Okay, du hast gewonnen«, sagte ich. »Ich tue, was immer du willst.«

Unsicher sah er mich an und lockerte den Griff um meinen Arm ein wenig. »Wie meinst du das?«

»Ich stimme dir zu. Ein schneller Fick ist langweilig. Ich bin bereit, an einer deiner ›Gruppensitzungen‹ teilzunehmen, wenn es das ist, was du willst. Wenn du mit etwas anderem herumexperimentieren möchtest, dann ist mir das auch recht.«

Er ließ meinen Arm los. »Wieso hast du deine Meinung geändert?«

Ich sah ihm zum ersten Mal offen und direkt in die Augen und hatte das Gefühl, alles unter Kontrolle zu haben. »Weil ich ein Buch über die Sexualität der Männer schreibe und du dafür du selbst sein musst. Wenn du auf seltsamen und wunderbaren Sex stehst, dann ist das deine Entscheidung. Ich sollte nicht versuchen, dich zu etwas zu überreden, was dir keinen Spaß macht. Letzten Endes geht es doch darum, deine Lust zu erleben, und dass ich dabei hoffentlich selbst auch ein wenig auf meine Kosten komme.«

Er nickte langsam, und ein Lächeln umspielte seine Lippen. »Ich habe dich unterschätzt, Ellie. Du bist nicht nur hoch motiviert, sondern auch sehr intelligent.« Bei diesen Worten rieb er sich reumütig die Wange. »Morgen hab ich hier bestimmt rote Flecken.«

Ich grinste ihn frech an. »Geschieht dir ganz recht.«

Wir blickten einander in die Augen und verstanden uns.

»Kannst du am Wochenende herkommen?«, fragte Ross.

»Ja, ich denke schon.«

»Gut. Sei Samstag gegen Mittag hier, bis dahin hab ich mir was ausgedacht.«

Ich war unglaublich glücklich. Nachdem es vorübergehend so ausgesehen hatte, als würde mein schöner Plan komplett scheitern, lief nun doch alles nach Wunsch. Schon bald würde ich eine völlig neue und andersartige Erfahrung machen und eine weitere Aufgabe abschließen, und dadurch würde mein Buch noch lesenswerter.

Am folgenden Abend wollte Ryan zum Essen vorbeikommen, aber er tauchte nicht auf. Um einundzwanzig Uhr warf ich das steinkalte Essen in den Müll und rief auf seinem Handy an. Keine Antwort, nicht mal die Mailbox ging ran. Um dreiundzwanzig Uhr hatte ich ihn bestimmt schon zehn Mal angerufen und beschloss enttäuscht und verwirrt, zu Bett zu gehen. Ihm musste was zugestoßen sein. Ich betete, dass es ihm gut ging, und schlief ein.

Am nächsten Morgen fand ich einen Brief auf meiner Fußmatte, auf dem in Ryans Schrift »Mariella« stand. Ich riss ihn auf und begann zu lesen, während in mir Panik aufstieg:

*Liebe Mariella,*

*wir werden uns nicht mehr treffen. Es tut mir leid, dass ich nicht den Mut habe, es dir persönlich zu sagen, aber ich bin so wütend, dass ich mich dabei nicht mehr unter Kontrolle hätte. Gestern Abend, als du bei Ross warst, bin ich mit einigen Freunden in den Pub gegangen, und darunter war auch Carole Maddingham, die in der Buchhaltung einer Firma namens Junipers arbeitet. Erinnerst du dich an sie? Ich bin mir sicher, dass du sie nicht vergessen hast. Carole hat mir erzählt, dass im September letzten Jahres eine heiße Bürovertretung ihren Boss vier Wochen lang jeden Abend im Büro gevögelt hat. Die Frau war so dreist, dass es ihr egal war, ob sie dabei ertappt wurden, und sie hat vor allen anderen Angestellten damit geprahlt und erzählt, dass sie einmal sogar von der Putzfrau beim Sex gestört wurden und sie den Schock ihres Lebens bekommen hätte. Natürlich mussten wir alle lachen – ich auch –, doch dann fielen mir einige Dinge wieder ein, die du mir mal erzählt hast, und mir wurde bewusst, dass sie nur von dir sprechen konnte.*

*Wie konntest du mich so anlügen, Mariella? Ich habe dir geglaubt, als du mir erzählt hast, ihr hättet nur ein Mal miteinander geschlafen. Aber jeden Abend?! Wie viele Lügen hast du mir noch erzählt? Wie viele Männer hast du gefickt, ohne dass ich davon wusste? Ich ertrage das nicht länger. Mir ist klar, dass ich nicht perfekt bin, aber wenigstens habe ich dir immer die Wahrheit gesagt. Viel Spaß mit Ross. Ich habe beschlossen, Gemma noch eine Chance zu geben. Ich liebe sie nicht, aber bei ihr weiß ich wenigstens, woran ich bin. Versuch nicht, mich anzurufen. Ich will dich nie wiedersehen.*

*Ryan*

Der Brief fiel mir aus der Hand und landete auf dem Boden. Ich war wie erstarrt. An diesem Tag konnte ich nicht zur Arbeit gehen. Ich rief an, meldete mich krank und legte mich wieder ins Bett.

Irgendwie gelang es mir am Samstagmorgen aufzustehen, zu duschen und mich für Ross fertigzumachen.

»Du siehst nicht gerade glücklich aus«, stellte Ross fest, als er mich ins Haus ließ.

»Ryan hat mich verlassen.«

»Oh. Na, sieh es doch mal von der positiven Seite: Wenigstens kannst du dieses Wochenende tun und lassen, was du willst.«

Ich blickte ihn finster an. »Lass die Sprüche, Ross. Sag mir einfach, was ich tun soll.«

»Du klingst ja begeistert. Wir können es auch sein lassen, wenn du nicht willst.«

Ich besann mich und zwang mich zu einem Lächeln. Ich musste wenigstens fröhlich aussehen, selbst wenn ich mich nicht so fühlte. »Nein, das müssen wir nicht. Ich habe mich schon drauf gefreut.«

»Gut, dann komm mit.«

Er führte mich ins Schlafzimmer. »Zieh dich aus«, forderte er mich dann auf.

Ich war überrascht. Er wollte mich doch jetzt nicht nur mit einem Quickie abspeisen? Ich zog den neuen Rock und das Oberteil aus, die ich heute Morgen sorgfältig ausgewählt hatte, danach meine Unterwäsche, und stand dann nackt vor ihm.

Er musterte mich genau und ging um mich herum, um mich aus jedem Winkel in Augenschein zu nehmen. »Sehr schön«, meinte er dann zufrieden und nahm einen großen Pelzmantel vom Bett. »Zieh den über.«

Ich tat, was er gesagt hatte. Der Mantel fühlte sich auf meiner nackten Haut warm und weich an. Er ging mir bis zu den Knien. Daran befanden sich nur drei strategisch günstig platzierte Knöpfe, die ich verschloss. »Hoffentlich ist das kein echtes Fell«, meinte ich skeptisch und befühlte das wunderbare Material.

»Natürlich nicht. Glaubst du, ich könnte mir einen echten leisten? Außerdem bin ich ebenso gegen das Töten von Tieren wie du.«

Ich nickte. »Aber der Mantel ist schön.«

Ross schnappte sich seine Jacke. »Dann lass uns gehen.«

»In dem Aufzug?«, erwiderte ich lachend. »Ich werde erfrieren.«

»Nein, wirst du nicht. Du wirst weniger frieren als ich in meiner Jacke.«

Ich starrte ihn verwundert an. »Wo wollen wir denn hin?«

»Zuerst mal zur Bücherei.«

Daraufhin musste ich lachen. Er lachte ebenfalls und nahm meine Hand. »Komm schon, elegante Ellie. Ich will dich ein wenig in der Stadt herumzeigen.«

Wir gingen an beiden Autos in der Auffahrt vorbei. »Nehmen wir nicht den Wagen?«, wollte ich wissen.

»Nein, wir fahren mit dem Bus. In der Innenstadt kriegt man samstags keinen Parkplatz.«

Er nahm meine Hand und zog mich beim Gehen an sich. Ich spürte die kalte Winterluft an meinen nackten Beinen, aber das war nicht unangenehm, sondern eigentlich eher schön. Endlich begannen die Erinnerungen an Ryan, in meinem Kopf zu verblassen.

Zusammen mit etwa einem Dutzend anderer Menschen warteten wir eine gefühlte Ewigkeit an der Bushaltestelle. Alle sahen mich komisch an, als ob sie wüssten, dass ich unter dem Mantel nichts anhatte. Bei jeder Gelegenheit schob Ross seine kalte Hand zwischen den Knöpfen hindurch und streichelte meine nackte Haut, woraufhin ich vor Wonne zitterte.

Als der Bus, ein großer altmodischer Doppeldecker, endlich kam, schob mich Ryan vor sich die Treppe hoch, um dabei die Hände unter den Mantel gleiten zu lassen und meine Beine zu streicheln. Wir saßen ganz hinten, und ich kuschelte mich am Fenster in die Ecke. Ross schob erneut seine Hand unter den Mantel und berührte meine Muschi. Ich war hocherfreut, doch dann zog er die Hand rasch weg, als der Schaffner kam und die Fahrkarten kontrollierte. Dieser sah uns zwar skeptisch an, sagte jedoch nichts. Als er wieder weg war, mussten wir beide so laut lachen, dass sich alle, die vor uns saßen, umdrehten und uns ansahen. Aber das war uns egal. Erneut glitten Ross' Hände unter meinen Mantel und er spreizte vorsichtig meine Schamlippen. Dann fickte er mich mit den Fingern, bis es Zeit war, auszusteigen.

Die Bücherei in der Stadtmitte war brandneu und erstreckte sich über drei Ebenen. Wir warteten, bis wir den Fahrstuhl für uns alleine hatten, dann stiegen wir ein. Ross forderte mich auf, den Mantel hochzuheben, und dann knetete er meine Pobacken und penetrierte mich anal mit dem Finger. Als der Fahrstuhl anhielt, ließ ich den Mantel hastig wieder fallen, doch erst als sich die Tür geöffnet hatte und wir die Leute sehen konnten, die davor warteten, nahm Ross die Hand von meinem Hintern. Ich zitterte vor Erregung und bewunderte seine Kühnheit.

In der obersten Etage der Bücherei war es sehr ruhig. Hier standen vor allem Referenzwerke. Studenten saßen an Schreibtischen und lasen schweigend, während andere – vor allem Männer – herumsaßen und Zeitung lasen. Sie alle schienen ihre Umgebung völlig vergessen zu haben. Ross führte mich zu einer abgelegenen und verlassenen Ecke und stellte sich hinter mich. Mein Herz pochte wie wild. Was hatte er als Nächstes vor? Er zog meinen Mantel hoch und drückte seinen nackten Schwanz gegen meine Pobacken. Ich zitterte vor Verlangen, als er ihn gegen meine kalte Haut drückte und ich spürte, wie hart er war. Im nächsten Moment zog er ihn auch schon wieder weg und ließ meinen Mantel fallen.

Ich sah mich um. Eine ältere Dame stand in der Nähe und lächelte mich höflich an, woraufhin ich zurücklächelte. Ross stand etwas abseits und schien in ein Buch vertieft zu sein. Ich verspürte den unbändigen Drang zu lachen und konnte mich kaum noch zurückhalten. Doch Ross sah mich ernst an, legte den Finger an die Lippen und schüttelte den Kopf. Ich war fast schon hysterisch und unterdrückte mein Kichern nur mit großer Mühe.

Als die alte Dame wieder weg war, zog mich Ross an sich.

»Du Frechdachs«, neckte er mich. »In der Bücherei muss man leise sein.«

Er führte mich zum Ausgang. »Ich muss mal pissen«, meinte er dann und ging auf die Herrentoilette zu.

Ich klammerte mich an ihn. »Kann ich mit reinkommen?«, fragte ich mit kehliger Stimme.

»Warte kurz. Ich seh mal nach, ob wer drin ist.«

Einige Sekunden später steckte er den Kopf wieder aus der Tür und winkte mich rein. Der Raum war sehr klein, und es gab nur eine Kabine. Ross zog mich rasch hinein und verschloss die Tür. Dann holte er seinen Schwanz raus und drückte meinen Kopf nach unten.

Ich verwöhnte seine Eichel einige Minuten lang mit der Zunge. Er stand schweigend da, und allein sein Gesichtsausdruck ließ vermuten, wie sehr ihm das Ganze gefiel. Schließlich schob er mich beiseite. »Ich will hier drin keinen Quickie haben«, flüsterte er. »Außerdem muss ich dringend pinkeln.«

Fasziniert sah ich ihm daraufhin beim Urinieren zu.

Als er fertig war, schlichen wir uns wieder raus, hielten uns an den Händen und lachten.

Er hielt auf die Geschäfte zu. »Ich denke, es wird Zeit, dass du dir was Schönes kaufst, Ellie«, meinte er. »Wie wäre es mit einem schicken Kleid? Du musst es natürlich vorher anprobieren.«

So langsam hatte ich begriffen, worum es ihm ging. Wir betraten ein großes Kaufhaus, ich suchte mir einige Kleider aus und marschierte zu den Umkleidekabinen. Ross schlenderte mir hinterher und zog den Vorhang energisch zu, als uns die Verkäuferin einen bösen Blick zuwarf.

Ich zog den Mantel aus. Ross starrte mich an. Ich konnte deutlich sehen, dass er sehr erregt war. Er umfing meine Brüste mit seinen Händen und saugte dann an meinen Nippeln.

»Probier die Kleider an«, forderte er mich mit rauer Stimme auf.

Ich tat es, allerdings war keiner von uns wirklich daran interessiert, wie sie aussahen. Nach jedem Kleid streichelte Ross einen anderen Teil meines Körpers. Als ich das vierte Kleid beiseitelegte, holte er seinen steifen Schwanz raus, drückte mich gegen die Wand und rammte ihn in mich hinein.

Überrascht keuchte ich auf. Er legte mir die Hand auf den Mund und machte weiter.

»Ist da drin alles in Ordnung, Madam?«, rief die Verkäuferin, die direkt vor dem Vorhang zu stehen schien.

Daraufhin nahm Ross die Hand von meinem Mund.

»Ja, alles bestens«, rief ich und unterdrückte ein Kichern.

Sie riss den Vorhang auf, und dann stand sie da und sah uns entsetzt an.

Sofort zog Ross den Vorhang wieder zu, und wir fingen beide an zu lachen.

»Wenn Sie nicht sofort damit aufhören, lasse ich Sie rauswerfen«, rief die Verkäuferin empört.

Wir sahen uns an. »Lass uns von hier verschwinden«, meinte er, zog seinen Schwanz aus mir und verstaute ihn in seiner Hose.

Ich warf meinen Mantel über und zog ihn eng um meinen Körper, als wir aus der Umkleidekabine hasteten und die Verkäuferin beinahe umrannten. Sie stürmte uns hinterher und brüllte, dass sie bereits jemanden informiert hätte.

Wir hörten erst auf zu rennen, als wir den Haupteingang passiert hatten, danach gingen wir langsam weiter. Endlich konnte ich meinen Mantel zuknöpfen, und wir schlenderten Hand in Hand weiter und lachten über unseren kleinen Streich.

In einem überfüllten Café setzten wir uns hin und tranken

einen Kaffee. Ich war enttäuscht, dass Ross keinen Versuch machte, mich zu berühren, aber ich musste zugeben, dass es ihm unmöglich war, mich unbeobachtet zu berühren. Außerdem wimmelte es rings um uns herum von Kindern.

»Wohin jetzt?«, wollte ich wissen, als wir erfrischt wieder auf der Straße standen.

»Ein Stück weiter ist ein Museum für erotische Kunst. Hast du Lust, dir das anzusehen?«

Ich grinste ihn an. »Oh ja, bitte.«

Das Museum war klein und ziemlich leer, und an allen Wänden hingen alte ebenso wie neue Gemälde mit Nackten in diversen erotischen Stellungen. Einige erregten mich sehr. Während wir davor entlanggingen und uns die Bilder ansahen, schob Ross seine Hand unter meinen Mantel und spielte an meinen Brüsten herum, sogar als andere Leute in unserer Nähe standen. Doch niemand schien es zu bemerken, alle waren viel zu sehr in das Studium der Bilder vertieft. Wir kamen zu einem sehr alten Gemälde, auf dem ein rätselhaftes, nacktes junges Mädchen abgebildet war, deren haariger Schritt und runder Hintern besonders betont wurde, sowie zwei nackte Männer mit riesigen Penissen, von denen einer vor und einer hinter ihr stand, und die beide lächelten und auf sie zeigten.

»Ist ziemlich offensichtlich, was die vorhaben, oder?«, sagte Ross. »Warum sie nicht gleich so gemalt wurde, dass sie von beiden Seiten gefickt wird, ist mir ein Rätsel. Aber dann wäre es bestimmt Pornografie und könnte nicht in diesem Museum ausgestellt werden.«

»Ganz schön blöd, was?«, erwiderte ich, und wir gingen weiter.

Wir kamen zu einem sehr kleinen, leeren Raum. »Aha, darauf habe ich gewartet«, erklärte Ross. Er griff in seine Tasche und holte eine kleine Kamera hervor. »Stell dich da drüben hin und halt den Mantel weit auf, Ellie. Ich möchte dich zusammen mit diesen Gemälden fotografieren.«

Ich stellte mich dicht neben die Bilder und öffnete den Mantel, um meinen nackten Körper zu enthüllen, während ich die Tür im Auge behielt für den Fall, dass irgendjemand hereinkam.

»Spreiz die Beine und leg die Hände an die Hüften«, ordnete Ross an und klang ganz aufgeregt.

Das tat ich, und er machte ein Foto.

»Dreh dich um, halt den Mantel hoch und beug dich nach vorn«, wies mich Ross an und warf einen Blick zur Tür. »Ich will den schönsten Hintern fotografieren, den ich seit einer ganzen Weile gesehen habe.«

Ich beugte mich vor, während ich den Mantel vor mir festhielt, und streckte meinen Hintern in die Kamera.

Ich hörte, wie er ein Foto machte. Irgendjemand applaudierte.

»Bravo, bravo«, rief eine Stimme.

Schnell ließ ich den Mantel fallen und drehte mich um. Vor Ross stand ein kleiner, rundlicher Mann mittleren Alters.

»Das war wunderbar, meine Liebe«, verkündete dieser und strahlte. »Du bist ein sehr schönes Mädchen. Dein Freund hat großes Glück.«

Ross schnitt im Rücken des Mannes eine Grimasse und zuckte mit den Achseln. Er wusste offenbar auch nicht, wer der Mann war.

Mir war die ganze Sache furchtbar peinlich, aber der Mann kam zu mir und nahm meine Hand. »Wenn du irgendwann mal professionelle Fotos machen willst, dann such mich auf, meine Liebe. Hier ist meine Karte.« Er reichte mir eine kleine Visitenkarte und verließ dann den Raum.

»Henry Coppler«, las Ross vor, der zu mir gekommen war und die Visitenkarte inspizierte. »Der ist ziemlich berühmt,

Ellie. Angeblich ist er momentan einer der besten Aktfotografen. Wenn du zu ihm gehst, bist du alle Sorgen los.«

Ich riss ihm die Karte aus der Hand und steckte sie in die Manteltasche. »Ich will kein Nacktmodell werden, sondern Astrologin«, entgegnete ich schroff und marschierte aus dem Raum.

Danach mussten wir erst mal wieder runterkommen. Ross fuhr mit mir in seine Wohnung zurück, wo er mir den Mantel abnahm und ich für uns einen Snack zubereitete. Als das Telefon mehrmals klingelte, gab sich Ross große Mühe, damit ich nicht verstehen konnte, was er sagte.

Beim dritten Anruf ging Ross dran und sagte freundlich: »Gina, Liebling, wie geht es dir? Du hast mir gefehlt.«

Ich ging auf nackten Füßen und mit wackelnden Brüsten zu ihm hinüber und rieb mich an ihm. Am anderen Ende war eine Frauenstimme zu hören, und ich wurde eifersüchtig. Ross umfing meine Taille und zog mich mit dem Gesicht nach unten auf seinen Schoß, während er weiter telefonierte.

»Großartig«, sagte er ins Telefon und rieb mir den Anus. »Ich freue mich schon darauf. Erinner Josh daran, dass er seine Ausrüstung mitbringt, ja? Bis dann.«

»Wer war das?«, fragte ich und setzte mich auf.

»Gina. Eines unserer Groupies. Sie kommt nachher.«

»Oh. Dann haben wir heute Abend noch Gruppensex?«

»Na klar. Was hast du denn gedacht? Wir haben es ja noch nicht einmal richtig getrieben.«

»Und Josh? Kommt der auch mit?«

»Ja.«

»Wie viele sind wir denn insgesamt?«

Ross legte mir die Finger an die Lippen. »Das wirst du schon sehen.« Dann schob er mich von seinem Schoß und gab mir einen Klaps auf den Hintern. »Los, wasch ab.«

Ich war ein wenig sauer. Seine Hausarbeit wollte ich eigentlich nicht machen, aber ich wollte ihn auch nicht verärgern, also stellte ich mich ans Spülbecken und machte den Abwasch.

Später an diesem Abend fuhr ich mit Ross zu einem großen Haus im Norden von London. Ich trug wieder den Fellmantel und hatte nichts drunter. Inzwischen hatte ich mich schon fast daran gewöhnt und genoss das sinnliche Gefühl, das weiche Material auf der Haut und ständig einen Luftzug an der Muschi zu spüren. Meine Erregung schien zu einem Dauerzustand geworden zu sein, und ich war so geil auf Sex und konnte es kaum erwarten, dass mich Ross endlich berührte. Umso enttäuschter war ich, dass er es nicht tat.

Ross schloss die Tür mit einem eigenen Schlüssel auf und führte mich durch einen dunklen Gang in einen großen Raum, der nur von Kerzen erleuchtet wurde.

Darin hielt sich etwa ein Dutzend Menschen auf, die größtenteils nackt waren. Einige der Frauen trugen jedoch Schmuck. In der Mitte lag eine riesige Matratze auf dem Boden, auf der sich einige Männer und Frauen – ich konnte nicht erkennen, wie viele es waren – in verschiedenen Stellungen fickten.

Fasziniert starrte ich sie an, und mein Herz machte einen Sprung.

Einer der Männer, der das Ganze von einem Stuhl aus beobachtete, stand auf und begrüßte uns. Ich konnte meinen Blick nicht von seinem erigierten Penis abwenden, den er streichelte, während er sich mit uns unterhielt.

»Hi, Ross, hi, Ellie. Zieht euch aus und macht es euch bequem.«

»Das ist Justin«, flüsterte mir Ross zu, als der andere wieder gegangen war. »Er organisiert unsere Treffen.«

Dann entledigte sich Ross seiner Kleidung, und ich legte

den Mantel ab. Eine der Frauen, die nur zugesehen hatten, kam zu uns herüber. »Schöner Mantel«, meinte sie, strich neidisch über das weiche Material und rieb ihre kleinen Brüste daran.

Ross streckte die Hand aus und zwickte sie in einen Nippel. »Hör auf, so zu tun, als wärst du eine Katze, und setz dich zu uns, Bella.«

Wie in Trance folgte ich Ross und Bella auf die andere Seite des Raums, wo sich Ross in einen Armsessel setzte und uns beide auf seinen Schoß zog.

Augenblicklich legte Bella die Hand auf Ross' Schwanz und begann, ihn zu streicheln.

Meine Gefühle waren in Aufruhr. Einerseits fand ich die Atmosphäre hier sehr aufregend und faszinierend, andererseits war ich aber auch ein wenig eingeschüchtert von dem, was all die nackten Männer und Frauen miteinander trieben.

Die Gruppe auf dem Boden war noch immer zugange und stieß wilde Grunz- und Stöhnlaute aus. Die Zuschauer starrten sie begierig an. Die meisten berührten entweder sich selbst oder jemand anderen, während sie darauf warteten, dass sie in die Mitte gehen konnten.

Ross spreizte meine Pobacken und steckte mir einen Finger in den Anus. Das fühlte sich gut an. Ich wackelte zufrieden mit dem Hintern hin und her.

Bella lächelte mich ermutigend an, während sie weiter an Ross' Penis herumspielte. Ich lächelte zurück.

»Keine Sorge, wir sind auch bald an der Reihe«, versprach mir Ross. »Schließlich dürfen hier alle mitmachen. Siehst du die Kleine da auf dem Boden, die sich unter dem Großen, Dunklen windet? Das ist Gina, mit der ich vorhin telefoniert habe. Sie ist hübsch, nicht wahr?«

Ich starrte Gina an, die unter dem Kerl herumzuckte. Ein

anderer Mann hatte seinen Penis in ihren Mund gesteckt. Nach dem Bisschen, was ich von ihrem Gesicht erkennen konnte, war sie sehr attraktiv. Mein Selbstwertgefühl rutschte in den Keller, und ich wünschte mir, ich wäre gar nicht erst hergekommen.

Ross stupste mich an und legte etwas in meine Hand. Verächtlich sah ich auf den Joint herab. »Nein, danke«, flüsterte ich. »Ich steh nicht auf Drogen.«

Er warf mir einen vielsagenden Blick zu. »Heute Abend schon. Außerdem ist das kein hartes Zeug.« Er schob mir den Joint mit der freien Hand zwischen die Lippen und drückte einen weiteren Finger in meinen Hintern. Meine Muschi zuckte erfreut zusammen, ich merkte, dass ich unwillkürlich meine Beine spreizte. Bella beugte sich vor und streichelte mir zärtlich über die Oberschenkel. Ich beobachtete ihre kleine Hand mit den zarten Fingern, die sich auf Erkundungstour begab. Abgesehen von Anna und ihrer rasierten Muschi hatte ich noch nie eine andere Frau begehrt, und irgendwie schockierte es mich, was sie da tat, aber ich hielt sie auch nicht davon ab. Stattdessen lehnte ich mich in Ross' Armen zurück, rauchte den Joint und gab mich dem Gefühl hin, von Ross und Anna gleichzeitig berührt zu werden.

Ross sah mich bewundernd an. »So ist es richtig«, sagte er mit Stolz in der Stimme, und auf einmal war ich sehr glücklich.

Bellas kleine Finger fanden meine Klit, und ich erschauderte vor Wonne.

Nachdem ich mehrmals an dem Joint gezogen hatte, reichte ich ihn Ross. »Mir reicht's«, erklärte ich, da ich die Wirkung bereits überdeutlich spürte.

Eine halbe Stunde später kam Justin zu uns herüber und zog mich von Ross' Schoß auf die Matratze. Ich legte mich auf den Boden, und er drückte mich zur Seite und hielt ein Bein in die Luft. Ross kam mit einer Schüssel zu uns herüber, in der sich eine weiße schaumige Masse befand, die wie Sahne aussah. Die verteilte er auf meiner Muschi und in meiner Pofalte. Dann legte er den Kopf zwischen meine Beine und tauchte seine Zunge in die cremige Mischung. Ein anderer Mann, den ich nicht kannte, gesellte sich zu uns und leckte meinen Hintern. Ich zitterte vor Lust. Als ich die Augen öffnete, merkte ich, dass mich die Gesichter um uns herum voller Verlangen ansahen, aber das war mir egal. Eigentlich gefiel es mir sogar; ich fühlte mich wichtig. Ein dritter Mann kam zu uns und verrieb etwas auf meinen Brüsten, das nach Cannabis roch. Justin leckte es langsam von mir ab, und seine Zähne bissen sanft in meine Nippel, sodass ich vor Erregung aufstöhnte. Dann wurde ich herumgedreht, sodass ich auf allen vieren hockte, und der Mann, der mir die Creme vom Hintern geleckt hatte, drang anal in mich ein, während mir Justin seinen Schwanz in den Mund steckte. Ich hätte vor Lust am liebsten aufgeschrien, doch das ging nicht, da Justins Schwanz in meinem Mund steckte, daher biss ich einfach nur leicht zu. Er kreischte kurz auf, stieß seinen Penis aber weiter in meine Kehle. Jemand leckte mich, aber ich wusste nicht, wer es war. Als ich kurz die Augen öffnete, sah ich Bella unter mir und ging davon aus, dass sie es sein musste. Ich war in einem Zustand, in dem es mir völlig gleichgültig war, ob mich ein Mann oder eine Frau heiß machte. Mein ganzer Körper loderte vor Ekstase. Ich stand in Flammen und wollte von allen gefickt werden. Mit jedem Stoß wollte ich mehr. Endlich explodierte ich und verspritzte meinen Saft über Bellas Gesicht. Justin und der Unbekannte kamen ebenfalls, und ich schluckte Justins Samen gierig herunter.

Einige Augenblicke später lag ich alleine auf der Matratze und fühlte mich wund und leer. Ross hob mich hoch und trug mich zum Sofa.

»Du bist wunderbar, Ellie. Es war großartig, dir zuzusehen. Möchtest du duschen?«

Ich sah in sein lächelndes Gesicht, und auf einmal wurde mir bewusst, dass er mich nicht gefickt hatte.

»Du bist nicht geblieben«, murmelte ich. »Warum nicht?«

»Ich wollte dich mit den anderen sehen. Ich weiß, wie du dich jetzt fühlst. Wir haben den ganzen Tag darauf hingearbeitet. Justin findet dich großartig. Er will dich gern nochmal nehmen.«

Ich sank auf das Sofa und machte mir Sorgen, dass ich nicht richtig mit Ross geschlafen hatte. Auf einmal war ich sehr müde. Würde ich die Energie haben, ihn noch einmal zu verführen? »Ich möchte, dass du mich fickst«, sagte ich leise.

Ross streichelte meinen Bauch und sah mich voller Zuneigung an. »Oh, das werde ich noch, keine Sorge. Geh du doch erst mal in Ruhe duschen.«

Sauber und erfrischt kehrte ich kurze Zeit später wieder zurück. Ich hatte mir die große Dusche mit einigen Fremden teilen müssen, aber keiner von ihnen hatte versucht, mich anzufassen. Anscheinend war Sex tabu, sobald man den »Groupieraum« verlassen hatte. Das ganze Arrangement kam mir sehr seltsam vor.

Inzwischen hatten sich alle in kleinere Gruppen aufgeteilt. Überall waren nackte Körper in Bewegung zu sehen. Ich suchte nach Ross und fand ihn schließlich in einer Ecke des Raums zusammen mit Gina und einem anderen Mann, den ich für Josh hielt. Gina saß mit dem Rücken zu Ross auf seinem Schwanz, während Josh ihre Klit leckte.

Mich durchströmte der Neid, als ich in Ginas Gesicht sah, wie sehr sie das genoss. Langsam ging ich hinüber und versuchte, ruhig zu bleiben. Ross sollte in mich eindringen, nicht in Gina. Sie schienen mich nicht zu bemerken, als ich mich neben sie stellte. Ein Mann kam von hinten an mich herangetreten und drückte meine Pobacken. »Komm doch zu unserer Gruppe«, forderte er mich auf.

Ich schüttelte den Kopf und lächelte ihn voller Bedauern an, da ich ihn nicht verletzen wollte. »Ich gehöre zu dieser Gruppe«, sagte ich und deutete auf Ross.

Der Mann sah mich seltsam an und ging dann weg. Endlich bemerkten mich Gina und Ross und lächelten.

Ross packte eine meiner Brüste und steckte sie sich in den Mund. Gina hüpfte weiter auf ihm auf und ab, während Josh sie wie ein Irrer leckte. Ein Teil von mir fühlte sich auf einmal von dem abgestoßen, was sich da abspielte, während ein anderer noch immer Ross begehrte.

Ich streichelte seine Brust und seine Brustwarzen. Schon vor langer Zeit hatte ich festgestellt, dass Männer an dieser Stelle sehr empfindlich waren. Dann beugte ich mich vor und flüsterte ihm ins Ohr: »Ich will, dass du mich fickst.«

Ross grinste. »Jetzt?«

»Ja.«

»Ich kann euch nicht beide gleichzeitig ficken.«

Ich streichelte verführerisch seinen Hals und knabberte an seinem Ohr. »Dann schubs sie runter.«

Mit einem lüsternen Blick in meine Richtung schob Ross Gina von seinem Schwanz. Ich starrte seinen Penis an, der wunderbar vor ihm aufragte und an dem Ginas Feuchtigkeit im Kerzenlicht glänzte. Gina stöhnte vor Enttäuschung auf und sah mich verärgert an. Ich ignorierte sie und kletterte schnell auf Ross' Schoß. Es war großartig zu spüren, wie er in mich eindrang. Ich drückte ihn in mich hinein und beugte mich vor. Er küsste mich, nicht sehr leidenschaftlich, eher kalkuliert langsam, und seine Zunge erkundete meinen Mund, während er seine Lippen sanft auf meine presste. Langsam bewegte ich mich auf und ab, um dann immer schneller zu werden. Auf einmal spürte ich Joshs Hände (wie ich annahm) auf meinen Pobacken, und er half mir, mich auf Ross' Schwanz immer heftiger zu bewegen. Ich schloss die Augen und ließ mich gehen. Das war es, worauf ich gewartet hatte. Endlich kam Ross in mir, und wenige Sekunden später hatte ich ebenfalls den Höhepunkt erreicht. Meine Aufgabe war erfüllt.

Die Orgie ging noch die ganze Nacht weiter, doch nachdem ich Ross gefickt hatte, stieg ich aus. Ich suchte meinen Mantel und schlich mich aus dem Raum. Als ich mich umdrehte, war Ross bereits wieder bei Gina, aber dieses Mal saß sie auf Josh und Ross beugte sich vor, um sie mit der Zunge zu verwöhnen. Ich suchte mir ein leeres Schlafzimmer, legte mich aufs Bett und war innerhalb von Sekunden eingeschlafen.

Ross entdeckte mich am nächsten Morgen und scheuchte mich rasch aus dem Zimmer. Offensichtlich mochte es Justin gar nicht, wenn andere seine Schlafzimmer benutzten.

Wir blieben nicht länger im Haus, sondern brachen sofort auf. Ross brachte mich wieder zu seiner Wohnung, wo ich mich schnell anzog.

»Wollen wir zusammen frühstücken?«, fragte Ross, obwohl es schon fast Mittag war. Er sah sehr erschöpft aus.

»Nein, danke.« Ich wollte nur noch nach Hause.

Ross schien enttäuscht zu sein.

Ich eilte zur Wohnungstür. Im letzten Moment griff er nach meinem Arm. »Ellie ...«

»Ja? Was ist denn?«, fragte ich ungeduldig.

»Irgendwie hab ich das Gefühl, dass wir uns nicht wiedersehen werden.«

»Da könntest du recht haben.« Innerlich war ich schon ganz weit weg.

Er nickte traurig. »Schade. Du warst echt gut, Ellie. Falls du je deine Meinung ändern solltest, dann ruf mich an.«

Ich nickte und konnte es gar nicht erwarten, aus seiner Wohnung zu kommen. Nur wenige Wochen zuvor hatte ich Angst gehabt, dass dieser Mann meiner Beziehung schaden und meine Gefühle für Ryan gefährden könnte. Daher war es umso absurder, dass ich jetzt, wo ich Ryan verloren hatte, nichts mehr für Ross empfand. Er war ein netter Kerl, und man konnte viel Spaß mit ihm haben, aber jetzt, da wir miteinander geschlafen hatten, ließ er mich kalt.

Wir verabschiedeten uns, und ich stieg dankbar in meinen Wagen und fuhr nach Hause. In meiner Wohnung angekommen, hörte ich den Anrufbeantworter ab und hoffte auf eine Nachricht von Ryan, aber es hatte nur Zoe draufgesprochen, die mir mitteilte, dass sie mit Tony eine Rucksacktour durch Asien machen und noch an diesem Abend aufbrechen würde.

Auf einmal fühlte ich mich sehr einsam. Ich sehnte mich so sehr danach, Ryans Stimme zu hören, dass es mich fast zerriss. Ich trank noch eine Tasse Tee und ging dann zu Bett.

## *Kapitel 13*

### *Fische: Der heilige Sünder*

19. Februar

Ich zwinge mich dazu, das zu schreiben, weil es der letzte Eintrag sein wird. Außerdem ist es zu einem Ritual geworden, das ich nicht ignorieren kann, obwohl es mir hundeelend geht. Die letzten Wochen waren die Hölle. Ich habe nicht gearbeitet, nicht geschlafen und kaum etwas gegessen. Und das Schlimmste ist, dass ich nichts von Ryan gehört habe. Er fehlt mir so sehr. Jeden Morgen stehe ich hoch motiviert auf und will zur Abwechslung etwas Positives machen, aber schon gegen Mittag bin ich so deprimiert, dass ich mich wieder ins Bett lege. Ich bin nicht stolz darauf, dass ich mich vor der Welt unter meiner Bettdecke verstecke und einfach alles vergessen will. Mir ist klar, dass das nichts bringt, aber ich kann es nicht ändern.

Die gute Nachricht ist, dass mein Buch auf dem neuesten Stand ist und nur noch ein Kapitel fehlt, um es abzuschließen. Die schlechte Nachricht ist, dass ich noch keinen Fische-Mann gefunden habe. Allerdings habe ich auch nicht wirklich nach einem gesucht. Ryans Liste kann ich nicht mehr benutzen, weil ich weder die Telefonnummern noch die Adressen habe. Außerdem sprechen sich Dinge schnell rum, und ich bezweifle nicht, dass Ryan es erfahren würde, wenn ich ihn auf diese Weise erneut ausnutze. Außerdem wäre es meiner Ansicht nach nicht richtig.

Zoe ist immer noch auf ihrer Rucksacktour mit Tony durch Asien und kann mir nicht helfen. Vor einigen Tagen hat sie mich aus Hongkong angerufen und klang so begeistert, dass mir die Tränen in die Augen gestiegen sind. Ich bin mir nicht sicher, ob es Tränen der Freude für sie oder des Selbstmitleids waren.

Die arme Anna liegt im Krankenhaus. Ich habe sie letzte Woche angerufen, weil ich hoffte, sie hätte eine gute Idee, wie ich einen Fische-Mann finden kann, nur um vom besorgten Lester zu erfahren, dass sie seit dem Vortag auf der Entbindungsstation liegt und Bettruhe halten muss, um eine Fehlgeburt zu vermeiden. Gestern hat mich Lester allerdings noch mal angerufen und mir erzählt, dass es schon besser aussieht. Dem Baby geht es Gott sei Dank gut, und Anna darf sich ein wenig bewegen. Ich fühle mich schrecklich: Sie liegt seit über einer Woche im Krankenhaus und ich habe sie nicht mal besucht, sondern ihr nur eine Genesungskarte geschickt. Doch jetzt bin ich fest entschlossen. Heute werde ich meinen dicken Hintern aus dem Bett heben, den Wagen aus der Garage holen, in der er seit Wochen steht, und zum Krankenhaus fahren. Es wird Zeit, dass ich Make-up auflege, mich ein wenig zurechtmache und zur Abwechslung mal an jemand anderen denke. Nach meinem Besuch bei Anna werde ich die Maklerfirma aufsuchen, bei der ich Ende Juni auf der Suche nach dem Krebs-Mann war, um mich dort nach dem sehr netten Fische-Mann umzusehen, den ich stattdessen kennen gelernt hatte. Hoffentlich arbeitet er noch da. Ich drücke mir selbst die Daumen.

Anna saß im Bett und sah sehr fröhlich aus. Sie nahm mich in die Arme und drückte mich. »Es ist so schön, dich zu sehen, Ellie.«

»Ich freue mich auch«, erwiderte ich, und mir stiegen die Tränen in die Augen. Anna war so ein lieber Mensch.

Sie tätschelte ihren Bauch. »Dem Baby geht's gut. Sie haben mich heute noch mal untersucht, und die Krankenschwester hat uns gefragt, ob wir das Geschlecht wissen wollen, aber wir haben abgelehnt. Lester und ich lassen uns überraschen.«

»Ich glaube, das würde ich genauso machen, wenn ich schwanger wäre. Es ist doch blöd, wenn man das vorher schon weiß. Wie lange musst du noch im Krankenhaus bleiben?«

»Keine Ahnung. Nicht mehr lange, hoffe ich. Mein Blutdruck ist noch ein bisschen hoch. Den wollen sie erst noch senken, bevor sie mich nach Hause schicken.«

»Du kannst dich doch auch zu Hause ausruhen.«

»Das habe ich ihnen auch gesagt. Lester meinte, er würde sich schon um mich kümmern. Aber ich schätze, die Ärzte wollen sichergehen, dass alles in Ordnung ist. Es überrascht mich nur, dass sie das Bett nicht für eine andere Patientin brauchen.«

»Wo ist Lester? Ist er nach Hause gefahren?«

»Nein, er ist vor einer halben Stunde runtergegangen, weil er etwas besorgen wollte. Er müsste bald wieder zurück sein. Ah, da ist er ja.«

Ich sah mich um. Lester näherte sich dem Bett, grinste breit und hatte einen riesigen Blumenstrauß in der Hand, den er Anna stolz überreichte.

»Oh, Lester, die sind aber schön«, schwärmte sie und strahlte ihn voller Bewunderung an. »Sind die nicht wunderschön, Ellie?« Sie hielt mir die Blumen unter die Nase.

»Ja. Wunderschön«, entgegnete ich und versuchte, möglichst enthusiastisch zu klingen, während ich daran roch. Aus irgendeinem Grund störte mich Lesters Anwesenheit.

Ich vertraute ihm noch immer nicht, obwohl er sich wie ein perfekter Gentleman verhielt.

Lester lächelte mich an. »Dann hast du es also endlich hierher geschafft, Ellie.«

Obwohl seine Stimme frei von Sarkasmus war, hatte ich das Gefühl, er wollte mich ärgern.

»Ellie hat sich nicht gut gefühlt«, warf Anna rasch ein. »Ryan hat sie verlassen.«

»Oh.« Lester sah mich mit einem bohrenden Blick an. »Mach dir nichts draus, Ellie. Ich habe ihn sowieso für einen ziemlichen Aufschneider gehalten. Du findest bestimmt bald jemanden, der deine, äh, Talente besser zu würdigen weiß.«

»Ich will keinen anderen«, murmelte ich und ignorierte seine abfällige Bemerkung über Ryan.

Anna nahm meine Hand. »Lass den Kopf nicht hängen, Ellie. Lester hat recht. Es gibt jede Menge andere Fische im Teich.«

Bei Annas Worten musste ich grinsen. Ich wünschte mir, dass es noch viele Fische im Teich gab, vor allem Fische-Männer, damit ich mir einen davon aussuchen und meine Aufgabe schnell hinter mich bringen konnte.

Wir drei plauderten noch eine Weile. Als ich aufstand, um zu gehen, erhob sich Lester ebenfalls und sagte, er müsse ebenfalls los.

»Lass uns zusammen zum Parkplatz gehen, Ellie«, schlug er vor und lächelte mich dabei freundlich an.

Er gab Anna einen langen, innigen Kuss und sagte ihr, dass er sie lieben würde.

Ich umarmte sie und versprach, sie bald wieder zu besuchen.

Sobald wir die Station verlassen hatten, legte mir Lester den Arm um die Schultern. Ich ließ es geschehen und hoffte, das sei nur als freundschaftliche Geste gemeint.

Doch das, was er kurz darauf sagte, zerstörte diese Illusion. »Wenn du den Sex mit Ryan vermisst, dann springe ich gerne ein, Ellie.«

Seine Doppelmoral erzürnte mich. »Nein, danke«, erwiderte ich kalt und schüttelte seinen Arm ab. »Wenn … Falls ich Sex haben wollte, dann nur mit einem jungen, agilen Fische-Mann, nicht mit einem alten Mann wie dir.« Die Worte rutschten einfach so aus mir heraus. Meines Wissens hatte Lester keine Ahnung von meiner Aufgabe, und ich wollte ihm auch nicht davon erzählen. Ich hatte auch nicht unhöflich sein wollen. Er sollte auf keinen Fall Anna erzählen, was ich gesagt hatte, und sie dadurch aufregen.

Lester lachte schnaubend. »Warum in aller Welt suchst du nach einem Fisch?«

»Ach, aus keinem besonderen Grund.« Ich wünschte mir sehr, es gar nicht erst erwähnt zu haben.

Lester blieb einfach stehen und ergriff meinen Arm. »Moment mal. Ich bin Fisch. Oder war es Wassermann? Ich habe mich nie sonderlich für so was interessiert.«

»Wann hast du Geburtstag?«, fragte ich.

»Am 27. Februar. Nächste Woche.«

»Dann bist du ein Fisch.«

Er grinste mich verschlagen an und zeigte mir die leicht angelaufenen Zähne, die ich so unattraktiv fand. »Dann entspreche ich dem Anforderungsprofil, nicht wahr, liebste Ellie? Ich bin zwar nicht jung, aber ich bin ein sehr geiler Fisch.«

»Nur in deinen Träumen, Lester«, fauchte ich ihn an und stürmte auf den Haupteingang zu. Er lief mir nach und war vor mir an der Tür, die er mir sodann aufhielt. Ich warf ihm einen finsteren Blick zu, als ich in die kalte, feuchte Februarluft hinausging. Trotz meines Zorns fiel mir auf, dass er gar nicht so übel aussah, solange er nicht den Mund aufmachte.

Entweder hatte er weniger Falten, oder ich war inzwischen daran gewöhnt.

Neben seinem Wagen blieb Lester stehen und sah mich interessiert an. »Warum steigst du nicht ein, und wir plaudern noch eine Weile?«

»Worüber denn?«

»Über dich, mich, Anna, Ryan. Worüber du willst. Wenn du mit jemandem reden willst, ich bin für dich da und höre dir zu.«

Ich war unsicher. Ich wollte ihn nicht ermutigen, aber der Gedanke daran, nach drei einsamen Wochen ohne Ryan mal wieder mit jemandem zu reden, war unwiderstehlich.

»Bitte, Ellie. Ich verspreche, dir nicht mehr zu nahe zu kommen, es sei denn, du möchtest es.«

»Okay«, meinte ich widerstrebend. »Aber nur ein paar Minuten.«

Er hielt mir die Beifahrertür auf, und ich stieg ein.

»Dann erzähl mir mal, warum du nach einem Fisch suchst«, meinte Lester, als wir beide im Wagen saßen.

»Lieber nicht«, erwiderte ich abweisend.

»Gut, wie du willst. Ich dachte, du möchtest dich vielleicht jemandem anvertrauen. Kennt Anna den Grund dafür?«

»Ja, aber wage es nicht, sie deswegen zu bedrängen.«

»Als ob ich meine Süße bedrängen würde. Du scheinst mich für einen großen, bösen Troll zu halten. Ich liebe sie.«

»Tust du das?« Ich sah ihm in die Augen. »Du benimmst dich jedenfalls nicht immer dementsprechend.«

Er lachte. »Du meinst, weil ich bei dir landen will?«

»Ja. Wenn du sie wirklich lieben würdest, dann würdest du das nicht versuchen.«

Daraufhin schüttelte er protestierend den Kopf. »Ich liebe sie wirklich, Ellie. Aber ich bin ein Mann – zugegebenermaßen ein alternder Mann –, wie dir vermutlich aufgefallen ist.

Ich will so viel Sex haben, wie es nur möglich ist, bevor ich keinen mehr hochkriege. Das ist eine Frage der Ehre, verstehst du?«

»Nein, das verstehe ich nicht. Anna vertraut dir. Wenn sie wüsste, dass du versuchst, bei mir zu landen, dann wäre sie am Boden zerstört.«

»Das weiß ich. Und darum werden wir ihr auch nichts verraten, nicht wahr?«

Er legte mir die Hand aufs Knie, und als ich sie nicht wegschob, schob er sie an der Innenseite meines Oberschenkels hoch, wobei er meine Beine ein wenig auseinanderdrückte, bis er den Saum meines Höschens erreicht hatte.

»Tu das nicht, Lester«, flehte ich und sah ihn an. »Tu das nicht, Anna zuliebe.«

Er ignorierte meinen letzten Versuch, mit dem ich verhindern wollte, dass wir beide etwas taten, was wir später bitterlich bereuen würden – ich zumindest auf jeden Fall. Stattdessen streichelte er meine Muschi durch den Stoff meines Höschens hindurch.

»Oh, Ellie, Ellie«, flüsterte er und seufzte. »Halt mich jetzt nicht auf. Wir tun nichts Falsches. Ich bin ein Fisch, schon vergessen? Du brauchst mich.«

Einige Sekunden lang saß ich regungslos da, hatte die Beine gespreizt und spürte Lesters Hand an meiner Muschi. Es reizte mich sehr, einfach nachzugeben. Ein schneller Fick, und ich hätte meine Aufgabe abgeschlossen. Das Geld meines Vaters und sein Haus würden mir gehören. Ich hätte keine Geldsorgen mehr und könnte alles daransetzen, Ryan zurückzuerobern.

Lester wusste, dass er gewonnen hatte. Er zog seine Hand von meiner verräterischen Muschi weg und startete den Wagen. »Lass uns an einen etwas ruhigeren Ort fahren«, sagte er zuversichtlich.

Ich erwiderte nichts. Meine stillschweigende Zustimmung reichte schon. Zehn Minuten später fuhr er auf einen kleinen, ruhigen Parkplatz in Wimbledon Common und hielt den Wagen an. Ich konnte in der tödlichen Stille mein Herz klopfen hören. Tat ich wirklich das Richtige?

Lester zog mir den Rock über die Oberschenkel. Ich saß da und sah zu, wie sich seine pummeligen Finger in mein Höschen schoben und es herunterzogen. Als er es mir ausgezogen hatte, drückte er meine Beine auseinander und fasste nach meiner Muschi, um einen Finger hineinzustecken. Er war warm und glitschig. Die plötzliche Penetration nach mehreren Wochen Abstinenz ließ mich laut aufstöhnen.

Er seufzte vor Lust. »Du bist so wunderschön, Ellie. Oh, ich sehne mich so sehr danach, dich zu ficken.«

Ich sah auf seinen Hinterkopf hinab, als er sich über meinen Körper beugte. Sein graues Haar wurde langsam dünn, und er hatte Schuppen. Auf einmal hatte ich das Bild von Anna vor Augen, wie sie im Krankenhausbett sitzt, ihn bewundernd anlächelt, seine Blumen annimmt, alles tut, um sein Baby zu retten, und ich wusste, dass ich das niemals durchziehen konnte und dass ich das auch gar nicht wollte.

»Nein, nein!«, rief ich und drückte mit den Händen gegen seine Brust.

Er sah überrascht auf, zog aber die Finger nicht aus mir heraus. »Was ist los?«

»Ich kann das nicht. Ich will Anna nicht wehtun.«

Lesters Gesicht verzog sich zu einer gemeinen Maske. »Wir waren uns doch einig, dass sie es nie erfahren wird.« Seine Hand hielt meine nackte Muschi weiterhin fest.

Ich zerrte an seinem Handgelenk und versuchte, seine Hand wegzuziehen. »Bitte, Lester, lass mich los. Wir müssen beide an Anna denken. Sie kriegt ein Kind von dir, um Himmels willen!«

Er schien einige Sekunden lang über meine Worte nachzudenken, dann sah er mich verächtlich an und zog seine Hand weg.

Innerlich seufzte ich vor Erleichterung. Einen kurzen Moment lang hatte ich schon gedacht, er würde nicht mehr aufhören und sich mir aufzwingen. Langsam zog ich meinen Rock runter, um ihn nicht noch weiter zu erzürnen, und bat ihn, mich zum Krankenhaus zurückzufahren. Mein Höschen lag irgendwo im Wagen, aber ich wagte es nicht, danach zu suchen.

Augenblicklich ließ Lester den Wagen an und raste wie ein Irrer vom Parkplatz auf die Hauptstraße.

Ich krümmte mich auf meinem Sitz. »Bitte, Lester. Fahr nicht so schnell. Du wirst uns noch beide umbringen.«

Daraufhin trat Lester auf die Bremse und sah mich wütend an. »Nur, damit du es weißt, du blöde Kuh, ich werde dich nie im Leben noch mal anfassen. Anna ist zehnmal besser als du.«

Ich stimmte ihm stillschweigend zu, beschloss aber, den Weg des geringsten Widerstands zu gehen und nichts mehr zu sagen. Dieser ganze Schlamassel war ebenso meine Schuld wie Lesters.

Keiner von uns sagte noch ein Wort, bis wir wieder auf dem Krankenhausparkplatz waren.

Er blieb mitten auf dem Parkplatz stehen, beugte sich über mich, wobei er mir grausam die Brust platt drückte, und öffnete die Beifahrertür. »Steig aus«, fauchte er mich an.

Ich krabbelte aus dem Wagen, aber bevor ich ihm die Tür ins Gesicht rammen konnte, warf er mir etwas vor die Füße. »Das hast du vergessen«, schnaubte er.

Als ich heruntersah, lag mein Höschen auf dem Asphalt. Ich bückte mich, um es aufzuheben, und er knallte die Tür zu und raste davon. Nachdem ich das Höschen in meine Handtasche gestopft hatte, sah ich mich voller Scham um, ob irgendjemand die Szene mitbekommen hatte, aber zum Glück war niemand in der Nähe. Langsam ging ich zurück zu meinem Wagen. Ich war gedemütigt worden, hatte mir das aber auch selbst eingebrockt. Ich hätte es mir nie verzeihen können, wenn ich Anna verraten hätte. Außerdem hatte das Ganze auch eine positive Seite: Zumindest würde mich Lester nie wieder belästigen.

Ich war schon fast zu Hause, als mir wieder einfiel, dass ich auf dem Rückweg ja bei meinem Fische-Makler vorbeischauen wollte. Also wendete ich und fuhr in die Stadt.

Ich schlenderte in das Maklerbüro *Steadman and Skinner* und fühlte mich ohne Höschen sehr sexy und selbstbewusst. Doch der Mann, auf den ich es abgesehen hatte, war nicht da, sein Schreibtisch war unbesetzt.

»Kann ich Ihnen helfen, Miss?«, fragte eine junge Frau, die am benachbarten Schreibtisch saß.

»Ich wollte mit Mr. Bayliss sprechen. Ist er zufällig da?«

»Leider nicht. Er ist vor zehn Tagen in die Flitterwochen in die Karibik geflogen, der Glückliche.«

Ich erstarrte. Flitterwochen? Er hatte mir nichts von einer Freundin erzählt, als er vor acht Monaten hemmungslos mit mir geflirtet hatte.

»Soll er Sie anrufen, wenn er nächste Woche zurückkommt?«

Enttäuscht ging ich zur Tür. »Nein, danke. Es ist nicht so wichtig«, antwortete ich schnell, da sich bereits ein dicker Kloß in meiner Kehle bildete.

Meine Laune war jetzt so richtig im Keller. Ich lief wie ein Zombie durch die Stadt, sah in Schaufenster, kaufte nichts, war aber auch zu deprimiert, um nach Hause zu gehen, und zu pleite, um mir etwas zu gönnen. Vor meinem inneren Auge sah ich das Geld meines Vaters verschwinden, da meine Aufgabe auf einmal völlig unlösbar erschien. *Hätte ich doch mit Lester geschlafen!*, schoss es mir durch den Kopf. Dann öffnete der Himmel seine Schleusen. Da ich keinen Schirm dabeihatte, suchte ich unter der Markise eines Geschäftes Schutz, doch nach einer Weile hatte ich die Nase voll davon, darauf zu warten, dass es aufhörte zu gießen, und trottete in den strömenden Regen hinaus. Zehn Minuten später war ich bis auf die Haut durchnässt und zitterte vor Kälte. Jetzt fand ich es überhaupt nicht mehr sexy, dass ich kein Höschen anhatte. Ich überlegte, in einen Laden zu gehen und mir ein neues zu kaufen, aber selbst das war mir zu anstrengend. Meine Apathie steigerte sich von Minute zu Minute.

Ich gelangte immer weiter an den Stadtrand. Als ich mich einer großen, alten Kirche näherte, kam ein Paar heraus. Die beiden standen nebeneinander im Kirchportal, hatten sich beieinander eingehakt und starrten in den Regen hinaus. Dann zog der Mann seine Jacke hoch, hielt sie über den Kopf der Frau, und sie liefen gemeinsam durch den Regen und lachten laut. Ich beneidete sie um ihr Glück, ging zur Kirchentür und öffnete sie. Im Inneren war es kühl, aber wenigstens trocken. Es war niemand zu sehen, als ich durch den Gang schlurfte und alles volltropfte, um dann auf die vorderste Bank zu sinken. Ich war nicht religiös und war es auch nie gewesen. Ich wusste nicht einmal, zu welcher Glaubensrichtung diese Kirche gehörte, aber als ich mit nasser Kleidung und tropfenden Haaren dasaß und sich auf der Bank um mich herum eine Pfütze bildete, schloss ich die Augen und betete zu Gott, dass er mir helfen möge.

Als ich die Augen wieder aufschlug, stand ein Mann in der Nähe und beobachtete mich. »Hallo«, sagte er freundlich. »Geht es Ihnen gut?«

Ich schüttelte den Kopf, da ich glaubte, weinen zu müssen, wenn ich den Mund aufmachte. Als ich den Mann erneut ansah, bemerkte ich seinen weißen Kragen. Dabei sah er aus, als wäre er höchstens dreißig, und wirkte in seinem dicken Pulli und der Jeans völlig normal!

»Kann ich Ihnen irgendwie helfen?«, erkundigte er sich.

Ich lachte spöttisch. Als ob mir ein Vikar helfen konnte!

Er setzte sich neben mich auf die Bank und ignorierte die feuchten Stellen. »Wie heißen Sie?«

»Mariella.« Ich senkte den Kopf und starrte meine schmutzigen Schuhe an.

»Es ist alles in Ordnung, Mariella.« Seine Stimme klang beruhigend. »Ich sehe doch, dass Sie Probleme haben. Möchten Sie darüber reden?«

Zum ersten Mal sah ich ihm in die Augen. Sie waren groß und gefühlvoll und wunderbar braun. Ich fing an zu weinen.

Er nahm meine Hand und hielt sie sanft zwischen seinen großen Händen. »Weinen Sie nicht. Reden Sie mit mir. Dafür bin ich da.«

»Ich bin nicht katholisch«, sagte ich schluchzend.

»Ich auch nicht. Das hier ist die Church of England. Aber ich kann Ihnen trotzdem zuhören. Und ich verspreche, dass ich nicht über Sie urteilen werde.«

Ich starrte ihn an, sah aber nichts als aufrichtiges Mitgefühl, und als ich den Mund aufmachte, sprudelte alles aus mir heraus. Ich fing ganz am Anfang an, erzählte ihm von der Einsamkeit, die ich als Kind gespürt hatte, nachdem meine wunderschöne, junge, italienische Mutter bei einem tragischen Autounfall ums Leben gekommen war, als ich gerade mal zwei Jahre alt gewesen war. Mein Vater hatte mich alleine aufgezogen, mich geliebt und mich verwöhnt, aber mir hatte die besondere Bindung gefehlt, die man nur zu seiner Mutter haben kann. Ich sprach über meine Schwierigkeiten in der Schule, die Lehrer, die mich nicht verstehen wollten, und wie schwer es mir gefallen ist, auf den Unterricht zu achten, obwohl ich nicht dumm war und in die Fußstapfen meines Vaters treten wollte, um eine erfolgreiche Astrologin zu werden. Ich berichtete von meiner Teenagerzeit und meinen damaligen Freunden, bevor ich zu meiner On-Off-Beziehung mit Ryan und meiner Liebe zu ihm kam. Dann erzählte ich ihm vom Tod meines Vaters und den Klauseln in seinem Testament. Der gute Vikar verzog keine Miene, als ich ihm berichtete, wie ich meine Aufgaben bisher erfüllt hatte und dass es mir noch nicht gelungen war, einen passenden Fische-Mann aufzutreiben. Er hörte sich meine emotionalen Ausbrüche an und die intimen Ergebnisse meiner monatelangen Bemühungen. Ich beschönigte nichts und versuchte auch nicht, an sein Mitleid zu appellieren. Ich erzählte ihm, wie sehr mir der Sex gefallen hatte und dass es am Ende böse ausgegangen war, als Ryan von meinen Lügen erfahren hatte. Ich wies darauf hin, wie sehr mir Ryan, Anna und Zoe geholfen hatten, und mir wurde während des Berichts klar, dass ich manchmal sehr naiv und egoistisch gewesen war, um das zu bekommen, was ich haben wollte. Zu guter Letzt beichtete ich ihm auch noch, dass ich erst vor wenigen Stunden beinahe mit Lester geschlafen und somit eine meiner engsten Freundinnen verraten hätte, nur weil ich so verzweifelt darauf aus gewesen war, meine Aufgabe zu beenden und endlich an das Geld meines Vaters ranzukommen.

Als der Wortschwall versiegte, sah ich ihm in die Augen und wartete darauf, dass er mir sagen würde, ich hätte gesündigt, aber in seinen großen Augen stand nichts als Güte.

»Sie haben ja ein wildes Jahr hinter sich«, meinte er sanft.

»Ich erwarte nicht, dass Sie das verstehen«, entgegnete ich abweisend. »Jemand wie Sie braucht den Sex nicht auf dieselbe Weise wie ich.«

Er lächelte. »Das glauben Sie. Ich bin kein Priester, sondern Vikar, also ein normaler Mann mit normalen Wünschen, der zufälligerweise auch noch an die Liebe Gottes glaubt.«

Ich nickte und konnte fast schon wieder lächeln. »Aber Sie müssen heiraten, bevor Sie Sex haben dürfen, oder nicht?«

»Idealerweise schon. Aber es klappt nicht immer. Manchmal ist die Macht des Fleisches einfach stärker, und dann ist man auf einmal dabei, eine Frau zu lieben, ohne sich ihr verpflichtet zu haben.«

Überrascht riss ich die Augen auf. »Wirklich? Ich dachte, alle Vikare wären heilige Männer?«

Er lachte und schüttelte den Kopf. »Wir sind weit davon entfernt. Ich unterscheide mich nicht so sehr von Ihnen, wenn das Feuer zu lodern beginnt.«

Fasziniert starrte ich ihn an und hatte mein eigenes Unglück schon fast vergessen. »Haben Sie, äh, sind Sie in letzter Zeit bei einer Frau gewesen?«

»Sie müssen es nicht durch die Blume sagen, Mariella. Nur weil das Wort ›Sex‹ nicht in der Bibel steht, heißt das noch lange nicht, dass wir es nicht benutzen dürfen. Aber um auf Ihre Frage zurückzukommen: Die Antwort lautet nein. Ich war sehr lange mit einer Frau verlobt, und ja, wir hatten Sex vor der Ehe, aber schließlich hat sie mich wegen eines anderen verlassen. Dann hatte ich vor etwa einem Jahr eine Affäre mit einer sehr heißen Frau, aber die hat mich ebenfalls abgesägt. Zwischen diesen Beziehungen und seit etwa einem Jahr lebe ich im Zölibat.«

»Oh.« Auf einmal tat er mir leid. »Frustriert Sie das nicht? Sie würden es doch bestimmt gern öfter tun?«

Er sah mich so intensiv an, dass ich tatsächlich rot wurde und ins Stottern geriet. »Ich ... Verstehen Sie mich nicht falsch, ich will Ihnen hier nicht meine Dienste anbieten. Ich bin bloß neugierig, das ist alles.«

»Ja, manchmal bin ich frustriert«, erwiderte er und lächelte mich an. »Aber keine Sorge, ich habe keinen falschen Eindruck von Ihnen. Und ich wäre sehr geschmeichelt, wenn Sie sich mir anbieten würden.«

»Selbst nach allem, was ich Ihnen erzählt habe?«

»Es ist nicht meine Aufgabe, ein Urteil zu fällen. Das gehört zu den Dingen, die uns Jesus gelehrt hat. Er hat Maria Magdalena vergeben und sie ebenso sehr geliebt wie jeden anderen.«

Mir standen schon wieder die Tränen in den Augen. »Sie sind wirklich sehr nett, Vikar.«

Er nahm meine linke Hand wieder zwischen seine Hände. »Mein Name ist Owen.« Dann strich er mir über das zerzauste, feuchte Haar. »Möchten Sie mit in meine Wohnung kommen und sich aufwärmen?«

Ich nickte.

Er half mir beim Aufstehen und führte mich durch den hinteren Teil der Kirche in einen schmalen Gang und durch eine Tür in einen warmen und gemütlichen, aber sparsam möblierten Raum.

»Hier wohne ich«, erklärte Owen stolz. »Ich habe ein Schlafzimmer, eine Küche, ein Bad und dieses Zimmer, das ich als Wohnzimmer nutze. Es ist nicht sehr groß, aber ich mag es, und es kommt mir auch bei meiner Arbeit sehr zugute.«

Ich stand mitten im Zimmer, meine nasse Kleidung klebte an meinem Körper, und meine Schuhe hinterließen Schmutzflecken auf dem Teppich.

»Das Bad ist hier, falls Sie sich waschen möchten«, sagte Owen und öffnete eine Tür.

»Kann ich auch duschen?«

»Tut mir leid, diesen Luxus habe ich hier nicht. Aber ich habe eine Badewanne und heißes Wasser. Legen Sie Ihre nasse Kleidung zum Trocknen auf die Heizung und ziehen Sie sich meinen Bademantel über, wenn Sie fertig sind. Er hängt an der Badezimmertür.«

»Vielen Dank, Owen. Sie sind ein Engel.« Bevor ich die Chance hatte, darüber nachzudenken, was ich da tat, trat ich auf Owen zu und küsste ihn auf die Wange.

Er lächelte und rieb sich amüsiert über die Wange. »Das ist sehr nett von Ihnen, Mariella.«

Eine halbe Stunde später fühlte ich mich wieder sauber, warm und trocken und verließ in Owens Bademantel gehüllt das Badezimmer.

»Geht es Ihnen jetzt besser?«, erkundigte sich Owen besorgt. Er saß auf dem Sofa und las ein Buch.

Ich setzte mich neben ihn. »Was lesen Sie da?«

»Einen Teil des Markus-Evangeliums, aus dem ich bei meiner Predigt am Sonntag zitieren möchte.«

»Oh. Schwerer Stoff.«

Er lachte und legte das Buch beiseite. »Hätten Sie gern einen Tee oder einen Kaffee?«

»Ich hätte gern einen Kaffee. Mit viel Milch und zwei Stück Zucker, bitte.«

»Kommt sofort, Ma'am. Machen Sie es sich solange bequem und legen Sie die Beine hoch. Ich bin gleich wieder da.«

Das tat ich auch, nachdem ich den Bademantel enger um meinen nackten Körper gewickelt hatte. Ich legte meine nackten Füße auf das Sofa und fühlte mich schon viel besser. Owen hatte etwas sehr Fürsorgliches an sich.

Kurz darauf kehrte er mit zwei Tassen Kaffee zurück und setzte sich neben meine Füße auf das Sofa.

»Sie sehen schon viel besser aus, Mariella«, sagte er und streichelte mit einer Hand zärtlich über meinen Fuß, während er in der anderen die Kaffeetasse hielt.

Diesmal störte es mich nicht, bei meinem vollen Namen genannt zu werden. Aus Owens Mund klang er sehr schön. »Danke fürs Zuhören, Owen«, murmelte ich.

Owen stellte seine Tasse ab und legte die andere Hand auf meinen linken Fuß, sodass er jetzt beide Füße umfasst hielt. »Sie haben kalte Füße. Ich werde sie wärmen«, meinte er und begann, sie sanft zu massieren.

Ich lehnte mich zurück, schloss die Augen und genoss die angenehme Wärme seiner Hände an meinen Füßen. Es fühlte sich so an, als würde er mich heilen, aber ich war mir nicht sicher, ob er meine Füße oder meine Seele heilte.

»Du hast wunderschöne Füße, Mariella«, meinte Owen nach einer Weile.

Ich schlug gerade noch rechtzeitig die Augen auf, um zu sehen, wie er sich vorbeugte und zärtlich meinen Spann mit seinen warmen, trockenen Lippen küsste.

Es durchschoss mich wie ein Blitz. Erstaunt über meine unglaubliche Reaktion auf die Berührung seiner Lippen, versuchte ich, meine Verwirrung zu verbergen, indem ich brüsk erwiderte: »Nein, hab ich nicht. Sie sind hässlich, genauso wie der Rest von mir.«

Owen sah mich tadelnd an. »Bitte mach dich nicht selbst schlecht, Mariella. Du bist eine der schönsten Frauen, die mir je begegnet sind. Warum kannst du das nicht zugeben?«

Seine Finger spielten weiter sanft mit meinen Zehen herum und drückten meinen Fußrücken und meine Gelenke.

»Magst du es, wenn deine Füße massiert werden?«, wollte er wissen.

»Ja. Es ist wunderschön.«

Er beugte sich vor. Dieses Mal küsste er den großen Zeh an meinem rechten Fuß und nahm ihn dann langsam in den Mund.

Ich war wie erstarrt. Die Bewegung war so flüssig, so zärtlich und doch so voll leidenschaftlicher Sehnsucht, dass es mich bis ins Innerste erschütterte. Er wollte mich. Er wollte Sex mit mir. Als er sich meinem anderen Fuß zuwandte und dasselbe tat, um danach zärtlich an all meinen Zehen zu knabbern, schlug mein Herz immer schneller.

Er setzte sich auf und sah mir tief in die Augen.

Ich begann zu zittern. Er fragte mich, ob ich mich ihm hingeben wollte. Nach all dem, was ich ihm erzählt hatte, wollte er mich noch. Oder wollte er mich nur benutzen? Glaubte er bloß, mich schnell mal ficken zu können? Ich starrte ihm in seine gütigen, seelenvollen Augen, in denen jetzt die Leidenschaft loderte, und wusste instinktiv, dass dem nicht so war. Er wollte Mariella, die Person, nicht Mariella, den Körper. Er war ein guter Mann, der mir mehr geben würde, als er bekam. Ich war wie verzaubert. Und ich wollte ihn auch. Aber dann fiel mir wieder ein, dass ich einen Fische-Mann brauchte, um meine Aufgabe zu erfüllen, und dass es mir nichts bringen würde, wenn ich mit einem lüsternen Vikar auf Abwege geriet. Also sah ich zu Boden und rückte ein kleines Stück von ihm ab.

Er hörte augenblicklich auf und begann, sich zu entschuldigen. »Es tut mir so leid, Mariella. Das war falsch von mir. Ich habe dich verärgert, nicht wahr? Du hast mir deine Geschichte erzählt, dich mir anvertraut, und ich bin so unverschämt und bitte dich, genau dasselbe auch mit mir zu tun. Bitte verzeih mir.«

Er sah ebenso verzweifelt aus, wie ich mich fühlte.

Ich sprang vom Sofa und nahm seine Hand. »Nein! Du hast das falsch verstanden. Du bist ein liebenswerter Mann und hast mich ganz und gar nicht beleidigt. Ich fühle mich geehrt, dass du mich begehrst.« Bei diesen Worten griff ich nach dem Gürtel des Bademantels und öffnete ihn, sodass mein nackter Körper zu sehen war.

Owen starrte mich voller Bewunderung an. Die Dankbarkeit und Lust in seinen Augen bewirkten, dass ich beinahe zu weinen anfing. Er kam zu mir und strich sanft mit einem Finger über meinen Hals, um ihn dann über meine Brüsten zu bewegen. Ich stand reglos da, als er mir den Bademantel abnahm, sodass ich nackt vor ihm stand. Dann nahm er mich in die Arme, und wir sanken zu Boden.

Kurz darauf zog er sich ebenfalls aus, nahm mich wieder in die Arme und trug mich in sein Schlafzimmer, wo wir den Körper des anderen weiter erkundeten und unsere Hände in Harmonie zueinander bewegten, während wir uns sehnsüchtig streichelten. Als ich seine Hoden in meine Hände nahm und seinen Penis streichelte, der steif und stolz aufragte, tastete er sich mit seinen langen, empfindlichen Fingern vorsichtig in meine feuchte Muschi vor, und ich wurde vor Glück beinahe ohnmächtig. Zum ersten Mal in meinem ganzen Leben fühlte ich mich wirklich geliebt.

Mit sinnlicher Langsamkeit liebten wir einander mit unseren Händen, unseren Körpern und unseren Zungen, erkundeten die empfindsamen Stellen des anderen, nahmen so viel von dessen Nektar auf, wie wir nur konnten, und ließen jeden Moment so lange anhalten, bis wir es nicht mehr ertragen konnten. Als er endlich in mich eindrang, spürte ich, dass sich nicht nur unsere Körper, sondern auch unsere Seelen vereinten. Wir kamen gemeinsam zum Höhepunkt und erschauderten, während wir in den Himmel hinaufstiegen und wieder zurückkehrten. Wir waren eins.

Ich blieb eine Woche lang bei Owen. Wir aßen, schliefen, redeten und liebten uns. Ich konnte es nicht ertragen, mich von ihm zu trennen. Unser Sex erreichte eine solche Intensität, dass wir uns in jeder freien Minute des Tages liebten. Owen konnte die Finger nicht von mir lassen. Es war, als würde er versuchen, die ganzen Jahre der Enthaltsamkeit innerhalb einer Woche aufzuholen. Als er am Sonntag seine Predigt hielt, saß ich in der ersten Reihe, lauschte dem Klang seiner Stimme und stellte mir vor, sein Schwanz würde in mir stecken, vor Lebenslust pulsierend, und mir Vergnügen bereiten. Meine Muschi war so feucht, dass ich beinahe kam. Als der Gottesdienst beendet war, eilten wir in seine Wohnung, warfen unsere Kleidung beiseite und liebten uns wild. Das war ein anderer Owen. Er stieß sich gnadenlos in mich hinein und brachte mich dazu, immer mehr zu wollen. Er biss in meine Nippel, zerkratzte mir den Rücken, und ich liebte jeden Augenblick. Am nächsten Tag liebten wir uns innerhalb weniger Stunden in jedem Zimmer seiner Wohnung und landeten schließlich lachend und mit verschränkten Gliedmaßen auf dem Sofa. Wir begannen, nackt in der Wohnung herumzulaufen, damit wir einander leichter berühren und verführen konnten. Einmal rieb Owen meinen ganzen Körper mit Honig ein und leckte ihn dann ab. Er war mein Erlöser. Ich liebte alles an ihm. Dann forderte er mich eines Morgens, nachdem wir uns geliebt hatten, auf, mich anzuziehen, weil wir uns unterhalten müssten.

Ich saß am Küchentisch und spielte nervös an meinen Fingern herum. Owen saß mir gegenüber.

»Das kann nicht so weitergehen«, erklärte Owen.

»Warum nicht?«, jammerte ich, und mir stiegen Tränen in die Augen.

Owen seufzte und wischte mir die Tränen zärtlich mit den Fingern weg. »Dafür gibt es viele Gründe, mein Schatz.«

»Du willst mich hier nicht mehr haben, ist es das?«

Traurig schüttelte Owen den Kopf. »Ich will dich mehr als jemals zuvor, Mariella. Ich liebe dich, und das weißt du.«

Mein Herz hüpfte vor Freude und Hoffnung. »Wenn du mich liebst, dann können wir doch zusammenbleiben, oder?«

»Nein, ich denke nicht. Erstens, weil du mich nicht liebst. Du liebst noch immer Ryan.« Er sah, dass ich wild den Kopf schüttelte, und bedeutete mir, still zu sein. »Und zweitens, weil du ein sehr wichtiges Projekt beenden musst, und zwar schnellstmöglich.«

Daraufhin schien mein Herz zu erstarren. Er meinte doch nicht etwa die Aufgabe meines Vaters? Die hatte ich fast völlig vergessen.

»Du willst wirklich, dass ich da rausgehe, mir einen Fische-Mann suche und ihn ficke, damit ich das Geld meines Vaters kriege?«, fragte ich und war tief enttäuscht.

Er lächelte, und mein Herz machte trotz meiner Wut einen Sprung.

»Nicht so ganz. Aber ich bin der Ansicht, dass du das Buch beenden und dem Anwalt geben solltest.«

»Aber das wäre Betrug.«

»Wäre es das?« Er sah mich mit ernstem Blick an.

»Ja. Ich habe noch keinen Fische-Mann getroffen, und das weißt du.«

»Nicht?«

Ich starrte ihn an, und mein Herz schlug auf einmal sehr laut, als mir dämmerte, was er mir sagen wollte. »Du … Du bist doch nicht etwa …«

»Ja«, unterbrach er mich. »Ich bin dein Fische-Mann.«

»Warum hast du mir das nicht schon früher erzählt?«, rief ich, doch noch während ich es aussprach, kannte ich die Antwort.

»Ich wollte nicht, dass du mich bloß als weitere Statistik

ansiehst, die du brauchst, um deine Aufgabe zu erfüllen. Ich wollte, dass du mich willst, Owen, nicht den Fische-Mann.«

Ich nickte langsam. »Ich weiß. Und ich verstehe es. Ich bin froh, dass du es mir nicht gesagt hast. Aber jetzt, wo ich dich kenne, habe ich kein Interesse mehr daran, das Buch zu Ende zu schreiben.«

Du musst es aber tun, Mariella. Als du mir in der Kirche dein Herz ausgeschüttet hast, war es dir überaus wichtig. Du hast hart gearbeitet und viel riskiert, auch wenn du die meisten Erlebnisse durchaus genossen hast. Und du hast deswegen sogar Ryan verloren. Beende dein Buch und bring es zu diesem Anwalt, und zwar so schnell wie möglich. Dann kannst du versuchen, es zu veröffentlichen und damit Geld zu verdienen. Ich würde mich sehr freuen, wenn es gedruckt wird.«

»Wirklich?« Ich sah ihn mit glänzenden Augen an.

»Ja. Aber dafür musst du nach Hause gehen und in den nächsten Wochen hart arbeiten.«

Ich sackte in mir zusammen. »Aber was wird aus uns beiden?«

»Ich denke, du solltest dein Buch beenden und dann versuchen, Ryan zurückzugewinnen. Ich bin mir sicher, dass er dich noch immer liebt.«

Ich schüttelte den Kopf. »Das tut er nicht. Nicht mehr. Außerdem bin ich mir gar nicht sicher, ob ich ihn noch will. Aber ich werde tun, was du gesagt hast. Ich werde das Buch zu Ende schreiben und es zu diesem Anwalt bringen, und danach komme ich wieder zu dir zurück.«

Owen lächelte nachdenklich und streichelte mir über die Wange. »Mariella, mehr als alles andere auf der Welt wünsche ich mir, dass du glücklich bist. Wenn du Ryan liebst – und ich bin davon überzeugt, dass du das tust –, dann musst du zu ihm gehen. Ich liebe dich ebenfalls, aber es zählt allein, was du willst. Du hast mir in dieser einen Woche mehr Glück geschenkt, als ich verdient habe. Ich bin sehr glücklich, dass ich dich kennenlernen durfte.«

Ich starrte ihn erstaunt an. Er war ein Heiliger. Diese bedingungslose Liebe war einfach unglaublich, und dafür liebte ich ihn ebenfalls. Aber liebte ich ihn auch genug? Oder war er nur ein Ersatz für Ryan? Das konnte ich nicht mit Gewissheit sagen. Ich brauchte einige Zeit für mich, damit ich es herausfinden konnte. Owen hatte das erkannt und schenkte mir die Freiheit, meine Bedürfnisse zu erkunden und mein inneres Ich zu befragen. Dafür würde ich ihm ewig dankbar sein, wie immer ich mich auch entscheiden mochte.

Ich beugte mich vor und küsste ihn zärtlich auf den Mund. Seine Reaktion war so süß, so rührend und so voller Verlangen, dass ich mir wünschte, der Kuss würde niemals aufhören. Schließlich fand ich den erforderlichen Mut und entzog mich ihm.

»Danke, Owen. Danke für alles. Du hast mich aufgenommen, als ich am Tiefpunkt war, und mich sehr glücklich gemacht. Das werde ich niemals vergessen.«

Kurz darauf brach ich auf. Als ich zu ihm zurücksah, warf mir Owen einen Kuss zu, und in seinen Augen standen Tränen.

# *Kapitel 14*

## *Das Ergebnis*

Ich schaltete den Computer aus, lehnte mich auf meinem Stuhl zurück und stieß einen Jauchzer aus. Endlich hatte ich es geschafft! Das Buch war fertig, und ich hatte noch drei Tage Zeit bis zu meiner Verabredung mit dem Anwalt Bernard Enright am 21. März.

Dafür hatte ich mir eine Belohnung verdient. Ich ging zu meinem Nachttisch und holte den einzigen Alkohol hervor, den es in der ganzen Wohnung gab: eine halb volle Flasche Wodka. Da ich kein Tonicwater hatte, vermischte ich den Wodka mit etwas Orangensaft und stürzte ihn auf Ex herunter. Danach trank ich den Rest der Flasche aus.

Als später an diesem Nachmittag das Telefon klingelte, stand ich auf dem Küchentisch, schwenkte die leere Wodkaflasche durch die Luft und wackelte mit den Hüften zu den Klängen des glorreichen Ricky Martin aus meinem CD-Player. Ich stieg taumelnd vom Tisch, wobei sich mir der Kopf drehte, und wankte zum Telefon.

»Hi, Ellie.«

Als ich die vertraute Stimme hörte, schrie ich vor Freude auf. »Zoe! Wo bist du?«

»Wieder zu Hause und packe gerade aus. Aber ich habe keine Lust mehr dazu. Wir müssen uns unbedingt sehen, Ellie. Ich habe dir so viel zu erzählen. Du wirst nicht glauben, was ich in den letzten paar Wochen alles gesehen und getan habe.«

»Ach, Zoe, ich bin so froh, dass du wieder da bist. Ich habe dir auch eine Menge zu erzählen.«

»Wollen wir heute Abend was trinken gehen?«

Ich kicherte. »Ich habe gerade eine Flasche Wodka geleert und bin schon gut dabei, will mich heute aber so richtig betrinken. Ich habe das Buch fertig, Zoe.«

»Das ist ja großartig, Ellie. Gut gemacht!«

»Wollen wir uns im *Flying Horse* treffen? Um acht Uhr, wie immer?«

»Ich dachte, wir gehen in eines dieser neuen, schicken Weinlokale in der Stadt, aber dann müssen wir ziemlich früh los. Um halb acht ist es da schon rappelvoll.«

»Okay, sag was. Ich werde da sein.«

»Dann treffen wir uns um sieben in *Nemo's Bar.*«

»Bis nachher.« Ich legte auf und tanzte in der Küche herum. So langsam wurde das Leben immer besser. Ich fühlte mich richtig gut. Mein Buch war fertig, Zoe war wieder da, und Anna war aus dem Krankenhaus entlassen worden. Jetzt fehlte in meinem Leben nur noch ein Mann.

Zoe und ich plauderten aufgeregt und brachten uns auf den neuesten Stand. Sie traf sich noch immer mit Tony – aber es sah nicht mehr so rosig aus. Während der Reise hatten sie sich einige Male gestritten und hatten danach erst mal eine Beziehungspause eingelegt, aber mir schien es fast schon unausweichlich, dass sie wieder zusammenkamen.

Zoe erzählte mir viele faszinierende Geschichten über die Länder, die sie besucht hatte. Ich hörte ihr staunend und neidisch zu und beschloss in diesem Moment, dass ich unbedingt mehr verreisen musste, wenn ich das Geld meines Vaters erst einmal hatte.

Irgendwann kam ich dann auch mal zu Wort und konnte Zoe über den aktuellen Stand meines verzwickten Liebeslebens informieren. Als ich ihr erzählte, dass ich nichts von

Ryan gehört hatte, wurde sie wütend, und als ich von Owen berichtete, strahlten ihre Augen.

»Wen willst du wirklich, Ellie? Ryan oder Owen?«, fragte mich Zoe, als ich endlich den Mund hielt.

Ich zuckte mit den Achseln. »Ich weiß es nicht. Ich hatte geglaubt, dass mir das in den letzten beiden Wochen klar werden würde, aber bisher war ich so ins Schreiben vertieft, dass mir eigentlich keiner der beiden gefehlt hat.«

»Vielleicht solltest du dann lieber nach etwas Neuem Ausschau halten. Oh mein Gott, wenn man vom Teufel spricht. Sieh mal, wer da gerade mit einem steilen Zahn am Arm reingekommen ist.«

Ich sah auf und erblickte Ryan und Gemma an der Bar. Gemma sagte etwas zu Ryan, und er nickte verärgert. Ein zufälliger Beobachter hätte geglaubt, er würde normal auf sie reagieren, aber ich kannte ihn besser als jeder andere, erkannte all diese kleinen charakterlichen Macken, mit denen er sich verriet. Ich konnte sehen, dass Ryan nicht glücklich war. Merkwürdigerweise empfand ich kaum etwas. Beim ersten Anblick hatte mein Magen kurz geflattert, aber dann hatte sich rasch eine gewisse Taubheit eingestellt. Es war, als ob er gar nicht da wäre und ich mir einen Film ansehen würde.

»Ist alles okay, Ellie?«, erkundigte sich Zoe. »Sollen wir gehen?«

»Nein, mir geht's gut. Sie haben uns noch nicht gesehen.«

»Diese Gemma ist eine richtige Schlampe. Ich kenne sie noch aus der Schule. Die hatte es schon immer auf die Freunde der anderen Mädchen abgesehen.«

Ich grinste. »Sei nicht gemein, Zoe. Früher habe ich sie gehasst, aber das ist jetzt vorbei. Ich glaube, dass sie Ryan wirklich liebt. Und sie hat mir geholfen, den Krebs-Mann zu finden.«

Zoe drückte ihre Zigarette aus. »Ich mag sie trotzdem

nicht. Sieh mal, wie sie sich an Ryan klammert. Wie eine gottverdammte Klette.«

Ich lachte laut.

Ryan musste mich gehört haben, denn er wirbelte augenblicklich herum und sah mir in die Augen.

Auch als wir uns ansahen, spürte ich kaum etwas.

Dann kam er mit Gemma im Schlepptau an unseren Tisch.

»Hallo, Ellie, Zoe. Wie geht es euch?«

Zoe sah ihn giftig an.

»Mir geht's gut, Ryan«, antwortete ich cool. »Wie geht's dir und Gemma?«

»Uns geht's auch gut.«

»Schön.«

Gemma zog an Ryans Ärmel. »Wir müssen gehen, Ryan. Der Film fängt gleich an.«

Ryan ignorierte sie. »Was macht das Buch, Ellie?«

»Ich bin heute fertig geworden, darum sind wir hier. Wir feiern.«

»Und ich bin gerade von einer Rucksacktour mit Tony aus Asien zurückgekommen«, warf Zoe stolz ein.

»Wie schön für dich, Zoe.« Dann wandte er sich erneut mir zu. »Dann hast du also noch deinen Fische-Mann gefunden?«

»Ja, war überhaupt kein Problem.«

So langsam wurde Gemma ungeduldig. »Wir müssen wirklich los, Ryan.« Sie hakte sich bei ihm unter und grinste Zoe und mich selbstgefällig an. »Er ist nie pünktlich, was, Ellie?«

Ich sah ihr kalt in die Augen. »Bei mir war er immer pünktlich.«

Gemma runzelte die Stirn und zog erneut an Ryans Arm.

»Tut mir leid, ich muss los. Wir haben Kinokarten«, sagte Ryan und sah mich durchdringend an.

Mein eisiges Herz begann, ein wenig zu schmelzen. Ich wollte nicht, dass er ging. »Oh. Dann solltet ihr jetzt lieber gehen«, meinte ich und ließ mir nichts anmerken.

»Man sieht sich.«

Ich zuckte mit den Achseln. »Vielleicht.«

Gemma zog ihn weg. Ich sah ihnen nach, und auf einmal standen mir Tränen in den Augen.

»Vergiss ihn, Ellie. Er ist es nicht wert«, tröstete mich Zoe und legte mir fürsorglich einen Arm um die Schultern.

»Ich hab ihn schon vergessen«, sagte ich mit fester Stimme. »Lass uns noch was trinken.«

Am nächsten Tag hatte ich einen gewaltigen Kater. Die Türklingel weckte mich rüde aus meinem Dämmerzustand. Ich versuchte, sie zu ignorieren, aber wer immer es auch war, er wollte nicht weggehen. Ich schlug die Augen auf und sah auf die Uhr. Es war kurz nach eins.

»Großer Gott!«, schrie ich, sprang aus dem Bett und warf mir meinen Bademantel über. Ich hatte um halb drei einen Termin beim Zahnarzt.

Noch einmal klingelte es an der Tür, es schien gar nicht mehr aufhören zu wollen.

»Okay, okay, ich komm ja schon«, knurrte ich und hastete auf wackligen Beinen zur Tür.

Als ich die Tür öffnete, verschlug es mir beinahe die Sprache. Davor stand Ryan und hatte Tränen in den Augen.

»Ryan! Was machst du denn hier?« Ich versuchte, cool zu bleiben.

»Lass mich rein, Ellie. Ich muss mit dir reden.« Er schob mich beiseite, bevor ich Nein sagen konnte, und setzte sich aufs Sofa.

Ich stand da, hatte die Arme vor der Brust verschränkt und

sah ihn an. Ich fühlte mich furchtbar, sah schrecklich aus und hatte nicht die geringste Lust, eine hitzige und emotionale Debatte mit meinem Ex-Freund zu führen.

»Ich habe nicht gesagt, dass du reinkommen darfst«, sagte ich wütend.

Er sah zu mir auf, und seine Augen, die ich so gut kannte, blickten mich sanft und flehentlich an. »Bitte, Ellie, schenk mir ein wenig deiner Zeit.«

»Ich hab einen Kater und fühl mich nicht gut. Was immer du zu sagen hast, ich bin nicht in der Stimmung, um es mir anzuhören.«

Er starrte mich an, und ihm standen schon wieder Tränen in den Augen. »Ich liebe dich, Ellie. Ich will dich wiederhaben.«

Vor einigen Wochen wäre ich ihm nach diesen Worten in die Arme gefallen. Genau das hatte ich in den einsamen Stunden, bevor mir Owen begegnet war, unbedingt hören wollen. Jetzt ließen sie mich kalt. »Ist dir je der Gedanke gekommen, dass ich dich vielleicht nicht zurückhaben will?«

»Ja, das ist mir durchaus in den Sinn gekommen. Darum habe ich mich auch nicht früher getraut. Aber als ich dich gestern Abend gesehen habe … Ich … Ich kann es nicht länger ertragen, Ellie. Ich bin so unglücklich. Ich brauche dich, Ellie.«

Ich seufzte. »Vielleicht brauche ich dich nicht mehr, Ryan.«

Er starrte mich an. »Du hast dich verändert.«

»Vielleicht bin ich endlich erwachsen geworden. Du hast mir wehgetan, Ryan. Ich weiß, dass ich es verdient hatte. Ich hätte dich nicht anlügen dürfen, aber du hast mir nicht einmal die Gelegenheit gegeben, mich zu rechtfertigen, obwohl du selbst jetzt noch behauptest, mich zu lieben. Das ist keine Liebe. Jemanden zu lieben heißt, ihn so zu akzeptieren, wie er ist, das, was er tut …« Auf einmal sah ich ganz deutlich

Owen vor meinem inneren Auge, der an der Kirchentür steht und mir einen Kuss zuwirft und Tränen in den Augen hat. Aber Owen hatte behauptet, ich würde noch immer Ryan lieben.

»Ich weiß«, sagte Ryan. »Ich habe dich schlecht behandelt, Ellie. Es tut mir leid.«

Ich hatte weder die Energie noch den Wunsch, mich jetzt mit ihm zu streiten. Mein Kopf tat weh, und mir war übel. Auf einmal schmeckte ich Galle im Mund.

»Entschuldige«, rief ich und rannte ins Bad, wo ich noch gerade rechtzeitig die Toilette erreichte.

Als ich einige Minuten später wieder ins Wohnzimmer kam, reichte mir Ryan schweigend eine Tasse schwarzen Kaffee.

»Danke. Genau das brauche ich jetzt.« Ich setzte mich in den Sessel und zog den Bademantel enger um meinen Körper. Aus irgendeinem Grund sollte Ryan nicht sehen, dass ich darunter nackt war. Er wäre sonst auf falsche Gedanken gekommen.

Ryan lehnte sich auf dem Sofa zurück und sah mich liebevoll an. »Wie soll es jetzt weitergehen, Ellie? Gibt es irgendeine Chance, dass wir beide wieder zusammenkommen?«

Der Antwort auf diese Frage war ich jetzt auch nicht näher als vor einigen Wochen in Owens Wohnung. Alles hing davon ab, ob ich ihn immer noch liebte oder nicht. Owen war davon überzeugt, dass es so war, aber ich war mir da nicht so sicher. Es war das Gefühl von Owens großen, sensiblen Händen auf meiner Haut, das ich vermisste, und nicht das von Ryans. Andererseits vermisste ich Owen auch nicht so, wie ich Ryan vermisst hatte, wenn er nicht da war.

»Ich weiß es nicht«, erwiderte ich schließlich.

»Willst du, dass ich gehe?«

»Ich weiß es nicht.«

Ryan seufzte und streckte die Hand aus. »Komm her, Ellie. Setz dich neben mich.«

Alte Gewohnheiten sterben nur langsam. Wie ferngesteuert stand ich auf und ging zu ihm hinüber. Er zog mich in seine Arme und küsste mich sanft.

Ich reagierte nicht, schob ihn aber auch nicht weg. Ich fühlte mich viel zu schlecht, um überhaupt irgendetwas zu tun.

Ich erinnere mich dunkel daran, in seinen Armen eingeschlafen zu sein, und dann an nichts mehr, bis ich mehrere Stunden später nackt im Bett aufgewacht bin. Ich konnte Ryan hören, der pfeifend in der Küche mit Geschirr klapperte. Zufrieden schloss ich die Augen und schlief wieder ein.

»Ellie, Ellie, wach auf!«

Ich knurrte und schlug die Augen auf. Ryan stand mit einem Tablett in der Hand neben mir. »Ich hab dir was zu essen gemacht.«

Ich rappelte mich auf, sodass meine Brüste unter der Decke hervorkamen, bis mir wieder einfiel, dass ich nichts anhatte. Halbherzig zog ich mir die Decke bis zum Hals, aber als sie einfach nicht da liegen bleiben wollte, gab ich auf. Ryan hatte das alles ohnehin schon oft genug gesehen.

Er sah meine Brüste auch begehrlich an, bevor er mir das Tablett auf den Schoß stellte.

»Das ist ja ein Festmahl«, stellte ich fest. »Ich bin überrascht, dass du überhaupt irgendwas im Kühlschrank gefunden hast. Oh, Pilze, die liebe ich. Ich wusste nicht, dass ich noch welche hatte.«

»Hattest du auch nicht. Ich war einkaufen.«

»Vielen Dank.« Ich starrte Ryan an. Er gab sich wirklich

Mühe. Ich konnte an einer Hand abzählen, wie oft er mich in der Vergangenheit bekocht hatte. Und einkaufen gehen war immer sein schlimmster Albtraum gewesen.

Fast schon schüchtern sah er mich an. »Sag mir einfach, wenn ich gehen soll, Ellie, dann verschwinde ich. Ich will dir nicht auf den Geist gehen.«

Ich grinste ihn an und schaufelte das Essen in mich hinein. »Nein, du kannst bleiben. Willst du nichts essen?«

»Nein. Ich habe mir vorhin ein Sandwich gemacht.«

Das Essen war ziemlich lecker, wenn auch nicht besonders exotisch. Perfekt gegartes Hühnchen mit Brokkoli, Pilzen, Zwiebeln und einer Ofenkartoffel. Ich schlag es herunter, da ich erst jetzt merkte, wie hungrig ich eigentlich war. Ryan saß an der Bettkante und sah mir beim Essen zu. Hin und wieder sah ich zu ihm auf und lächelte, dann lächelte er zurück.

Als ich fertig war, stand er auf. »Dann hole ich mal den Nachtisch.«

Er kam mit einer Schüssel voller mit Zucker bestreuter Erdbeeren zurück.

»Erdbeeren«, kreischte ich erfreut. »Zu dieser Jahreszeit?«

»Ich weiß doch, wie gern du sie isst. Die waren nicht gerade billig.«

Ich steckte mir eine in den Mund. »Hmm, die sind lecker. Möchtest du eine?« Ich beugte mich vor, sodass die Decke komplett von meinem Körper rutschte, und schob ihm eine Erdbeere in den Mund.

Bevor ich mich wieder zurücklehnen konnte, hielt Ryan mein Handgelenk fest und zog mich zu sich heran, um mir in die Augen zu sehen.

Auf einmal überkamen mich die Gefühle, und die Tore öffneten sich. Als das Eis zu schmelzen begann, liefen mir vor Glück die Tränen die Wangen herunter.

Ryan zog mich an sich und küsste mich. Dieses Mal teilten sich unsere Lippen automatisch, und unsere Zungen stießen hungrig in den Mund des anderen vor. Ryan steckte mir noch eine weitere Erdbeere in den Mund, die ich zerkaute, um ihm ein wenig abzugeben. Gemeinsam aßen wir die restlichen Erdbeeren auf, indem wir jede einzelne teilten. Als wir fertig waren, zog sich Ryan aus, und wir sanken lachend zusammen ins Bett.

Spielerisch zog Ryan an meinen Nippeln. »Die habe ich vermisst«, erklärte er und umfing liebevoll meine Brüste.

Ich reagierte augenblicklich auf seine Berührung und spürte das vertraute Verlangen in mir aufsteigen. Meine Muschi war bereits feucht und bereit für ihn.

Ryan drehte mich auf den Bauch und begann, meinen Hintern zu liebkosen. »Und diese runden Schönheiten haben mir auch gefehlt«, sagte er. »Du bist so wunderschön, Ellie. Es ist kein Wunder, dass dich jeder Mann, der dich sieht, auch haben will.«

Ich lächelte glücklich und drückte mein Gesicht ins Kissen, als Ryan meine Pobacken auseinanderdrückte und mit den Fingern durch meine Pofalte strich.

»Dann bin ich besser als Gemma?«

Er schnaubte abfällig. »Zehn Mal besser, hundert Mal besser, tausend Mal besser. Das ist kein Vergleich. Ich habe sie nie geliebt, und das weißt du.«

»Ja. Ich glaube, das habe ich schon immer gewusst, aber gestern Abend in der Bar hat es sich bestätigt. Du hast mit ihr so unglücklich ausgesehen.«

Ryan steckte mir einen Finger in den Hintern, und ich stöhnte vor Lust.

»Wie wäre es, wenn wir heute Abend ausgehen?«, fragte er. »Um zu feiern, dass wir wieder zusammen sind.«

»Wer sagt, dass wir wieder zusammen sind?«

»Ich.« Ryan schlug mir auf den Hintern.

Das plötzliche schmerzhafte Kribbeln in meiner Pobacke ließ mich vor Wonne schaudern. »Okay«, erwiderte ich unterwürfig. »Ich stimme dir zu, wir sind wieder zusammen. Wo willst du mit mir hingehen?«

»Über Ostern ist wieder Jahrmarkt auf der großen Wiese. Ich dachte, wir könnten ein bisschen Karussell fahren.«

Ich wackelte freudig mit dem Hintern, und er schlug noch einmal fest zu. »Steh auf, denn dann müssen wir sofort los, bevor der Jahrmarkt schließt.«

Er nahm seine Hände von meinem Hintern, und ich setzte mich schmollend auf, um dann lauthals zu lachen. Das war der alte, vertraute Ryan, der voller Überraschungen war und immer nach neuen Ideen suchte, um unser Sexleben aufregender zu gestalten. Das war der Mann, den ich kannte und liebte. Und zum Glück war auch ich wieder ich selbst. Auf einmal wurde mir klar, dass meine Zeit mit Owen zwar wunderschön, aber nicht real gewesen war. Ich hatte in einer Traumwelt gelebt, in der ich ein anderer Mensch war, der liebevoller, gütiger und nachdenklicher ist als ich. Jemand, der bereit war, sein eigenes Ich aufzugeben, um den Vorschriften der Kirche zu folgen und mit dem Pfarrer glücklich bis ans Ende seiner Tage zu leben. Natürlich wäre diese Blase irgendwann geplatzt, und ich hätte mich gelangweilt und wäre von dem, für das Owen stand, angewidert gewesen. Owen hatte das natürlich die ganze Zeit gewusst. Er hatte mich so viel besser verstanden, als ich mich selbst verstand. Der wunderbare, kluge Owen, der immer einen Platz in meinem Herzen haben würde. Aber jetzt war mir klar geworden, dass ich die restlichen neunzig Prozent meines Herzens Ryan schenken wollte, da wir zusammengehörten. Wir würden noch viele Höhen und Tiefen erleben, bevor wir uns endlich zusammengerauft hatten und das Kind bekamen, von dem wir seit einiger Zeit sprachen, aber in diesem Moment wollte ich nichts mehr, als das Leben in vollen Zügen auskosten und unsere einzigartigen Persönlichkeiten erleben. Ich sah seinen vertrauten nackten Körper an, seinen nicht gerade perfekten Körperbau mit den kleinen Speckröllchen am Bauch und den zu langen Oberschenkeln, und ich wusste, dass ich ihn liebe. Alles an ihm war genau richtig für mich.

Ich sprang auf und pikste ihn in die Rippen. »Mal sehen, wer als Erster angezogen ist«, rief ich und rannte zum Kleiderschrank, um mir einen kurzen Rock und einen alten, warmen Pulli überzuwerfen. Ryan suchte noch immer nach seiner Hose.

»Erster!«, rief ich triumphierend und lief zu ihm hinüber.

Ryan lachte und schob seine Hand unter meinen Rock, um meine Muschi zu befühlen. »Ohne Unterwäsche holst du dir auf den Karussells den Tod.«

»Nein, das werde ich nicht. Ich habe ja deine Hände, die mich warmhalten.«

In Ryans Augen loderte Verlangen. Er zog mich grob an sich und legte mich über sein Knie. Ich konnte seinen steifen Schwanz unter mir spüren.

»Können wir nicht kurz ficken, bevor wir losgehen?«, flehte ich ihn an.

Einen Moment lang dachte ich schon, er würde nachgeben, doch dann änderte er seine Meinung. »Noch nicht, Ellie. Wir werden erst die Stadt auf den Kopf stellen. Ich möchte, dass wir wieder richtig viel unternehmen, so wie früher. Dass wir überall und ständig ficken. Ich möchte, dass du geil darauf bist, dass du dein Höschen ausziehst – wenn du denn eins anhast –, sobald ich den kleinen Finger krümme. Ich möchte, dass wir den Verstand verlieren, wenn das okay für dich ist.«

Ich erschauerte vor Vorfreude und nickte. »Das klingt gut,

Ryan.« Ich nahm seine Hand und küsste ihn. »Ich liebe dich, Ryan«, flüsterte ich ihm zu.

»Ich weiß. Ich habe nie daran gezweifelt.«

Ich warf das Manuskript auf Bernard Enrights Tisch und strahlte ihn triumphierend an.

Er musterte mich mit einem seltsamen Blick. »Gut gemacht, Miss Hathaway. Anscheinend waren Sie fleißig. Setzen Sie sich.«

Ich setzte mich auf einen Stuhl und beugte mich ungeduldig über den Tisch. »Und? Kriege ich jetzt das Erbe meines Vaters?«

»Natürlich bekommen Sie es. Es stand nie außer Frage, dass Sie es letzten Endes erhalten würden.«

»Was? Sie haben nie daran gezweifelt, dass ich das durchziehen würde?«

Bernard Enright runzelte die Stirn. »Ich bin definitiv nicht davon ausgegangen, dass Sie das tun würden, junge Dame. Ich dachte, Sie würden sich dagegen entscheiden.«

»Aber wenn ich das getan hätte, dann würde ich jetzt nicht hier sitzen und das Geld meines Vaters einfordern, oder?«, erwiderte ich und sah ihn an, als wäre er begriffsstutzig.

Enright schlug die Akte meines Vaters auf, die vor ihm auf dem Schreibtisch lag, nahm eine Kopie des Testaments meines Vaters heraus und reichte sie mir. »Haben Sie das Testament jemals gründlich gelesen, Miss Hathaway?«

Ich sah ihn verwirrt an. »Natürlich habe ich das. Ich habe es letztes Jahr hier gelesen. Erinnern Sie sich nicht mehr daran?«

»Doch, daran erinnere ich mich. Sie sind hier gekommen. Ich habe Ihnen das Testament vorgelegt. Sie haben es ganz gelesen – zumindest bin ich davon ausgegangen – und sind dann gegangen, und zwar ziemlich schnell, um die dummen Bedingungen des ersten Teils zu erfüllen.«

Mein Mund wurde ganz trocken. Des ersten Teils? Gab es noch mehr, was ich gar nicht gesehen hatte? »Wie meinen Sie das, Mr. Enright? Wollen Sie mir damit sagen, dass ich gar nicht alles gesehen habe?«

»Offensichtlich nicht, Miss Hathaway. Ansonsten würden Sie wissen, dass Ihr Vater geschrieben hat, dass keine körperlichen Experimente erforderlich seien, Sie jedoch auf jeden Fall dieses Buch zu schreiben hätten. Falls Sie sich dagegen entscheiden oder Ihnen der Gedanke nicht zusagen würde, mit einem Mann jedes Sternzeichens zu, ähem, zu schlafen, dann hätten Sie zwei Jahre Zeit, um das Buch fertigzustellen und das Geld zu erhalten.«

Wie betäubt blätterte ich in den Seiten des Testaments herum, bis ich zum letzten Abschnitt kam. Da stand ein weiterer Absatz, in dem genau das aufgeführt wurde, was mir der Anwalt gerade erzählt hatte.

»Warum haben Sie mir das nicht früher gezeigt?«, wollte ich entrüstet von ihm wissen.

»Das habe ich doch. Es stand die ganze Zeit da. Sie haben sich nur nicht die Mühe gemacht, es zu lesen.«

Einige Sekunden starrte ich ihn wütend an. Dann erkannte ich auf einmal, dass das Ganze auch eine komische Komponente hatte, und fing an zu lachen.

Das schien ihm nicht zu behagen. »Ich wüsste nicht, was daran so komisch ist«, meinte er spitz. »Sie haben sich in meinen Augen ziemlich töricht verhalten. Hätten Sie das Testament ganz gelesen, dann hätten Sie nichts tun müssen, was Sie gar nicht tun wollten.«

Erneut loderte der Zorn in mir auf. Wie konnte er es wagen, mich belehren zu wollen? »Wenn ich Ihre Meinung hören will, dann frage ich Sie danach«, fuhr ich ihn an. »Und damit Sie es wissen, ich habe jede Minute meiner ›körperlichen Experimente‹, wie Sie sie nennen, genossen, und ich bereue keinen einzigen Augenblick. Ich habe mehr über Sex gelernt, als Sie in Ihrem ganzen Leben lernen werden. Ich bin froh, dass ich das Testament nicht ganz gelesen habe, denn dann hätte ich zwei Jahre meines Lebens damit vergeudet, ein Buch zu schreiben, das bei Weitem nicht so gut ist wie dieses hier. Und ich kann Ihnen versichern, Mr. Enright, dass dieses Buch nichts für schwache Gemüter ist. Es ist äußerst anschaulich. Daher sollten Sie es lieber nicht lesen, sonst bekommen Sie womöglich eine Erektion, etwas, das Sie vermutlich schon seit mehreren Jahren nicht mehr erlebt haben.«

Bernard Enright starrte mich während meines Wutausbruchs entrüstet an, und sein Gesicht wurde von Sekunde zu Sekunde roter. Als ich fertig war, riss er sich zusammen und sagte mit eiskalter Stimme: »Das war völlig unnötig, Miss Hathaway. Ich schlage vor, dass Sie mein Büro augenblicklich verlassen und erst wiederkommen, wenn Sie Ihre Umgangsformen überdacht haben.«

Ich war so wütend, dass mir alles egal war. »Wann kriege ich mein Geld und das Haus meines Vaters?«, brüllte ich.

»Das Geld aus seinem Nachlass wird Ihnen innerhalb einer Woche auf Ihr Konto überwiesen. Sein Haus können Sie jederzeit beziehen. Ich werde Ihnen alles schriftlich bestätigen.« Er nahm mein Manuskript vom Schreibtisch und warf es mir zu. »Das können Sie wieder mitnehmen. Ich habe nicht den Wunsch, es zu lesen. Und jetzt leben Sie wohl, Miss Hathaway. Ich hoffe, wir werden nicht das Pech haben, uns noch einmal über den Weg zu laufen.«

»Das hoffe ich auch, Mr. Enright. Und nur damit Sie es wissen, mit Ihnen würde ich nicht mal für eine Million Pfund schlafen, Sie vertrockneter alter Sack.«

Ich stürmte aus seinem Büro und presste mein Manuskript an meine Brust.

Ryan wartete vor der Tür auf mich. »Wie ist es gelaufen? Ist alles in Ordnung?«

Ich lächelte ihn an, aber mir standen noch die Tränen in den Augen.

»Was ist los, Ellie? Wollte dir der alte Knacker das Geld nicht geben?«

»Doch, das war kein Problem. Ich habe das Geld bald auf meinem Konto und kann jederzeit ins Haus meines Vaters einziehen.«

»Warum dann die Tränen?«

»Ach, es ist nichts. Enright und ich hatten eine kleine Auseinandersetzung, das ist alles.«

»Weswegen?«

Ich wandte mich ab. »Es ist nicht wichtig, Ryan. Lass uns nicht länger darüber reden, okay?«

Ryan packte meinen Arm. »Sag mir die Wahrheit, Ellie. Schließ mich nicht schon wieder aus.«

Ich sah ihm in die Augen und wusste, dass ich ihm von der Zusatzklausel erzählen musste, die ich beim ersten Mal im Testament meines Vaters übersehen hatte, und von Bernard Enrights dickköpfiger Reaktion.

Als ich fertig war, starrte mich Ryan ungläubig an. »Soll das heißen, dass wir uns die letzten zwölf Monate völlig umsonst durch die Mangel gedreht haben?«

»Nein, es war nicht umsonst. Wir haben beide viel gelernt, Ryan, über den anderen und über uns selbst.«

Ryan sagte nichts und sah ziemlich schockiert aus.

»Bitte, Ryan. Ich weiß, dass es dumm von mir gewesen ist, nicht das ganze Testament gründlich zu lesen, aber du kannst doch zumindest auch die komische Seite daran erkennen, oder nicht?«

Auf einmal entspannte sich Ryan und zerzauste mir das Haar. »Du dummes kleines Mädchen.«

Zögerlich lächelte ich ihn an. »Glaubst du, du kannst auch ein dummes kleines Mädchen wie mich lieben?«

Daraufhin breitete sich ein Lächeln um Ryans Lippen aus, bis er schließlich lauthals lachte. »Natürlich kann ich das, Ellie. So schnell gebe ich dich nicht auf.«

Ich lächelte glücklich und hakte mich bei ihm ein. »Bernard Enright wollte mein Buch nicht mal lesen«, berichtete ich ihm, als wir die Straße entlangschlenderten.

»Der blöde alte Idiot. Morgen werden wir zwei zu einem Verlag gehen. Ich habe irgendwie das Gefühl, dass du damit noch groß rauskommen wirst. Warte es nur ab.«

Ich lächelte Ryan bewundernd an. Er blieb auf einmal stehen, hatte diesen vertrauten begehrlichen Gesichtsausdruck und drückte mich gegen die Wand. Seine Hände schoben sich unter meinen Mantel, in meine Hose, und umfingen meine Pobacken.

»Ich kann es kaum abwarten, dich wieder zu ficken«, raunte er mir zu und atmete schneller. »Warum machen wir nicht einen kleinen Spaziergang im Park?«